AMNESTY ET SON MYSTÈRE

Jean-François LAMBERT

présente

AMNESTY ET SON MYSTÈRE

par Jean NERLE

ÉDITIONS DU TRIDENT

Diffusion : La Librairie Française
27, rue de l'Abbé Grégoire
75006 PARIS Tél. : (1) 42.22.40.33

ISBN 2-87690-071-8

Au général John K. Singlaub

PREFACE

Amnesty International : un organisme au-dessus de tout soupçon ? Je l'ai cru... Je l'ai fait croire !

Hormis les critiques de circonstances et une certaine surenchère anarcho-gauchiste, la première mise en cause sérieuse d'Amnesty International fut celle publiée par Hugues Kéraly en 1980, dont le titre, *Enquête sur un organisme au dessus de tout soupçon : Amnesty International* est devenu un véritable symbole[1]. J'ai moi-même à l'époque rédigé l'argumentaire qui devait permettre aux militants de répondre aux "attaques" de Kéraly : malgré tout je sentais bien que certains arguments qui étaient opposés à Amnesty n'étaient pas sans valeur.

Las des querelles intestines dont la violence n'avait d'égale que la générosité des propos tenus à l'extérieur sur la tolérance (pour les autres...), las d'avaler des couleuvres aussi énormes que celles nommées Cambodge ou Afghanistan... et de les faire avaler - non sans succès - aux autres, j'abandonne la présidence de la Section Française au cours de l'été 1982 au moment même où sort en librairie l'étude la plus complète réalisée à ce jour sur les agissements d'Amnesty International dans le monde, étude dans laquelle je suis - à juste titre- plusieurs fois mis en cause[2].Ce livre qui m'irrite parfois me plonge dans un profond désarroi. il n'est pas facile de se rétablir quand on tombe de si haut !

Progressivement je me rends à l'évidence. Je prends mes distances puis m'interroge avec le plus d'honnêteté possible sur moi-même et sur cette organisation dont j'avais incarné le discours avec tant de passion. La rupture est consommée en 1985. Je participe alors avec d'autres membres "contestataires" de la Section Française à une interview très critique à l'égard de

1. *Itinéraires*, numéro spécial hors série, novembre 1980

2. *Cinq continents accusent Amnesty International*, par Hugues Kéraly, Alain Sanders, Jean Nerle et Francis Bergeron, Editions Dominique Martin Morin, Bouère 53290 Grez-en-Bouère

l'organisation (mais aussi très ambiguë) pour le magazine *Actuel*[1]. En 1986 je sors de ma réserve et trouble, avec un ami récemment exclu de la Section Française, le concert de louanges qui devait célébrer le 25ème anniversaire d'Amnesty International[2].

C'est à cette époque que j'ai le bonheur de rencontrer Francis Bergeron qui insiste pour que j'accepte de rendre public le témoignage de mon expérience de "chrétien progressiste" repenti. Il s'en charge en publiant, à partir de quelques entretiens, *Itinéraire d'un Chrétien progressiste.* Depuis sa publication, qui a donné lieu à de nombreux articles et conférences (et même à un débat avec le président de la Section Française[3]), j'ai continué d'approfondir la réflexion esquissée dans cet ouvrage. L'étude à laquelle je m'y livre, de mon *Itinéraire* s'inscrit en effet dans une logique purement libérale dont je pense aujourd'hui qu'elle doit être elle-même mise en question si l'on veut trouver le fil conducteur et la finalité réelle des agissements de ces institutions prétendument humanitaires dont Amnesty est la figure emblématique.

C'est alors que j'ai reçu le manuscrit du présent ouvrage. Je l'ai lu en très peu de temps, tellement ce que j'avais d'abord vécu de l'intérieur, puis tenter d'analyser ensuite, apparaissait là comme en pleine lumière. La démonstration de Jean Nerle ne manquera pas d'étonner même ceux qui, comme moi, ont une certaine connaissance du dossier ; qu'Amnesty International contribue à affaiblir les démocraties occidentales et leurs alliés, cela est aujourd'hui difficilement contestable ! Mais au profit de qui ? Du communisme international pensez-vous. Oui mais lequel ? C'est qu'en effet Amnesty a fait son choix ou plutôt Amnesty a été choisie, en ce sens que son institution même procède d'un vaste projet qui la transcende, mais dont elle est un élément clé.

Comme le montre magistralement Jean Nerle, Amnesty c'est Moscou non seulement aux dépens du monde libre, mais aussi, en Asie, aux dépens de Pékin! Il s'agit là de l'un des aspects les plus éclairants de ce travail. L'autre point mis en évidence par cet ouvrage qui ne manquera pas d'étonner plus encore c'est

1. *Actuel*, juin 1985
2. Editions Dominique Martin Morin
3. Duel sur la Cinq, vendredi 24 mars 1989

l'anticipation chronologique par Amnesty des changements de la politique étrangère de l'Union soviétique. Amnesty International, c'est la médecine préventive de Moscou !

La démonstration de cette affirmation est apportée, dans ce travail, à propos de différents événements effroyables : Iran, Afghanistan, Cambodge, Corée, Sri Lanka. Je ne reprendrai pas ici la chronologie très précisément reconstituée par Jean Nerle. Je me permettrai simplement d'y ajouter un détail au sujet du Kamputchéa, qui confirme sa démonstration.

En effet tant que Moscou observe une neutralité bienveillante envers Pol Pot, les allégations de violation des droits de l'Homme dans ce pays reposent sur « des affirmations sans solidité et des récits de seconde main[1] » ou encore « sur la conviction plutôt que sur la preuve[2]. » Mais à Moscou, les choses gâtent dans le courant de l'année 1977. L'alignement soudain et ostentatoire du Kampoutchéa sur la Chine dérange Léonid Brejnev qui laisse alors, en grande partie contraint, libre cours aux velléités d'expansionnisme du Viet Nam, sous réserve que celui-ci accepte de conclure certains accords avec Moscou afin de contrôler au moins de loin cet expansionnisme. il s'agit alors de préparer l'opinion publique occidentale à l'annexion du Cambodge par Hanoï, en présentant le corps expéditiobnnaiore vietnamien comme une armée de libération. Cette fois-ci les crimes et massacres niés hier doivent être au contraire largement accrédités. En février 1978, le général Tran Van Tra est à Moscou. En mars 1978, Amnesty International approuve la décision de la Commission des Droits de l'Homme des Nations Unies à Genève « d'exiger des autorités du Kampoutchéa démocratique qu'elles se prononcent sur les allégations de violations des droits de l'homme dans leur pays. »

Le 29 juin, le Viet-Nam adhère au Comecon. En juillet 1978 Amnsety soumet à la mêm commission (qui fait partie du jeu... mais ce n'est pas le sujet!) une "déclaration sure les allégations de violation des droits de l'homme" au Kampoutchéa reprenant pour la première fois (de manière encore nuancée bien sûr !) les allégations d'éxécution massive. le texte de cette déclaration est publié dans le numéro d'octobre 1978 de la *Newsletter*

1. *Rapport annuel*, 1975-19876, p. 138

2. *Chronique d'Informations internationales sur les droits de l'homme, les prisonniers d'opinion, la torture et la peine de mort*, nouvelle série, numéro 33, novembre 1978

d'Amnesty International, et dans le numéro de novembre 1978 de la *Chronique de la Section Française*. Le 3 novembre 1978, le Secrétaire général du P.C. vietnamien, Le Duan, et le Premier ministre Phan Van Dong signent avec Léonid Brejnev un traité d'amitié et de coopération. Le 3 décembre 1978 est créé le F.U.N.S.K.. Le 25 décembre, les troupes vietnamiennes entrent au Cambodge. Le 7 janvier 1979, elles sont à Phnom Penh.

Ce scénario a été réitéré pour l'Afghanistan. Pendant des années, Amnesty a totalement ignoré la présence de l'Armée soviétique dans ce pays. C'est précisément au moment où Mikhaïl Gorbatchev décide de rapatrier ses troupes et de chercher un compromis sur le terrain qu'Amnesty publie, enfin, un rapport sur l'Afghanistan d'aujourd'hui dans lequel sont d'ailleurs soulignées... les exactions attribuées aux Moudjahidins. Celles commises par les Soviétqiues, occultées pour beaucoup, ne sont pas niées, mais présentées comme la conséquence inéluctable des premières. Voila des torts bien partagés permettant d'accréditer dans l'opinion publique occidentale l'idée qu'au fond, l'intervention soviétqiue, décidée par Brejnev (ou le concept qu'il représente) aura permis d'éviter le pire, qu'il convient donc de ne pas précipiter la chute de l'actuel régime de Kaboul, et que la solution idéale à ce drame serait qu'il n'y ait ni vainqueur ni vaincu. L'avantage psychologique que la résistance et tous ceux qui l'ont soutenue pouvaient tirer du retrait des troupes étrangères d'occupation, en est réduit d'autant! D'ailleurs, depuis, Amnesty, qui est allée constater à Moscou qu'il n'existait plus entre elle et le Kremlin que “des sujets de controverse” a accepté de s'entremettre en faveur des soldats soviétqiues prisonniers de la résistance, en violation de ses propres statuts et alors qu'elle avait toujours refusé de la faire antérieurement pour d'autres conflits, – où les Soviétiques, il est vrai n'intervenaient pas directement.

Les choses sont en train d'évoluer de la même façon au Cambodge depuis qu'il est question du retrait vietnamien. Dans cet ordre d'idées, il sera intéressant de suivre dans le même esprit l'évolution du discours amnestien et de la politique soviétique sur l'Afrique australe dans les prochains mois.

La question qu'on ne peut pas esquiver est évidemment de savoir comment s'opère une telle entente préalable entre Amnesty et la géopolitique soviétqiue. Je reste convaincu que la dépendance n'est pas immédiate et même qu'il n'existe pas de liaison directe entre les deux. Toutefois, l'auteur livre ici des éléments dont beaucoup sont inédits en France puisque de source japonaise, chinoise ou sud-coréenne, voire soviétqiue, qui prouvent la réalité d'une telle dépendance. C'est sonb mérite d'en rester aux faits même lorsqu'ils sont organisés en ensembles signifiants.

Moins prudemment, je voudrais me laisser aller ici à quelques conjectures.

Ce que cette étude met en évidence c'est *sensu stricto* l'existence d'une corrélation entre les changements du discours amnestien et ceux de la diplomatie soviétqiue. Une corrélation constate une évolution conjointe et n'autorise aucune conclusion quant aux relations causales entre les éléments corrélés. Elle invite par contre à rechercher au-delà de ces éléments l'origine de leur interdépendance. Quielle pourrait donc être la sphère d'influence commune entre Amnesty et Moscou.

Dire qu'Amnesty International est alignée sur Moscou n'est pas suffisant car le régime soviétqiue ne constitue pas une entité homogène. Si son caractère marxiste-léniniste n'est évidemment pas discuté, le choix des moyens à mettre en oeuvre pour réaliser ses ambitions, tant à l'intérieur qu'à l'extérieur de l'URSS a donné lieu à de nombreux affrontements au sein de l'appareil d'Etat. Il ne faut pas oublier par exemple que le K.G.B. s'est souvent trouvé en conflit avec le G.R.U. plus tenté par la manière forte. Ainsi la "ligne Gorbatchev" n'est certainement pas née hier. Elle n'est d'ailleurs pas le fait de Gorbatchev lui-même, c'est plutôt lui qui est le produit de cette ligne qu'il incarne à merveille! Or cette ligne politique ne peut s'imposer sans le support de l'"Occident", aux dépens duquel elle fonctionne et qu'elle vise, dans un premier temps, à neutraliser pour l'annexer ensuite.

Une telle stratégie politique ne s'improvise pas. Elle est le fait d'une entre prise de très longue haliene menée d'abord discrètement, peut-être même à l'insu de - ou en opposition à - la ligne officielle du Parti, par une fraction agissante de l'appareil. La mise en condition de l'"Occident" est certainement l'un des facteurs les plus déterminants de la réussite d'un tel plan. Il n'est pas abvsurde de penser que le succès actuel de cette ligne politique dont l'origine remonte à Lénine lui-même et qui s'est trouvée plusieurs fois concurrencée par d'autres sans jamais être complètement abandonnée, est l'aboutissement d'un processus dont on peut fixer l'origine aux années post-staliniennes et à la fin de la guerre froide. C'est précisément à cette époque que sont créés - entre autres - les Comités Catholiques contre la Faim et...Amnesty International. Dès la fin de la Seconde Guerre Mondiale, les Soviétiques avaient compris tout le parti qu'ils pouvaient tirer de l'humanisme chrétien. La perversion idéologique de l'Eglise par les catholiques eux-mêmes - je sais de quoi je parle - est sans doute l'un des plus beaux succès de leur propagande.

Mais il ne s'agit toujours ici que d'intérêts soviétiques même limités à un certain clan. Pour en venir à la sphère d'influence que nous cherchons il faut ajouter que sur de nombreux points les intérêts de clan et ceux de puissants lobbies occidentaux, nord-américains, ouest-européens et asiatiques, convergent singulièrement, même si, lorsque les empêcheurs de neutraliser en paix auront été éliminés, le partage final du gâteau risque de poser quelques problèmes. L'option mondialiste de ces lobbies occidentaux rejoint celle des Soviétqiues au moins sur un point: la nécessaire neutralisation sinon la liquidation de la Catholicité. L'Eglise Catholique est en effet la seule institution humaine effectivement universelle. Universelle dans le monde mais non par le monde. L'universalité de l'Eglise Catholique n'est pas le fait des hommes et ne peut - ne devrait - donc faire nombre avec aucune autre. Toute prétention strictement humaine à l'universalité a toujours débouché et ne peut que déboucher sur le totalitarisme. La Catholicité constitue l'obstacle majeur à toute tentative de standardisation, normalisation, neutralisation de la Personne humaine.

Dans ce processus de neutralisation, Amnesty tient une place de choix. En traitant de manière identique les violations massives et systématiques inhérentes aux totalitarismes idéologiques et celles, ponctuelles et occasionnelles (certes condamnables) dont se rendent coupables les démocraties occidentales et leurs alliés (?), Amnesty contribue à "dédramatiser" les premières en dramatisant les secondes. L'impartialité d'Amnesty est perverse par son refus de considérer l'ampleur et la nature des violations et profite donc de fait aux totalitarismes idéologiques.

Mais pour juger de la nature des violations, il faut avoir une certaine idée de l'homme, de sa dignité, de sa destinée et de ce qui - de Celui qui - le rend digne. Amnesty refuse de choisir et par là-même affaiblit et détourne les valeurs spirituelles du christianisme en les banalisant et en les relativisant. Là encore, ce refus conforte implicitement les idéologies déshumanisantes (et pas seulement le marxisme !) et contribue à la désertification culturelle et spirituelle de l'Occident.

La politique de Gorbatchev – toujours dictée par les impératifs de domination idéologique marxiste-léniniste – oblige certes l'Union Soviétique et ses alliés à des révisions apparentes, parfois spectaculaires. Les récentes découvertes d'Amnesty sont simplement à la mesure de ce chambardement. Bien sûr, la position d'Amnesty sur un certain nombre de pays a changé. Mais lesquels, à quel moment et au profit de qui ? Je parle ici de l'organisation, et non des militants qui sont totalement étrangers à ces savantes magouilles. Il faut évidemment les maintenir hors du circuit idéologique par une anesthésie en douceur: on n'est ni de droite ni de gauche! C'est justement parce que les militants ne peuvent pas prendre parti que l'organisation est partisane. En bloquant toute velléité d'analyse politique des faits qu'elle rapporte et des cas par lesquels elle se justifie devant sa base et devant l'opinion publique, Amnesty assure la neutralisation de la protestation à l'avantage des totalitarismes idéologiques dont la nature et les effets sortent relativisés de leur mise en balance avec les méfaits dont "l'Occident" est coupable. Le président de la Section Française a récemment affirmé qu'Amnesty n'a jamais dit que toutes les violations étaient de m^me nature, tout en ajoutant aussitôt qu'elle ne se prononce pas sur les idéologies, ni sur les systèmes politiques et religieux[1]. Selon C. de Casabianca, porte-parole autorisé de la Section Française, cette attitude est la conséquence logique du refus de l'organisation « de se prononcer sur la gravité des différentes violations des droits de l'homme » et d'analyser leurs causes politiques et sociologiques[2]. On ne peut mieux définir la neutralisation que nous dénonçons ici.

Amnesty a ainsi capté une part importante de la générosité des chrétiens, contribuant de fait à détourner - à leur insu - de

1. *Valeurs Actuelles*, 17 avril 1989 – courrier des lecteurs, p. 12

2. 3e Millénaire, numéro 12, p. 92 – 1er trimestre 1989

nombreux catholiques (dont je fus) de seul véritable fondement de la Juqstice et à accréditer l'idée d'une harmonie universelle fondée seulement sur le vouloir humain, sinon sur la fantaisie ou l'intérêt de quelques uns. N'est-ce pas là le credo commun au communisme internationaliste et à un certain capitalisme mondialiste ?

La vraie ligne de fracture entre "l'Est" et "l'Ouest" n'est (n'était ?) pas d'abord économique mais idéologique ou plutôt ontologique: c'est la nature m^me de l'homme et de sa destinée qui est en cause. Tant que l'Occident restait ontologiquement chrétien, le bloc communiste devait soit composer, soit prendre le risque de l'affrontement. Mais un Occident déchristianisé, ou dont on a vidé le christianisme de l'essentiel de sa sustance, est ontologiquement désarmé, idéologiquement neutralisé, politiquement prêt à toutes les compromissions. on peut donc traiter avec lui en toute quiétude et m^me en faire le meilleur garant du succès de l'opération de sauvetage du communisme soviétique en attendant que celui-ci, consolidé par "l'Occident", ne se l'annexe complètement avec l'accord tacite du communisme mondialiste qui, lui, tire de l'opération le double vanatge de contrôler désormais l'ensemble du jeu financier et de n'être plus entravé dans ses visées eugéniques, malthusiennes et uniformisatrices par le christianisme (complètement édulcoré) et spécialement la Catholicité (réduite à la portion congrue).

La connivence entre la stratégie soviétique et les vertueuses institutions humanitaires "occidentales" n'est pas un accident mais l'expression d'un projet qui dépasse considérablement ces institutions et, combien davantage en core, leurs militants! Le travail de l'auteur contribue brillamment à en montrere l'existen,ce et à mettre à jour certains de ses mécanismes. mais les raisons de cete connivence, les enjeux dont elle procède, les compromissions qu'elle implique, le projet qu'elle exprime sont et resteront malheureuseùment encore pour longtemps, hors d'atteinte. A moins que...

Jean-François LAMBERT
président de 1979 à 1982 (démissionnaire)
de la Section Française d'Amnesty International

INTRODUCTION

Une org... respectueuse

Amnesty International se prétend aujourd'hui forte de quelques 700 000 militants, donateurs réguliers et sympathisants actifs, répartis dans environ 150 pays[1]. Cette assertion, comme tout ce que l'organisation affirme quant à son action, doit être considérée avec la plus extrême suspicion. Pourtant, il ne sert à rien de douter de ces statistiques, même si elles sont certainement exagérées. En effet, les effectifs qui la composeraient ne lui apportent qu'un supplément de caution morale sans réelle importance parce que son travail s'opère à un autre niveau : les cadres opérationnels qu'elle entretient font peser déjà leurs efforts sur certains gouvernements au travers d'institutions internationales. Les "chercheurs" du *centre de Londres*, puisque le siège social d'Amnesty se situe dans la capitale britannique, ont su se ménager au gré de divers procédés, un statut consultatif auprès du Conseil Economique de l'Organisation des Nations Unies, auprès de l'UNESCO et du Conseil de l'Europe ; ils travaillent en relation avec l'Organisation de l'Unité Africaine, l'Organisation des Etats Américains, l'Organisation Internationale du Travail,etc...

Ces cadres d'Amnesty jouissent d'une réputation presqu'unanime, bien qu'elle ne soit étayée par aucun fait, de probité et d'impartialité. Il leur suffit de se dire investis d'une mission qu'ils promeuvent, Saints-George laïcs faisant profession d'agnostisme supérieur et emmenant des légions d'hommes de bonne volonté au sein d'un « mouvement mondial indépendant de toute idéologie [et de] toute croyance religieuse,

1. Il y aurait ainsi « *des sections dans 44 pays et plus de 3600 groupes à travers le monde* » alors qu' « *il y a 10 ans, le nombre des adhérents était inférieur à 100 000* » (*Rapport annuel* 1986, p.423)

[jouant] un rôle nettement déterminé [*sic*] dans la défense des droits de l'homme » pour avoir un choix préférentiel de cité. Le XXème siècle n'est pas celui de la liberté de penser mais celui des mécanismes de terrorisme intellectuel qui empêchent de critiquer. Si bien qu'à peine les grands-prêtres ont-ils parlé qu'Amnesty devient sans conteste « la plus importante organisation internationale privée pour la défense des droits de l'homme[1] », une institution « humanitaire, privée et apolitique[2] » : malheur au profanateur qui ne rend pas le culte aux tabous essentiellement démocratiques.

En fait, Amnesty anime à son échelon un immense réseau de mensonges, de désinformation et de déstabilisation dans le monde entier. « Chef-d'œuvre du KGB[3] », elle est subordonnée non aux intérêts d'un vague anarchisme de gauche dédié à la destruction des Etats ou d'un mythique "bloc marxiste" qui n'a jamais existé mais, très pragmatiquement, aux plans d'expansion soviétique. Elle n'agit pas indépendamment mais sur ordres stricts, et il convient donc d'insister sur le contenu réel de certains termes-clés auxquels elle recourt : le *centre de Londres* signifie *le relais de Moscou installé à Londres* parce que les décisions d'écrire tel ou tel rapport de telle ou telle manière (négative aussi bien que positive) se prennent sans doute quelque part sur la Place rouge et que les locaux d'Amnesty à Londres ne servent que de caisse de résonnance ; *chercheurs* (ils seraient 150 employés à plein temps) signifie *désinformateurs* parce qu'ils ne traitent dans un sens pré-établi que les données qu'ils reçoivent ; *organisation humanitaire* signifie *association de criminels* parce qu'Amnesty, tranquillement et en toute impunité, banalise les massacres utiles à la cause de l'URSS, en cours ou à venir. Ce petit glossaire paraîtra extrême aux prudents qui n'ont d'ailleurs la plupart du temps rien lu de la prose indigeste que le *centre de Londres* distille à un public acquis par avance et à peu près totalement ignorant du fait politique. Les pages suivantes devraient démontrer aux sceptiques qu'il est « au-dessous de la vérité[4] ».

1. *The Encyclopedia Americana* 1980, t.1, p.751
2. *Le Grand Dictionnaire Encyclopédique Larousse,* 1982-85, t.1, p.414
3. L'expresssion est du professeur Pierre Debray-Ritzen lors d'une conversation privée (été 1985)
4. Dans une lettre datée du 11 décembre 1986, Francis Bergeron écrit que « Jean-François Lambert, ex-président d'Amnesty (1976-82), et Teddy Follen-

Un monsieur très comme il faut

Un homme s'est identifié à Amnesty : Sean Mac Bride. Né à Paris en 1904 (et décédé à Dublin en 1988) d'un père irlandais fusillé par les Anglais en 1916 pour avoir fomenté le "soulèvement (sanglant) de Pâques" et d'une mère actrice de théâtre et activiste hystérique, le jeune Sean passe tôt, à 16 ans, corps et âme[1] à la Révolution.

Il est la figure de proue de l'aile non catholique et marxisante de l'IRA au moment où les nationalistes irlandais luttent pour l'indépendance ; à ce titre, il va à Londres en 1921 participer aux négociations entre les insurgés et l'empire britannique. Le processus qui s'ensuit, renforçant le pouvoir de l'Eglise et des réactionnaires, ne le satisfait pas : jeté en prison en 1922 pour sa participation à des troubles anti-gouvernementaux qui ont coûté la vie à 65 personnes, l'apôtre de la non-violence, qui ne se déplace jamais sans une arme, est à nouveau arrêté quand le ministre de la Justice de l'Eire, Kevin O'Higgins, est assassiné en juin 1927. On le relâche, non faute de preuves, mais grâce à l'immunité *de facto* dont il bénéficie – on n'accuse pas un Mac Bride ! Chef d'état-major de l'IRA à 24 ans, peut-être "récupéré" par les Soviétiques au plus tard à l'occasion d'un congrès anticolonialiste auquel il assiste en 1928, il poursuit la lutte au service exclusif de l'URSS. Il s'associe au Fianna Fail de Eaman de Valera parce qu'il voit en lui le moyen de vaincre le premier ministre William Cosgrave, trop conciliant vis à vis de l'Angleterre. L'alliance ne dure pas malgré la victoire du Fianna Fail aux élections de 1932. Toutefois, en 1933, l'Allemagne se dote d'un système national-socialiste, ce dont s'inquiète Staline. Moscou ne veut plus affaiblir les démocraties libérales en les minant de l'intérieur et en les prenant à revers à partir de Dublin mais le

fant, fondateur d'Amnesty-France, [...] considèrent que *Cinq continents accusent Amnesty International* était bien en-dessous de la vérité. » Signalons qu'en fait le parcours de Lambert au sein d'Amnesty-France est plus compliqué : Cf. Itinéraire, 1988, pp. 44, 46, 48, 65 et 105. Adhérant en 1975, il fut secrétaire du « groupe de Joinville n° 33 », élu au bureau exécutif national en tant qu'idéologue chargé des relations internationales et de la stratégie en novembre 1977, puis Iprésident que de 1979 à 82.

1. Il finira d'ailleurs par la perdre puisque l'Eglise catholique, qu'il abominait, l'excommunia pour ses violences - selon *Cinq continents...* 1982, p. 305

gouvernement bolchevique désire les voir forger un front occidental agissant de concert avec la démocratie communiste. Les militants relevant du Komintern reçoivent l'ordre tactique de déposer les armes et de se réconcilier avec toutes les forces "avancées", bourgeoises et libérales comprises.

1936 est l'année cruciale des fronts populaires. Pour Mac Bride, il s'agit là d'un tournant. Par obéissance à l'appareil, il abandonne ses fonctions au sein de l'IRA parce que « désormais il était possible d'aboutir à nos objectifs par la voie électorale » : il ne fait que répéter les instructions émanant de se supérieurs. Du coup, le marginal à l'activité qui déclinait redevient un personnage respectable. Il semble que les soviétiques le mettent en "veilleuse" lors des années de crise afin de le recycler. Sa véritable ascension reprend dès 1945, alors qu'il a accédé au barreau.

Il dirige le Parti Républicain qu'il a fondé et dont la prestation aux élections de 1947 lui vaut de recevoir le porte–feuille des Relations Extérieures. Le poste présente des avantages tactiques puisqu'il lui permet d'empêcher l'Irlande de s'intégrer à l'OTAN sous prétexte que Dublin ne pourrait coopérer avec Londres tant que les provinces septentrionales de la république ne seraient pas rétrocédées par les Britanniques : une fois encore, l'Europe de l'Ouest se trouve menacée sur ses arrières. Il est président du Conseil de l'Europe en 1950 où il joue « un rôle éminent[1] », vice-président de l'OCDE concurremment à son poste de ministre de 1948 à 1951, conseiller privé du tyranneau ghanéen N'Krumah. Nouvelle date cruciale dans l'itinéraire de Mac Bride : 1973. Depuis peu, l'ONU a un nouveau secrétaire général, Kurt Waldheim, élu à ce poste en décembre 1971. A cause d'un *curriculum vitae* non sans taches aux yeux de la morale alors prévalant[2], il serait l'otage de l'URSS depuis avant

1. note interne SF 83 E 94 du 27 avril 1983

2. Waldheim ne fut qu'un militaire non-combattant. Arriviste, il savait qu'il aurait à se méfier de tout, même de ce qui n'était pas répréhensible. La princesse Michael of Kent, épouse d'un cousin de la reine Elizabeth, sera au centre d'un "scandale" quand la presse anglaise rappellera que son père, le baron Gunther von Reibnitz, aurait été un important officiel national-socialiste. Elle devra entrer à l'hôpital Edouard VII pour échapper à ses tortionnaires bien-pensants (selon *The Japan Times*, circ. fin juin 1985). John O. Koehler, à peine nommé directeur des Communications à la Maison-Blanche, se retrouva sous les feux de la presse indépendante parce qu'il avait appartenu à la Hitlerjugend à l'âge de 10

cette date. On assure « qu'il a été élu non pas quoique nazi mais bien parce que nazi. Il paraît que les pays de l'Est n'étaient pas fâchés d'apporter leur soutien à un homme à qui on pouvait, en cas de mauvaise volonté, rappeler à tout moment son passé[1]. » Ceci expliquerait qu'il cherchât « à jouer un rôle actif[2] » pour se dédouaner et que les Occidentaux observassent qu'il privilégiait constamment une « politique [...] qui penchait du côté de l'Est[3] » ; l'URSS sera si satisfaite de sa besogne que l'Université de Moscou lui décernera un « diplôme honoraire de docteur ès sciences pour ses activités fructueuses dans le domaine de la coopération internationale et pour son combat actif pour l'affermissement de la paix et de l'amitié entre les peuples[4]. » En 1972, Mac Bride visite donc Waldheim dans son bureau et, en 1973, le secrétaire-général de l'ONU le nomme secrétaire général adjoint avec pour mission de trouver une situation finale à la question namibienne si chère aux chœurs de l'Armée soviétique.

La date correspond à une nouvelle étape dans la vie de Mac Bride. Jusqu'en 1936, il est ouvertement un révolutionnaire ; de 1937 à 1973, il pose comme un humaniste et *Le Monde*, jamais en retard pour coopérer sciemment avec le camp marxiste, le définira d'ailleurs un jour comme « un humaniste qui demeura un révolutionnaire[5]. » A partir de 1973, Leonid Brejnev, sous couvert de détente, pratique la violence expansionniste en Asie et en Afrique ainsi que l'intimidation en Europe. Mac Bride se fait moins prudent et retrouve de sa virulence refoulée de jeune homme. Président du Congrès des Forces Mondiales pour la Paix, « il aide à organiser le Congrès Mondial des Forces Pacifistes et le Forum des Forces Pacifistes tenus à Moscou respec-

ans. Affirmant qu'il ne démissionnerait pas malgré les articles du *Washington Post*, notamment parce qu'il n'avait rien à se reprocher (il aurait quitté ce mouvement de masse "parce qu'il s'y ennuyait", après y avoir participé seulement quelques semaines), il devait pourtant courber l'échine et se démettre une semaine après sa prise de fonction - in *The Japan Times* 23 février et 11 mars 1987.

1. *Le Nouvel Observateur*, 19-25 février 1988
2. *Le Grand Dictionnaire Encyclopédique Larousse*, t.19, p. 10 884
3. Ockrent-Marenches, *Dans le secret des princes*, Stock, Paris 1986, p. 142
4. *The Great Soviet Encyclopædia* 1973-1983, t.30, p. 681
5. *The Japan Times* 17 janvier 1988

tivement en 1973 et 1977[1]. » Il reçoit donc le très controversé Prix Nobel de la Paix en 1974. En 1977, il est le récipiendaire du Prix Lénine de la Paix[2,3]. En semi-retraite en 1977, année où il met fin à ses fonctions officielles à l'ONU, il ne dételle pourtant pas. A titre d'exemple, il participe peu avant sa mort à Londres en janvier 1985 à un Tribunal pour la Paix réuni « à la requête » du Comité britannique pour la Campagne pour le Désarmement nucléaire et du Comité des Juristes pour le Désarmement nucléaire. Les orateurs, privés de la présence du professeur soviétique Tair Tairov –responsable du Conseil Mondial pour la Paix auquel le gouvernement conservateur avait refusé son visa d'entrée – appelèrent de leur estrade les Occidentaux à s'opposer au financement de "l'effort de guerre" du Monde libre « par des moyens même extraordinaires[4]. » Il adhère aussi au Comité Vérité [pour] Serguei Antonov, ce Bulgare compromis dans une tentative de meurtre contre le pape Jean-Paul II et que le Kremlin voudrait voir libérer des prisons italiennes et se soustraire ainsi aux questions des enquêteurs.

1. *The Great Soviet Encyclopædia* 1973-1983, t.30, p. 681

2. Sa dénomination exacte est "le Prix International Lénine pour l'Affermissement de la Paix entre les Nations". Il s'appelait à l'origine et par décret du Président du Soviet Suprême en date du 20 décembre 1949, "le Prix International Staline..."; le pouvoir bolchevique trouva plus seyant de remplacer le nom du disciple par celui du maître, et le Prix Staline devint le Prix Lénine aux termes d'un décret du présidium en date du 6 septembre 1956. Le prix est attribué par le Comité pour le Prix Lénine, placé sous l'autorité du présidium. Le jury se compose de 15 Soviétiques et de "représentants des forces démocratiques" de pays étrangers. Le (ou les: depuis un énième décret du présidium le 8 mars 1961, le jury peut sélectionner cinq personnes la même année) candidat reçoit, une fois les résultats annoncés le 1er mai, une médaille à l'effigie de Lénine ainsi que 25 000 roubles - *ibid.*, t.15, pp. 64-65

On notera que *The Encyclopedia Americana*, t.1, p. 751, de même que *Le Grand Dictionnaire Encyclopédique Larousse*, t.1, p. 414, s'ils mentionnent unanimement l'attribution du Prix Nobel (accepté sans nuance par les bien-pensants) par Mac Bride, font preuve d'une touchante pudeur quand ils omettent soigneusement de se référer à son Prix Lénine...

3. Commentaire d'Amnesty : « le prix Lénine (reçu à titre individuel par Mac Bride) [récompense] des efforts personnels en faveur de la paix que des français aussi différents qu'Hervé Bazin [auteur marxiste] en 1950 et le dessinateur Eiffel [travaillant à *L'Humanité*] n'ont pas cru devoir refuser — selon une lettre du mouvement, citée dans *Itinéraire*, 1988, p. 82 {NdA, 25 juillet 1989}.

4. *The Japan Times* janvier (ou février) 1985

Mais le chef-d'œuvre de Mac Bride, ou du moins celui dont il a endossé la paternité[1], c'est ***Amnesty International***. Il en dé-pose les statuts avec un autre juriste, Peter Benenson, fils de Flora Benenson (1895-1984) née Solomon et épouse d'un militant sioniste d'envergure fondateur de la chaîne de magasins Mark and Spencer[2] ; Benenson, peu auparavant, a publié un appel forcément déchirant « en faveur des prisonniers oubliés[3]. » *Le Monde* et *The Observer* lui accordent chacun une double page en guise de faire-part de naissance, tandis que la Commission internationale des Juristes (dont Mac Bride sera le secrétaire général de 1963 à 1970[4]) applaudit à une telle initiative. La date du lancement de l'organisation humanitaire, encore, est importante : le 28 mai 1961, jour de la Très Sainte Trinité, « de façon que cette fête religieuse prenne une signification laïque[5]. » On touche là une obsession des révolutionnaires, libéraux ou marxistes, aigris de constater que l'Eglise s'est "approprié" le Temps en le rythmant par les prières rituelles, les jours de fête, etc. Aussi, quand ils le peuvent, s'essaient-ils à la moquer assez piteusement. Mac Bride entend participer à la curée : en agissant tel qu'il le fait le 28 mai 1961, il blasphème, jouissance perverse, ensemble contre le Père, le Fils et le Saint-Esprit. Joli coup, camarade.

L'union avec Benenson, type parfait du jeune nigaud politique, ne dure pas. Le délicat gentleman britannique est secoué d'états d'âme. Il démissionne de ses postes en 1967, mais en évitant de créer un scandale à une époque où *The Daily Telegraph* et *The Sunday Telegraph* suggèrent, après l'interview d'une militante d'Amnesty expulsée de Rhodésie (l'actuel Zimbabwé), que les fonds recueillis par le *centre de Londres* vont à

1. Moncomble, *L'irrésistible ascension du mondialisme*, 1981, p.138, accorde beaucoup trop à Mac Bride quand il estime « [qu'] avec sa seule volonté, [il aurait] frappé un grand coup ». Mac Bride ne fut jamais, en effet, qu'un exécutant besogneux, sinon de génie du moins de talent ; mais il ne fit jamais qu'obéir en tant que tacticien et non en tant que stratège. Son rôle fut certainement mineur lors de la gestation d'Amnesty.

2. Richard Abraham, *Alexander Kerensky - the First Love of the revolution*, Sidgwick and Jackson, Londres 1987, p.482. *Cf* aussi *The Encyclopaedia Judaïca*, Hebrew University, Jerusalem 1977, t. et col. non répertoriés

3. *Confidentiel*, Paris, 1979 (trimestre non répertorié), pp.19-35

4. Moncomble, p.136

5. Mac Bride, *L'exigence de le liberté*, Stock, p.152

la guérilla communiste[1]. Mac Bride le progressiste reste donc sans rival libéral, et c'en est fini du semblant de direction bicéphale qui existait jusqu'alors. Président de l'organisation de 1963 à 1973, il continue de la façonner selon les principes léninistes du centralisme démocratique : « tout document qui porte la signature d'Amnesty provient en droite ligne de son département Recherche[2,3]. » Les sections nationales, puis locales, n'ont qu'à répercuter les directives sans jamais rechigner ni comprendre.

Appelé aux hautes fonctions que l'on sait à l'ONU, Mac Bride peut quitter, serein, les locaux d'Amnesty[4]. L'entreprise, en effet, n'a plus besoin de son savoir-faire. Un "chrétien athée", Paul Ostreicher, « connu pour son soutien au Viet Cong[5] », la dirige un temps. Lui succède alors le doyen de l'Université de Tasmanie, Derek Rœbuck, « membre du Parti communiste australien, [il avait] fait acte de canditature, [...] son dossier était excellent et il [fut] embauché[6] ». Amnesty avait toutefois été un peu loin et certains de ses membres, les rares à ne pas être complètement abrutis, se demandèrent si, finalement, son action n'était pas cousue de fil rouge. Pour apaiser les critiques[7],

1. Ministère sud-africain de l'Information, 1978, p. 2 (titre de l'opuscule non-répertorié)

2. *Cinq continents...*, p. 301

3. Lambert reprochera à l'organisation « son centralisme excessif » et dénoncera « une structure monolithique proche du Parti communiste » — selon *Le Monde*, 18 mai 1986, cité dans *Itinéraire...*, 1988, p. 122. Follenfant le rejoindra dans son analyse en soulignant « le centralisme londonien [l'appareil du secrétariat international absorbant un tiers du budget] et le refus d'établir une véritable démocratie interne. » in *Le Monde*, 7 juin 1986, cité dans *Itinéraire...*, 1988, p. 130 {NdA, 25 juillet 1989}.

4. Il n'y abandonnera pourtant rien de son influence, contrairement à ce qu'affirme l'organisation. En témoigne cette annecdote : « Sean Mac Bride [... fut...] l'une des deux personnalités à [accompagner Mitterrand, élu à la présidence de la République le 10 mai 1981] au Panthéon. Et tous les journalistes commentèrent cette présence en parlant du "président d'Amnesty". » Lambert, craignant que cette publicité donnât définitivement l'image d'un mouvement "ancré à gauche", suggéra à Mac Bride d'adopter un profil plus bas : « il prit très mal mon intervention » — cité dans *Itinéraire*, 1988, pp. 10-102 {NdA, 25 juillet 1989}

5. *ibid.*, p. 299

6. note interne 9F 83 E 94 du 27 avril 1983

7. Les contre-critiques amnestiennes furent extrêmement violentes. Non seulement l'organisation fonctionnait selon les principes marxistes-léninistes

Rœbuck, que l'Association internationale des Juristes démocrates avait reçu en tant qu'hôte d'honneur à Moscou, doit céder son fauteuil. Ses remplaçants successifs se garderont de toute publicité et travailleront dans l'anonymat bureaucratique : la présente étude observera les différentes équipes trimer, falsifier, lors des grandes périodes de troubles en Asie.

du centralisme démocratique, mais ses organes attaqués répondaient aux menances par l'invective, non par le débat comme le conseillait pourtant Lénine. Ainsi, Charles Langlois, « coordinateur pour les pays de l'Est », s'opposant à la nomination de Rœbuck, fut officiellement traité « d'anticommuniste primaire », de lecteur de *Minute* et de *France-Dimanche* — in *Itinéraire*..., 1988, p. 81 {NdA, 25 juillet 1989}

PREMIERE PARTIE : ETUDE DE CAS PARTICULIERS

Iran : L'Imam-cipation khomeyniste

Depuis leurs origines, les relations de voisinage entre l'Iran et la Russie n'ont jamais été faciles. La Perse, trop faible, ne pouvait qu'inciter St-Pétersbourg, Petrograd ou Moscou à tenter de s'étendre aussi dans cette direction. Pierre Ier posa les bases d'un accord, signé en 1723 avec la monarchie séfévide, qui prévoyait qu'en échange d'une aide militaire destinée à juguler les Afghans soulevés contre Ispahan depuis 1722 (ils parviendront à obtenir leur indépendance en 1747), la Perse céderait les provinces dépendant des villes de Derbent et de Bakou. Avec Alexandre Ier, la Russie entrait en guerre contre son voisin méridional de 1804 à 1813 et celui-ci devait lui céder Dagestan ainsi que le nord de l'Azerbaïdjan. Nicolas Ier, à l'issue du conflit de 1826 à 1828, se rendait maître d'une partie de l'Arménie de même que des khanats d'Erivan et de Nakhichevan. Quelques années plus tard, les deux pays s'accordaient sur des frontières définitives ou réputées telles : c'est à dire tant que la Grande-Bretagne soutiendrait la Perse afin de stopper l'avance russe en direction des Indes.

Les suites de la révolution d'Octobre 1917 se firent sentir immédiatement. Des détachements de l'Armée rouge des ouvriers et des paysans envahissaient les provinces septentrionales de l'empire perse et proclamaient une république bolchevique. Un journaliste intelligent, Sayyid Zia-al-Din, conscient du danger, fit appel à la garde cosaque nationale de Téhéran, commandée par Reza Khan, pour déloger les intrus. Reza Khan était un soldat : en quelques expéditions rondement menées, il écrasait les sécessionistes ainsi qu'il en avait reçu l'ordre. Dès lors, son prestige et son ambition lui firent pressentir son destin national. La vieille monarchie turco-mongole des Qadjars ne tenait qu'à un fil, celui du sabre de Reza Khan. Profitant de la situation, il mit fin en 1925 à 139 années de règne étranger : devenu roi des rois, il était couronné le 25 avril 1926.

Staline n'avait assurément pas oublié les grandes leçons de l'expansionnisme des tzars. Si Lénine avait, le 26 février 1921, dénoncé les traités bilatéraux antérieurs à la révolution bolchevique, son successeur prit, le 1er octobre 1927, l'initiative d'un traité de garantie et de neutralité. Ce fut le premier d'une longue série parmi lesquels on peut retenir l'accord sur le commerce et la navigation du 29 mars 1940.

Lorsqu'éclata la Seconde guerre mondiale, Reza Chah Pahlavi ne désirait pas engager son pays dans ce conflit, ce qui ne plut guère aux Alliés. Londres, Moscou et Washington, encore officiellement neutre à cette époque, s'associèrent pour le contraindre à abdiquer au profit de son fils, le 16 septembre 1941. Mohamed, l'héritier, monta sur le trône entouré de ces trois tuteurs jaloux.

La reddition de l'Allemagne en 1945 entraîna la reprise de la traditionnelle lutte d'influence russo-anglaise. Pendant que Westminster se livrait aux jeux démocratiques libéraux, paralysant tout gouvernement, l'Armée rouge envahissait et occupait l'Azerbaïdjan dès l'automne 1945. Après des succès bolcheviques mitigés, les troupes de Moscou durent se retirer sous le pression de l'ONU puisque l'Iran n'appartenait pas à la sphère d'influence reconnue à l'URSS à Yalta : les grandes compagnies pétrolières étaient intervenues elles aussi.

Staline mourut dans son lit quelques années plus tard ; un aréopage composé de Boulganine, Kroutchev et Malenkov lui succéda.

Kroutchev, ayant écarté ses rivaux, eut juste le temps de superviser la signature d'un accord portant sur la construction d'un vaste complexe hydro-électrique le 27 juillet 1963, et c'est son successeur Brejnev qui développa cette politique de bonne entente par le moyen de nombreux traité : accords de paiements le 20 juin 1964, de coopération industrielle le 13 janvier 1966; sur l'exportation de gaz naturel à destination de l'URSS, sur l'importation d'équipement industriel en provenance d'URSS pour la période 1970-1989 le 13 janvier 1966. Nouveaux accords de commerce à long terme le 30 juillet 1970, sur la formation de techniciens iraniens le 7 octobre 1970, sur la coopération scientifique et technique le 25 février 1971, sur les priorités à dégager pour la mise en pratique de ladite coopération le 12 octobre 1972, sur la modernisation des complexes métallurgiques le 15 mars 1973, etc.

D'autres textes régirent les relations à caractère beaucoup plus politique : traité sur l'établissement des frontières du 14 mai 1957, réaménagé et reconduit grâce au protocole du 7 mai 1970 ; échange de notes du 15 septembre 1962 qui interdisait à l'Iran, dans la foulée de la crise cubaine, de concéder des bases de missiles à des puissances étrangères ; accord culturel du 22 août 1966 ; accord sur la prévention des détournements aériens du 7 août 1973.

A ce moment, l'URSS était globalement satisfaite de ses relations avec l'Iran[1] – ce qui ne l'empêchait pas de nourrir l'espoir d'y prendre le pouvoir un jour. Elle resta aussi neutre que possible, dans les limites de sa nature comploteuse et agressive, quand Ruhollah Khomeiny, *leader* de fait du clergé chiite en 1962, avait fomenté des troubles et avait été placé en résidence surveillée à Qom en juin 1963. L'Union soviétique voyait plutôt d'un bon œil les réformes sociales du chah dont le père avait été l'inspirateur dès son accession au trône : le découragement de la polygamie, les nouvelles lois sur le divorce, l'enseignement aux femmes et aux classes les plus pauvres, la réforme agraire enfin, sapaient les fondements de la société traditionnelle. L'Iran s'enrichissait. Une classe moyenne nombreuse apparaissait vite et envoyait sa progéniture dans les facultés européennes et américaines prestigieuses où elle se frottait souvent à un marxime-léninisme aseptisé qu'elle ramenait dans ses valises d'un air snob. Le pays reprenait confiance en son destin. Reza Chah Pahlavi lui avait rendu son intégrité territoriale en 1928, mais son éviction en 1941 l'empêcha de poursuivre dans la voie des réformes. Cependant son fils Mohamed Chah Pahlavi continua l'œuvre entreprise malgré les humiliations reçues d'un Kennedy : il parvint à doter l'Iran d'une armée dynamique et moderne au service d'une diplomatie magistrale. Téhéran aspirait dé-

1. *The Great Soviet Encyclopædia*, Moscou, 1973-1983, t.10, p. 388 notait avec satisfaction que « dans les années 60, l'Iran commençait à s'éloigner progressivement de sa politique d'alignement sur les Etats-Unis et les pays capitalistes européens »

sormais à jouer un rôle capital dans toute cette partie du Moyen-Orient et à rééquilibrer une politique capable de corriger les incohérences de Washington, fréquentes dans cette région à cause d'intérêts contradictoires. Moscou pouvait penser que cette évolution lui serait favorable... la capitale soviétique se trompait.

Et Khomeyni im-mollah l'Iran

Subitement, en janvier 1978, des milliers de manifestants scandèrent le nom de Khomeiny à Qom. On voyait marcher au coude à coude dans les rues les partisans de l'imam, ou, en tout cas prétendus tels, des professionnels de l'agit-prop qui essayaient de prendre le train en marche[1] et ameutaient les habituels crétins, penseurs et autres "philosophes" aux génies ignorés. Les autorités n'avaient nullement prévu ce chahut et les troubles se répandirent à la vitesse du dromadaire au galop. Depuis Neauphle-le-Château, l'hôte de Giscard dit d'Estaing avait envoyé des milliers de cassettes à ses coreligionnaires pour les appeler à la guerre sainte. Comme la suite le fit bien voir, même si certaines transitèrent par l'Allemagne de l'Est, les Soviétiques ne contrôlaient pas la préparation de la jihad.

Le chah crut pouvoir juguler le mouvement en proclamant la loi martiale le 8 septembre. Mais, dans le même temps, il interdit à la mythique *Savak* et à l'armée forte de 600 000 hommes – bien entraînés et bien encadrés – de neutraliser les meneurs par les moyens appropriés qui auraient indigné "cher Jimmy" et les grandes consciences. Le chah alla encore plus loin : il limogea ses conseillers les plus proches et leur substitua des politi-

1. Comme le note un ancien chef de l'espionnage français, Alexandre de Marenches, les Soviétiques "ne fabriquent pas tous les trains" ; mais, quand l'un d'entre eux leur semble aller dans la bonne direction (et dans ce cas précis ils se trompaient car, à la lecture des rapports d'Amnesty recoupés par diverses autres sources, dont une universitaire et diplomatique japonaise, l'Iran de Khomeiny s'avèrera bien plus dangereux que celui du chah), ils montent dedans et activent la chaudière — *in* Ockrent-Marenches, *Dans le secret des princes*, Stock 1986, p.296

Ici, les Soviétiques n'agirent qu'avec la plus extrême prudence, surpris par l'ampleur du phénomène religieux alors qu'ils avaient misé sur une insurrection laïque -et seulement quand les jeux leur semblèrent faits. Ils n'ont nullement déclenché la révolution et n'ont guère influencé son cours

ciens réputés modérés. Finalement, il consentit à l'ultime sacrifice auquel un monarque puisse consentir : le 19 janvier 1979, il quittait l'Iran que sa famille avait hissé au rang des grandes nations en moins d'un demi-siècle. Ce qui ne fit bien sûr que précipiter la révolution. A travers cet épisode tragique se vérifiait la remarque de Châteaubriand : « Le pouvoir qui se dégrade ou la liberté qui capitule n'obtient pas de merci de ses ennemis. »

On avait éliminé le chah, on eut Khomeiny. Celui-ci s'envola de Paris le 1er février 1979. Une foule, estimée à quatre millions de personnes, l'attendait à l'aéroport pour le porter en triomphe. Il fallait procéder par étapes en attendant le bain de sang.

Il se forma autour du chef religieux ce que les communistes appellent un « front uni » destiné à rassembler les « forces nationales et démocratiques » pour balayer l'ancien régime avant d'en découdre entre alliés de la veille[1]. Le dernier gouvernement impérial dirigé "pour l'honneur" par Chahpur Baktiar, à la fois courageux et rempli de profonds défauts politiques, s'effondra après une semaine de coups portés par les mollahs, leurs bandes et les intellectuels concernés d'Occident. Bazargan assura l'interim vers un régime totalitaire lorsque lui échut le poste de premier ministre qui combla sa vanité. Khomeiny proclama la République islamique le 1er avril 1979.

La seconde phase de la révolution consistait pour les divers clans à s'éliminer les uns les autres. La tactique varie certes selon les pays, mais les sages avaient cru pouvoir tirer une logique d'un processus historique maintenant bicentenaire. Cette loi aurait voulu que, le roi trahi par un certain clergé et parti, les progressistes s'alliassent aux libéraux contre les religieux avant d'imposer leurs vues exclusives : ainsi s'étaient déroulées schématiquement les "grandes révolutions" de 1789 en France et de 1905-1917 en Russie, contre les âmes françaises et russes. Les sages allaient être surpris.

En toute logique, on s'attendait donc à une alliance Bazargan-modjahedin pour évincer Khomeiny. Or l'imam prit les devants et démit le progressiste Sanjabi de sa fonction à la requête des libéraux. Puis, ayant organisé le Parti Républicain Islamique en août, il congédia le premier ministre auquel il reprochait ses sym-

1. Un tel front avait été établi le 5 novembre 1978 en France. Il rassemblait Khomeiny, le bourgeois-libéral Mehdi Bazargan et le "national et démocrate" Karim Sanjabi

pathies libérales envers le « Grand Satan Américain », quelques jours avant la date mémorable du 4 novembre qui vit la prise d'assaut de l'ambassade américaine. Dès lors, il ne restait plus dans l'arène qu'un courant socialiste déchiré en tendances hostiles (du gauchisme libéral au marxisme orthodoxe) et un courant religieux divisé sur la définition de l'ennemi prioritaire (l'Amérique ou l'URSS).

A ce stade, Moscou compte surtout les points, refusant à se risquer dans des intrigues auxquelles on ne comprenait pas grand chose. Cela ne signifie pas que le Kremlin restait inactif. Sa courroie de transmission en Iran, le Toudeh (mot qui signifie "les Masses"[1]) dénonçait les bourgeois libéraux de Bazargan et les modjahedin non-khomeinistes "contre-révolutionnaires". Dans son élan pour le grand soir qui semblait proche, le Toudeh livrait ainsi à la justice islamique une faction maoïste qui avait critiqué en son sein "la ligne du parti[2]".

A ce stade, Amnesty, qui n'avait pas eu de mots assez forts pour condamner le régime du chah, reste quasiment muette. C'est à peine si elle un "éditorial" sur les prises d'otages américains, incident que Brejnev désapprouve parce qu'il craint d'avoir à se retrouver avec une affaire semblable sur les bras et qui serait autrement embarrassante poiur lui[3]. En juin et octobre, elle parle « d'exécutions après procès réguliers[4] » alors que les journalistes gourmands de célébrations macabres retransmettent "sur le vif" des parodies de jugements immédiatement suivis de meurtres légaux.

La marge de manœuvre de Brejnev est étroite. Il fait un pas en direction des mollahs, prélude à un rapprochement géostratégique irano-soviétique. A cette époque encore, des éléments du

1. Le Parti Communiste avait été fondé en juin 1920, mais, interdit en mai 1931, avait été anéanti en 1937-1940. Le Toudeh lui succéda en octobre 1941. Interdit en 1949, légalisé en 1951-1953, il fut à nouveau interdit à cette date - selon *The Great Soviet Encyclopædia* 1973-1983, T 10, p.401 et T 12, p.712

2. Samih Vaner "La république islamique d'Iran face à l'URSS (1979-1984): Realpolitik ou répulsion" — *in La revue d'études internationales*, Paris, mars 1986

3. L'imam avait déclaré en 1964 : « L'Angleterre est pire que les Etats-Unis, les Etats-Unis que l'Angleterre et l'URSS est pire que les deux » — selon Samih Vaner, mars 1986

4. lettre SF 83 69 E du 7 septembre 1983 adressée à la revue *Lectures Françaises*

Toudeh participent, aux côtés des pasdaran (les gardiens de la révolution pro-khomeinistes) à la neutralisation des groupes favorables à Habol Assan Bani Sadr. Président de la république depuis janvier 1980, Khomeiny l'a dénoncé une première fois le 8 juin 1981 à la suite des accrochages réguliers qui se sont déroulés dans l'enceinte de l'université de Téhéran, le 5 mars précédent, entre leurs partisans respectifs.

Ce sémillant gauchiste qui charmait la bourgeoisie "occidentale", soudain confronté à la réalité, prend conscience des limites de son charisme : le 10 juin, il perd son titre de commandant en chef des forces armées. Soucieux d'éviter le sort qu'il a fait subir à ses opposants, il choisit de se terrer comme un rat. A la suite d'une odyssée exceptionnelle, à la mesure du personnage, il ressurgit, très grave, redevenu simple citoyen, dans les confortables salons parisiens où on se l'arrache comme une potiche exotique. A peine est-il installé qu'il planifie d'autres complots aussi dérisoires que meurtriers.

Brejnev, décidément pas au mieux de sa forme, s'est trompé. Il a gravement sous-estimé le fanatisme – ou le fondamentalisme – de Khomeiny ainsi que ses capacités d'organisation. Il a aussi privilégié, dans ses laborieuses analyses sclérosées par l'idéologie, le facteur politique au détriment des constantes religieuses et raciales. Si bien que la quatrième phase de la révolution voit le Toudeh en position non pas difficile mais critique : il est désespérément seul (même si certains gauchistes pourchassés le rejoignent) face au PRI qui rejette ses ouvertures – et il sait qu'il n'y aura pas "syrianisation" ou "libyanisation" de la révolution. Celle-ci étant essentiellement religieuse, il prône l'athéisme. Il se réclame de l'amitié avec l'URSS, or l'URSS soutient l'Irak qui a envahi l'Iran. Il discourt sur l'internationalisme, quand le pays se referme sur lui-même pour mieux peaufiner son universalisme. Toutefois, il conserve une chance de s'en tirer et joue son va-tout de manière concertée, c'est à dire avec le concours d'Amnesty dont il ignore la complicité.

L'organisation-humanitaire, quatre jours après la déchéance de Bani Sadr, réunit une conférence de presse à Londres. D'après les informations dont elle disposerait maintenant, prétend-t-elle, elle est en mesure d'annoncer que les khomeinistes ont procédé, depuis février 1979, à 1 600 exécutions[1].

1. lettre SF 83 69 E du 7 septembre 1983 à la revue *Lectures Françaises*

Coïncidence ? le 28 juin 1981, une explosion provoquée « par la gauche marxiste-léniniste[1] » ravage les locaux du PRI, y tuant 70 hauts dignitaires. Le 30 août, le successeur et ennemi personnel de Bani Sadr, le président Mohamad Ali Rajai – élu le 24 janvier 1981 lors d'un scrutin très démocratique – est à son tour assassiné en compagnie du premier ministre Mohamad Javad Bahomar. La guerre civile redouble d'intensité et, progressivement, le PRI balaie l'opposition marxiste. Coïncidence ? en 1980, 1981 et 1982, Amnesty engage 14 interventions. Le 2 juin 1981, elle lance « un appel mondial pour l'arrêt des exécutions en Iran [2] ». Au fur et à mesure des rapports, Amnesty enregistre l'accroissement des exécutions. Dans le Rapport Annuel de 1982, il est signalé que la « forte croissance du nombre des exécutions à partir de juin 1982 a coïncidé avec une aggravation du conflit entre les défenseurs du parti de la République Islamique au pouvoir et ses opposants, parmi lesquels des organisations comme les Mojahidim-Khalq[3]. »

Rien ne va plus entre le Kremlin et Téhéran. Le 3 septembre 1982, une permanence du Toudeh, sise à proximité de la frontière soviétique, est fermée par les pasdaran, et des militants sont incarcérés. Coïncidence ? le rapport 1983 « enregistre » 4 605 exécutions depuis février 1979 dont « 624 pour l'année 1982 ». Et Amnesty dépose ses conclusions devant le Comité des droits de l'homme de l'ONU, saisi en octobre 1982 : « Il semble que les arrestations soient totalement arbitraires » ; c'est à dire qu'elles visent en l'occurrence des éléments prosoviétiques...

En janvier 1984, le gouvernement iranien prie sans recours le correspondant de l'agence Tass de quitter le pays[4], parce qu'il a manqué à la stricte "déontologie journalistique". Une semaine ne s'est pas écoulée que le quotidien *Azadegam* accuse l'URSS d'occuper l'Afghanistan[5], de soutenir l'effort de guerre

1. *Le Grand Dictionnaire Encyclopédique Larousse*, 1982-1985, t.8, p. 5674, 5676

2. *Rapport annuel* 1982, Annexe 2, p. 419

3. *Rapport annuel* 1982, p. 382

4. Selon *The Japan Times, 22 janvier 1983, il était le premier journaliste soviétique à subir ce sort*

5. L'Iran a proposé officiellement, par la bouche du vice-ministre des Affaires étrangères, Ahmad Azizi, le 10 novembre 1981, une solution "islamique" en deux points pour résoudre la question afghane: évacuation sans condition de

irakien et de feindre des sentiments amicaux envers l'Islam[1]. Le 9 février, le secrétaire général du Toudeh, Nuredin Kiamuri, est mis sous les verrous. Les interrogatoires commencent. Coïncidence ? Amnesty publie, dès mars, un rapport sur la torture en Iran[2]. Début mai, le procureur général Hussein Musavi Tabrizi décrète la dissolution du Toudeh, « traître et prosoviétique[3] », malgré les démentis vertueux de Tass qui accuse les enquêteurs d'avoir agi avec des procédés qui avaient soi-disant cours au temps de la police impériale. Téhéran affine ensuite sa campagne de calomnies contre la patrie des prolétaires : 18 diplomates reçoivent leur ordre d'expulsion. Moscou réagit : des unités de l'Armée soviétique pénètrent en plusieurs points et sur plusieurs kilomètres en territoire iranien. Coïncidence ? le même mois, Amnesty lance « un appel aux autorités iraniennes, leur demandant de renoncer à exécuter des membres du Toudeh (communiste)[4],[5] » ; elle termine l'année en recensant 5 447 exécutions depuis février 1979 mais suggère, comme elle l'a déjà fait, que « le chiffre total réel est certainement plus élevé[6]. »

Mikhaïl Gorbatchev s'installe au Kremlin au début 1985. Il s'avère affable, son épouse, sorte de Teresa Cabarus slave, charme les journalistes. Mais les affaires sont les affaires. Téhéran est revenu aux enseignements réformés de Mahomet, et Gorbatchev n'aime pas cela du tout[7]. Les *mollahs* tissent des liens politico-économiques avec le Pakistan et la Turquie[8] qui

l'Armée soviétique et libre-choix de la population survivante à déterminer la forme de ses institutions. Le président Andreï Gromyko rejeta ce projet, avec irritation, en février 1986

1. *The Japan Times*, 28 janvier 1983

2. lettre SF 83 69 E du 7 septembre 1983 à la revue *Lectures Françaises*

3. *The Japan Times*, 7 mai 1983

4. *Rapport annuel* 1984, p. 393 et *Rapport annuel* 1984, annexe 2, p. 433

5. Elle déclarait à la presse le 28 septembre que « de nouvelles preuves d'éxécutions secrètes et de torture dans les prisons » lui étaient parvenues.

6. *Rapport annuel* 1984, p. 393

7. Alors qu'il se rendait en Inde resserrer les liens avec New-Delhi, en novembre 1986, il s'arrêta dans la capitale de l'Ouzbékistan musulman, Tachkent, et, discourant devant les responsables locaux du parti, leur recommanda de n'accepter "aucun compromis dans leur lutte contre la religion" — *in The Asahi Evening News*, 23 novembre 1986

8. Le commerce bilatéral a progressé de plus de 1000 % depuis février 1979

comptent parmi les plus solides alliés de la Maison Blanche[1] malgré les coups bas que porte sans désemparer le lobby libéral à ces pays[2]. Cela donne à réfléchir, surtout quand on sait l'ampleur du rapprochement irano-chinois[3]. Puisque Khomeiny refuse toute concession avec la Place rouge, le Kremlin a l'impression que « les bonnes intentions dont il fait montre sont à sens unique[4]. » Gorbatchev, qui passe pour être un des hommes les mieux habillés du monde[5], en tire les conclusions qui s'imposent. Il n'envoie pas les blindés mais rappelle les 800 techniciens qui sont encore en Iran « quelles que soient leurs origines techniques. » Le résultat immédiat est la désorganisation d'une infrastructure déjà très mal en point. Une fois encore, Amnesty joue le rôle d'appui tactique : le 15 février 1985, elle adresse «une communication écrite à la 41ème session de la Commission des droits de l'homme de l'ONU, [pour résumer] les préoccupations de l'organisation en ce qui concerne

et 1985 dans le cadre d'une Organisation de Coopération Economique - – *in The Far Eastern Economic Review*, 13 juin 1985

1. La Turquie appartient à l'Organisation du Traité de l'Atlantique Nord et en protège, bien plus efficacement que la Grèce, le flanc sud. Le Pakistan du président Zia ul Haq avait autorisé l'Armée de l'Ai *Rapport annuel*méricaine à utiliser certaines de ses bases depuis 1983, et la Marine à mouiller régulièrement dans ses ports – i*n The Far Eastern Economic review*, Tokyo, 20 novembre et 18 décembre 1986

2. *Cf* entre autres, *The Far Eastern Economic Review*, 10 avril 1986 et 5 février 1987, qui montrent l'influence jouée au Congrès par les libéraux et leur porte-parole Stephen Josuah Solarz, président du Comité des Affaires Etrangères des Représentants. *Cf* aussi *The Japan Times,* 22 décembre 1986 et CFERI-AP, *Chronologie des relations américano-pakistanaises*, décembre 1986

3. Téhéran signa, en effet, un accord de 1,6 milliard de dollars avec Pékin au début de 1985 pour s'approvisionner en armes via l'Arabie Saoudite (qui reconnaissait diplomatiquement Taïwan et est alliée de l'Irak...). Le président de l'assemblée nationale Ali Akbar Hasheni Rafsanjani visita aussi Pékin en juin suivant pour promouvoir les échanges économiques et politiques – *in The Japan Times*, 1er et 29 mars, 28, 29 et 30 juin 1985, *Monde et Vie*, 28 juin 1985, *The Far Eastern Economic Review*, 13 juin 1985. Cf aussi, pour l'année suivante, *The Japan Times*, 21 juillet, 28 et 31 août 1986, et CFERI-AP, *Chronologie des relations sino-iraniennes*, décembre 1986

4. *The Japan Times*, 20 juin 1985, citant des diplomates est-européens

5. La Fondation Américaine pour la Mode l'a selectionné comme un des dix hommes les mieux habillés du monde - selon *The Japan Times,* 30 décembre 1986

l'Iran[1]. » Le 28 novembre, elle envoie une « communication écrite au comité des affaires politiques du Parlement européen à l'occasion d'un débat public sur les Droits de l'homme en Iran[2]. » En décembre (les "chercheurs" suggèrent qu'il s'agit là du résultat de leurs actions tous azimuts), l'Assemblée générale des Nations Unies a « adopté la résolution exprimant sa profonde préoccupations [sur ce sujet] », notamment quant au destin des membres de « l'Organisation de fedayin du people [sic], l'Organisation des modjahedin du peuple, le Parti toudeh (communiste), le Peykar, le Razmadegan et l'Union des communiste[3]. » Pour le militant ou le diplomate de base de l'ONU, ces appellations ne recouvrent pas grand chose. Mais pour un spécialiste japonais des affaires iraniennes qui considère que, pour l'URSS, l'avènement de Khomeiny est une très mauvaise chose, l'OFP rassemble des maoïstes abandonnés par Pékin et récupérés par Moscou, l'OMP se définit comme un mouvement "islamo-marxiste" de tendance pro-soviétique, le Peykar oscille entre le léninisme et le le léninisme-trostskyme ; voilà pourquoi Amnesty s'en occupe.

En revanche, pas un mot ou presque sur l'opposition monarchiste dont il n'est fait mention que deux fois en six ans. Il est question, vaguement, « d'autres groupements qualifiés de monarchistes [4] » ou de "monarchistes" exécutés avec des Bahaï, des Kurdes, etc.

1. *Rapport annuel* 1986, p. 362
2. *Rapport annuel* 1986, p.362
3. *Rapport annuel* 1986, p.362
4. *Rapport annuel* 1982, p.182

La gaffe afghane : le crime de resister

Prologue

L'Afghanistan a toujours attiré les conquérants : Alexandre le Grand au IVème siècle avant Jésus-Christ, Gengis Khan au début du XIIIème et Tamerlan à la fin du XIVème. Quatre cent cinquante ans plus tard, l'Angleterre impériale, soucieuse de protéger les frontières nord de ses possessions indiennes où s'exerçait alors la très forte pression de la Russie tzariste essaya de subjuguer les populations pour transformer les montagnes afghanes en glacis infranchissable. Il en résulta trois guerres, de 1838 à 1919, au terme desquelles Londres dut admettre l'indépendance de Kaboul en novembre 1921.

Avec de tels antécédents, il était normal que la Russie soviétique s'intéressât très tôt à ce pays. La première de toutes les puissances, elle reconnut l'Afghanistan comme nation pleinement souveraine dès le 27 mars 1919, alors que l'Angleterre y maintenait encore un semi-protectorat. Le 28 février 1921, elle établissait des relations diplomatiques dans le cadre d'un traité d'amitié qui se concrétisait quelque temps plus tard par l'installation dans la capitale de 125 "conseillers" soviétiques, chargés de superviser les réformes de société entreprises, avec leur aide, par le roi Aman Allah. Kaboul et Moscou signaient un traité de neutralité et de non-agression le 31 août 1926. Malgré des résistances conservatrices qui s'inquiètaient de ce rapprochement, le roi Nader Khan, successseur de Aman Allah, poursuivit et favorisa cette politique. Il eut cependant la prudence d'obtenir de Staline que l'URSS n'essaierait pas de renverser la monarchie afghane et conclut à cette fin un traité de non-ingérence dans les affaires intérieures, le 24 juin 1931.

Zahir, fils et successseur de Nader Khan, qui avait fait ses humanités à Paris, en revint gagné aux "idées de progrès" et ne suivit en rien les sages précautions de son père. Jusqu'à la fin de la Seconde Guerre Mondiale, les conséquences des errements du jeune roi monté sur le trône en 1933 furent de peu d'importance. En effet jusqu'en 1945, Londres représentait une force telle dans la région que Moscou – surtout préoccupé par les problèmes européens et extrême-orientaux – n'imaginait pas encore de défier la Grande-Bretagne dans cette partie de l'Asie. Avec la reddition de l'Allemagne, l'environnement politique basculait. Les Travaillistes britanniques affichaient leur intention de tenir les engagements pris par leurs prédécesseurs Conservateurs de se retirer des Indes auxquelles l'indépendance fut accordée, ainsi qu'au Pakistan, le 15 août 1947. Dès lors Kaboul ne pouvait plus jouer de l'antagonisme soviéto-anglais pour conserver une indépendance toujours mal assurée. Un engrenage fatal se déclencha.

Dès l'immédiat après-guerre, les accords bilatéraux entre l'URSS et l'Afghanistan se multiplièrent : le 13 juin 1946 sur le respect des frontières (trois textes furent paraphés ce seul jour). Le 18 janvier 1958, encore sur le respect des frontières. A partir de 1962, accords sur la participation d'experts soviétiques à l'élaboration et à la réalisation des plans quinquennaux. Le 8 juillet 1972, accords sur la prévention des détournements aériens. La liste des accords commerciaux qui marquent l'emprise chaque fois grandissante de l'Union soviétique est, quant à elle, très longue.

Les choses commencèrent à se gâter pour le Kremlin – et combien plus pour les peuples afghans ! – à partir de 1963. Le roi Zahir, imbu d'écrits "philosophiques", était toujours plus envahi de scrupules. Sa couronne lui apparaissait comme le symbole d'une usurpation et le reflet d'anachronisme insupportable. Il n'eut pas de plus vif désir que de se retirer de la vie politique, tout en gardant les honneurs dûs à son rang et auxquels il s'était habitué. Plutôt que de se laisser enivrer par le *Contrat social* du "divin" Jean-Jacques, il aurait dû méditer la devise des premiers capétiens "Qui laisse l'épée, laisse le sceptre". Avec une rare imprudence, il destitua en 1963 son parent et premier ministre Mohamed Daoud, qui le secondait depuis 10 ans, pour le remplacer par une équipe de jeunes technocrates libéraux et progressistes, dont l'objectif était de mettre au point un projet de constitution destinée, après plusieurs années de transition, à transférer la totalité du pouvoir politique hors de la famille royale.

Zahir, heureux de voir s'accomplir ses idées, approuvait cette orientation décisive en octobre 1964 et commença à s'effacer.

Dans la nuit du 16 au 17 juillet 1973, alors que le roi est en voyage en Italie, Daoud prend le pouvoir, décrète l'abolition de la monarchie et proclame la république. Il annonce en même temps qu'il cumule les fonctions de président et de premier ministre. L'URSS qui s'accommodait fort bien d'une monarchie qui s'autodétruisait et n'approuve pas beaucoup ces remous, donne cependant son aval au nouveau maître et, une fois encore, est la première (avec l'Inde de Mme Gandhi) à reconnaître la nouvelle république dès le 17 juillet.

En mai 1974, un bureau commercial afghan inaugurait ses locaux en Union soviétique. Le 9 juin de la même année, Kaboul et le Kremlin signaient un communiqué commun selon lequel « l'URSS continuera d'apporter son soutien actif au peuple afghan pour le renforcement de sa souveraineté nationale[1]. » Ces marques d'amitié et d'intérêt n'apaisaient toutefois pas les inquiétudes de Daoud de plus en plus soumis aux pressions du Parti Démocratique (communiste) du Peuple (PDP) qui l'avait soutenu dans la conquête du pouvoir et exigeait maintenant des réformes drastiques. Pour donner des gages au PDP, le président reconduisait le traité de non-ingérence de 1931, signé avec Brejnev le 10 décembre 1975. Cependant Daoud se sentait encore très vulnérable et s'aperçut, comme tant d'autres et un peu plus tard, que l'allégeance à Moscou devait aller très loin dans la soumission pour assurer la durée. Impopulaire et isolé à l'intérieur, « alarmé par la pénétration soviétique de l'appareil d'Etat afghan, [il] négocie avec l'Iran et le Pakistan pour briser l'influence de l'URSS sur l'armée, la bureaucratie et l'économie[2]. »

Le Kremlin ne s'inquiète pas immédiatement de ces développements. Amnesty International, de son côté, interprète parfaitement la situation nouvelle, prête à faire pencher le plateau de la balance selon les exigences de la situation, en vertu d'un procédé qu'elle utilisera à la même époque au Cambodge, comme on le verra plus loin. Le secrétaire général du mouvement, Martin Ennals, écrit à Daoud en 1977 « pour saluer l'introduction dans la constitution de dispositions concernant les droits de

1. *The Great Soviet Encyclopedia* 1973-1983, pp.342-343

2. *The Far Eastern Economic Review*, 19 mai 1988

l'homme mais également pour exprimer son inquiétude à la suite de récits non confirmés [faisant état de violation des droits de l'homme][1] ». A cette époque, le régime de Daoud n'est pas assez politiquement défini pour qu'on tranche son cas de manière radicale. Le Kremlin réserve ainsi à Amnesty la possibilité de vérifier les « récits non confirmés » ou de les oublier, au gré de ses analyses.

Mais le Kremlin est surtout préoccupé par la finlandisation de l'Europe de l'Ouest, gagnée du nord au sud par la social-démocratie. Les affaires d'Afrique australe, d'Angola, du Mozambique, de la Guinée, du Cap-Vert, le rapprochement nippo-chinois sont vraiment plus importants et Brejnev croit disposer infailliblement des moyens pour faire régner l'ordre à Kaboul.

Les difficultés vinrent pour lui du côté où il ne les attendait pas, du Parti Démocratique du Peuple.

De Charybde en Amin

Le Parti Démocratique du Peuple avait été fondé en 1965, mais depuis 1967 deux factions s'en disputaient le contrôle. L'une, le "Khalq" (Peuple), était de tendance national-communiste, l'autre, le "Parcham" (Drapeau), s'alignait de très près sur le Parti communiste d'Union soviétique et soutenait en conséquence Daoud.

La situation échappa à Brejnev lorsque le colonel Abdul Kader, commandant la Garde présidentielle et membre du P.D.P. (Khalq) assassina, le 27 avril 1978, le président Daoud et son frère Mohammad Naïm. Le chef de la faction, Nur Taraki, devint immédiatement chef d'une République démocratique. L'assassin ne fut pas oublié et, dès le 2 mai suivant, fut promu ministre de la Défense avant de disparaître à son tour à la mi-août[2].

Dès le 30 avril, c'est-à-dire le jour même où Radio-Kaboul annonce sa nomination à la tête du gouvernement, l'URSS reconnaît Taraki. Quelques mois plus tard, en décembre, il signe un traité de coopération et d'amitié avec l'URSS qui autorise notamment l'intervention sur le territoire afghan de l'Armée soviétique pour protéger éventuellement le pays.

1. *Rapport annuel* 1977
2. *The Japan Times*, 3 mai 1978

Le 19 juin, soit moins de deux mois après la mort de Daoud et le début de purges sanglantes, Amnesty écrit à Taraki « pour le féliciter de ses déclarations à propos du respect des droits de l'homme[1] ».

Le 27 septembre 1978, nouveau message d'Amnesty à Taraki « pour le féliciter pour son intention déclarée d'adhérer au principe de la déclaration des droits de l'homme ». En réalité, Taraki "régénère" l'Afghanistan à sa façon : en 17 mois, on compte 300 000 tués, disparus, blessés ou exilés et quelque 150 000 prisonniers... Un imbécile de l'agence United Press International-Kyodo parlera, onze années plus tard (le 24 avril 1989), de "réformes".

Mais les Soviétiques ont fini par conclure que Taraki n'est décidément pas l'homme de la situation et ils songent à le neutraliser. Ils lui cherchent un remplaçant et pensent même, un moment, l'avoir trouvé en la personne du ministre des Affaires étrangères, Amin. Le Kremlin le connaît bien, de par sa position dans le gouvernement afghan qui en fit un interlocuteur privilégié. Chose curieuse, deux délégués d'Amnesty, dont le Turc Mümtaz Soysal, l'ont rencontré lors d'une mission du 19 au 24 octobre 1978 à Kaboul. On est fondé de penser que les « entretiens très poussés[2] » qui eurent alors lieu étaient peut-être une manière de le sonder. Quoiqu'il en soit, le Kremlin l'impose dans un premier temps comme premier ministre à Taraki; le *centre de Londres* adresse alors un télégramme en avril 1979 « à Monsieur Hafizullah Amin, le félicitant de sa nomination[3] ». A cette date, Amnesty tolère encore Taraki et Amin. Mais très vite la situation se dégrade. Le 31 mai, soit sept mois après son "enquête", Soysal porte à la connaissance de l'ONU, sous forme d'un procès-verbal, ce que tout le monde sait, à savoir que les autorités afghanes violent « gravement et systématiquement » les droits de l'homme. Taraki ne se tient pas pour battu. Il parvient à se réconcilier avec Brejnev à Moscou à l'occasion d'une halte qui le ramène de La Havane où il a assisté au Sommet des Non-alignés. Non seulement il regagne les grâces des communistes, mais encore il obtient la collaboration des Soviétiques pour assassiner Amin[4] . Le piège est mis en place par Tara-

1. *Rapport annuel* 1978, p.153
2. *Rapport annuel* 1979, p.102
3. *Rapport annuel* 1979, p.104

ki le 14 septembre soit quatrejours après qu'il eut conversé avec son hôte soviétique.

Amin a d'ailleurs raconté cet épisode étonnant à Sayyed Fazl Akbab qui fut le président de la radio nationale de 1978 à 1980 : « Quelques heures avant que l'avion de M. Taraki ne se posât à l'aéroport de Kaboul, après son voyage à la Conférence des Pays Non-Alignés à La Havane et son entretien avec M. Brejnev à Moscou, j'appris de mes hommes l'existence d'un complot destiné à m'éliminer à l'aéroport au moment où je m'apprêterais à accueillir M. Taraki, complot ourdi par le chef de la police secrète, les ministres de l'Intérieur et des Communications.

« Dès que j'eus connaissance de ce projet, je pris des mesures immédiates, remplaçant le personnel de la Police Secrète par des hommes loyaux.

« Une fois rassuré, j'allai accueillir le président Taraki et parvins à l'aéroport quelques minutes avant son atterrissage. Quand il me vit, il fut surpris et comprit que j'avais eu vent de son plan. Il essaya de rester calme et sourit. Pour des raisons de sécurité, je refusai de revenir dans une voiture du cortège officiel et regagnai aussitôt mon bureau au ministère des Affaires Etrangères.

« Deux jours plus tard, M. Taraki m'appela au téléphone et me demanda de me rendre au palais pour effacer tout malentendu qui aurait pu naître entre nous.

« Mais plusieurs personnes du palais, notamment M. Taroun, chef de la Garde, me prévinrent d'un autre complot et me déconseillèrent de me rendre à son bureau.

« En conséquence, je m'excusai auprès du président Taraki, arguant d'une indisposition chez ma fille qui m'empêchait de me libérer. J'évoquai la question avec de hauts conseillers soviétiques travaillant avec moi, les assurant que M. Taraki voulait me tuer. Les conseillers me dirent qu'ils enquêteraient et me donneraient bientôt une réponse : ils ne le firent jamais.

« Le jour suivant, M. Taraki me rappela pour me dire que l'ambassadeur Poujanov était dans son bureau pour arbitrer notre différend : il me pria de venir "aussi vite que possible".

« La présence du diplomate me rassurait car je pensais que ni M. Taraki ni ses amis n'oseraient quoique ce fût contre moi en sa présence. Tout de même, je pris certaines précautions. Je ren-

4. Sayyed Fazl Akbar, président de la radio nationale afghane de 1978 à 1980, cite les propos qu'Amin lui confia sur ce sujet – in *Afghan Realities*, n° 6

forçai mes gardes du corps et me rendis au palais accompagné de huit, et non de quatre hommes.

« Quand j'atteignis le palais présidentiel, mon ami Taroun vint à moi et me supplia de ne pas entrer dans le bureau présidentiel parce qu'on y attenterait à ma vie. Mais je rétorquai que je ne craignais pas cette éventualité tant que l'ambassadeur soviétique serait là. Je montai les marches et le garde stationné devant la porte du bureau de M. Taraki me dit qu'il avait des ordres pour ne laisser entrer que moi. Mais Taroun, en sa qualité de supérieur hiérarchique, le repoussa et me précéda dans la pièce : dès qu'il entra, des coups de feu retentirent et il s'écroula, mortellement atteint. »

Amin put s'enfuir, gagna le ministère de la Défense et donna l'ordre d'arrêter Taraki. Les trois lieutenants de Taraki demandèrent l'asile politique, chose rare, à l'ambassade d'Union soviétique dont le principal diplomate fut bientôt rappelé.

Une épreuve de force s'engage alors entre le nouveau président, Amin, et Brejnev. Moscou n'a pas plus confiance en lui qu'en Taraki qu'il a soutenu.

Daoud avait voulu s'appuyer sur l'Arabie saoudite et l'Iran réactionnaires. Amin tente d'écarter l'étau soviétique qui se resserre et opte pour la solution chinoise. Il s'abouche avec un mouvement de guérilla qui dépend de Pékin pour sa logistique et son idéologie, le Shala a Jawed. Les temps lui sont peu propices. La Chine règle ses comptes autour du corps encore tiède de Mao. Elle n'a pas pu secourir Pol Pot quand le Viet Nam a envahi le Cambodge en décembre 1978. Deng Xiaoping ne peut risquer l'ensemble de sa politique pour le seul "salut" de l'Afghanistan.

Brejnev a trouvé la solution de remplacement : il a déniché l'Afghan propre à assurer les desseins de l'Union soviétique. Courant octobre, Babrak Karmal – le chef du Parcham – que Taraki avait éloigné en le nommant ambassadeur à Prague, est ramené dans la ville de Termoz à la frontière afghane, et le 20 décembre il est transféré à Tachkent, prêt à prendre les rênes du "pouvoir".

Le 27 décembre, les commandos de l'armée rouge investissent les points sensibles de Kaboul « à la requête du gouvernement » et assassinent Amin.

L'émotion dans le monde est à son comble. Les diplomates, ennuyés par ce contre-temps mais gonflés d'importance, digèrent mal les repas de fin d'année pris à la va-vite, et les réveillons du jour de l'an prennent un caractère fébrile : le président Carter va-t-il "appuyer sur le bouton" ? A l'Ouest, Amnesty reste calme.

Le jour même où l'on apprend la nouvelle de l'invasion (qu'Amnesty appelle pudiquement un « coup d'Etat »), c'est à dire le 28, elle « se réjouit de l'intention [de Babrak Karmal] de libérer tous les prisonniers politiques et d'étendre les libertés démocratiques [*sic*][1]. » Le 7 janvier, le *centre de Londres* récidive et « se réjouit de l'annonce présidentielle de la libération de plusieurs milliers de prisonniers politiques[2]. »

Après ce départ en fanfare qui accompagne l'entrée des troupes soviétiques d'occupation, Amnesty va franchir un pas de plus dans la collaboration avec l'URSS. Oubliant toute prudence, elle apporte ouvertement son appui à la politique de Brejnev.

Amnes-Tass à Kaboul

C'est au siège de l'ONU qu'Amnesty a été "invitée" le 5 janvier 1980 par le ministre des Affaires étrangères, Shah Mohamed Dost, à visiter officiellement la capitale afghane. Les Soviétiques n'ont pas débarqué depuis 10 jours qu'ils "sollicitent" Amnesty : Karmal a besoin d'une reconnaissance internationale et de la "bénédiction" d'une grande organisation humanitaire. L'étranger va peut-être lui apporter l'appui que ses compatriotes lui refusent une fois pour toutes.

L'organisation humanitaire, sommée, envoie ainsi une délégation de deux personnes dont l'inévitable Mümtaz Soysal à qui Amin avait fait si forte impression en octobre 1978.

Soysal appartient à la classe de ces personnes dont on ne discute pas le témoignage. Au-dessus de tout soupçon, « largement respecté », on ne peut mettre sa parole en doute et il est venu témoigner devant les tribunaux français en faveur des terroristes d'origine arménienne – membres de l'Armée Secrète Arménienne pour la Libération de l'Arménie, fondée par Bedros Havanassian, alias Hagop Hagopian qui sera assassiné à Athènes le 28 avril 1983 – qui avaient fait exploser une bombe à

1. *Rapport annuel* 1980, p. 217
2. *iRapport annuel* 1980, p. 217

l'aéroport d'Orly, causant la mort de huit personnes en juillet 1983. Soysal est un homme considérable, il a des diplômes, enseigne le droit constitutionnel turc et a été doyen de l'université des sciences politiques d'Ankara. Il donne régulièrement des conférences aux responsables du syndicat marxiste-léniniste[1], le DISK, et rédige des articles dans le journal turc *Miliyet*. Il a fait de la prison... et a été vice-président d'Amnesty : il offre donc toutes les garanties.

Chacun se précipite pour rencontrer les deux délégués : le président, trois ministres, une nuée de fonctionnaires civils et de militaires[2]. Soysal note, fièvreux et enthousiaste, ses entretiens avec des « anciens prisonniers [...] en dehors de la présence du personnel pénitentiaire » : le lecteur de ce rapport public n'aura pas intérêt à s'étonner de ce qui paraît normal, à savoir que d'anciens prisonniers ne côtoient plus, au terme de leur peine, les geôliers avec lesquels ils n'ont pas forcément entretenu des rapports qu'ils auraient souhaité poursuivre, leurs peines une fois purgées. On congratule le ministre de l'Intérieur, le chef des Services de contre-espionnage et un commandant de prison[3], bref des tortionnaires.

D'une manière très officielle, Soysal dresse une liste sans doute exhaustive parce qu'il est un universitaire sérieux, des protections dont bénéficierait le citoyen afghan de base. Ses interlocuteurs abondent dans son sens, ils approuvent, surenchérissent. Ils vont même jusqu'à présenter de nouvelles perspectives qui feront date dans l'Histoire. Ah, les braves gens! Ce n'est pas pour rien qu'on a instauré une république en 1973, qu'on l'a réformée et démocratisée une fois en 1978 et deux fois en 1979 ! Soysal écoute ce beau monde, l'œil sans doute mouillé. Le pouvoir renonce pour toujours à la torture « même en cas de menace étrangère contre la sûreté du pays[4] ». Soysal doit tomber en pâmoison devant cette magnanimité qui caractérise tant les régimes socialistes et démocratiques. Mais de quelle « menace étrangère » s'agit-il ? Quel impérialisme yankee, quelle Internationale noire de Malmö à Tamanrasset en passant par la Lorraine et la pampa patagone, serait capable de

1. Selon un document officiel portant l'estampille des services de sécurité turcs en possession du C.R.E.F.I. -A P

2. *Rapport annuel* 1980, p.218

3. *Rapport annuel* 1980, pp. 217-218

4. *Rapport annuel* 1980, p.218

menacer les intérêts soviétiques en Afghanistan ? En quoi la torture pourrait-elle constituer une arme de dissuasion crédible ?

Le professeur de droit (constitutionnel) remercie. On lui donne congé. Il part. Le *centre de Londres* reconnaît benoîtement que les « délégués » n'ont pas franchi les limites de la capitale dans le cadre de leur enquête[1]. Aéroport, palais présidentiel, quelques rues... et retour sans escale. Les « délégués » n'ont donc matériellement pas pu constater *de visu* les guerres atroces commencées par les soldats de Brejnev. Parcourant les rues de Kaboul en état de siège, pénétrant dans les locaux tous défendus par des fils de fer barbelés et des sacs de sable, Soysal et sa compagne n'ont rien vu. Ils ont marché à l'ombre des canons à pleurs sans rien déceler de l'outrancière « présence » soviétique sans cesse renforcée par un pont aérien continu et qui, quatre mois plus tard, atteindrait 100 000 hommes. Les discours qu'on lui a prodigués ont suffi à Soysal. A son retour, Amnesty expédie un message de remerciements au président Karmal « pour sa coopération [*sic*][2] ».

La nausée

Karmal est, un instant, l'homme des Soviétiques. Il n'en conserve pas moins une certaine marge de manœuvre, même si celle-ci reste étroite. Il sait que Brejnev, ou un de ses successeurs, peut reconsidérer sa stratégie et lui retirer la confiance du Kremlin. Karmal couvre certains assassinats politiques contre l'avis de Moscou et s'expose à des réprimandes, bien que son bilan apparaisse comme "globalement positif". Heureusement, Amnesty est là pour donner lui une image de marque sérieuse et bien profilée.

Le *Rapport annuel 1981* contient 249 lignes concernant l'Afghanistan : 19 énumèrent les Principes fondamentaux édictés par le Conseil Révolutionnaire. On y relève entre autres « le droit des juges à statuer indépendamment ». La solennité du ton adopté par le rapport dissuade le lecteur de sourire. Le huis-clos lui-même, contre lequel Amnesty s'érige en général, trouve grâce à ses yeux puisqu'il est régi par la loi. 24 lignes relatent le contenu d'un article paru dans *The Kabul Times* du 8 juillet

1. *Rapport annuel* 1980, p.217
2. *Rapport annuel* 1980, p.218

1980. Amnesty y puise les arguments pour justifier les arrestations de « traîtres[1] », pour rassurer les militants puisqu'elle précise que les inculpations et les détentions sont conformes au droit pénal. 44 lignes font mention de la libération de prisonniers. Statistiques irrécusables : elles sont extraites du *Kabul Times*[2], et... corroborent parfaitement celles du gouvernement. Babrak Karmal n'a cessé d'ouvrir les portes des prisons depuis l'arrivée des Soviétiques : en février, le 12 avril, le 13 août, fin novembre, le 27 décembre (joyeux anniversaire !) pour l'année 80. 1981 s'annonce bien avec une libération le 27 avril. De ces libérés, Amnesty le reconnaît, elle ne sait rien. Etaient-ils coupables, et de quoi ? Amnesty ne cherche pas à connaître les raisons de leur internement ou de leur libération, ce qu'elle fait parfois ailleurs. Elle ne cherche pas à savoir s'il ne reste pas quelques "prisonniers oubliés" et qui ils sont.

Il arrive cependant que le *centre de Londres* élève la voix. Il condamne avec force indignation les crimes perpétrés... « par un groupe de résistance islamique » qui a tué 14 soldats de l'armée dite régulière – c'est à dire sous le commandement soviétique – et le neveu d'un ministre. Il incite le régime de Kaboul à respecter la vie de certains opposants "de gauche" et suggère avec toutes les circonvolutions exigées que des exécutions paraissent enfreindre les principes de la République démocratique afghane[3] : ainsi les "chercheurs" d'Amnesty entérinent la légitimité d'un gouvernement collaborateur de l'Union soviétique et de ses objectifs, installé par la violence, absolvent l'arbitraire et banalisent un système de terreur. Parmi les morts qui ont conduit la "justice" à enfreindre les Grands Principes de la République démocratique afghane figure « Abdul Malid Khalakhni, chef de maquisards de gauche connu pour son opposition à la présence des troupes soviétiques[4] » ; l'homme n'était pas fondamentalement opposé aux méthodes terroristes de gouvernement chères à Marx et à Lénine; à ce titre, il aurait dû être possible de trouver un compromis avec lui. Karmal y a répugné quand cette solution avait l'aval de Moscou[5]. Amnesty tombe parfois aussi dans la consternation, par exemple lorsque trois officiers

1. *Rapport annuel* 1981, p.226
2. *Rapport annuel* 1981, p.227
3. *Rapport annuel* 1981, p.227
4. *Rapport annuel* 1981, p.227
5. D'après l'interview d'une personnalité politique népalaise

du régime sont exécutés, la nouvelle l'afflige, sans doute parce que les camarades, déjà peu nombreux, se déciment entre eux.

Cette critique a ses limites que la raison d'Etat et l'organisation humanitaire connaissent. Ainsi cette dernière explique qu'elle « a retenu pour enquête des rapports de citoyens étrangers arrêtés lors des troubles [*sic*] de Kaboul les 22 et 23 février, selon lesquels des prisonniers afghans auraient été torturés[1,2]. » Devant une affaire aussi grave, on imagine ce qui se passerait si l'affaire avait lieu au Chili ou en Afrique du Sud ; pourtant Amnesty déclare que, bien qu'elle soit autorisée par le président à se rendre à tout moment en Afghanistan, elle refuse de dépêcher une seconde mission. Elle demande simplement au gouvernement, c'est à dire simultanément au Parti, au juge et au bourreau, « d'enquêter au sujet de ces allégations ». Elle semble admettre par avance toutes les dénégations de Kaboul car elle-même ne croit pas beaucoup à ces accusations « en provenance d'Islamabad[3] », par essence « vendue aux ploutocrates américains ».

De fait, Kaboul les rejettera et Amnesty les classera. Le rapport de 1981 s'inscrit dans cette logique de la "dédramatisation" et conclut sur une note franchement optimiste. Bien sûr des familles vivent dans l'incertitude du sort réservé à certains proches, prisonniers de Karmal, mais, assure Amnesty, qui ne croit pas utile de citer ses sources, « elle les croit toujours en vie[4] ». Pour le *centre de Londres*, ces gens, dont on a perdu la trace, ne sont pas des « disparus » !

1. *Rapport annuel* 1980, p.220

2. La faction Parcham voulut restaurer le drapeau national, supprimé par Taraki le 19 octobre 1978; les étudiants protestèrent contre cette mascarade et formèrent un cortège dans les rues de la capitale. Ils y furent dispersés par le feu des gardes révolutionnaires et les canons des hélicoptères soviétiques de combat

3. *Rapport annuel* 1980, p.222

4. *Rapport annuel* 1981, p.230

L'Armée soviétique ? Connais pas[1] !

Au coup de force des Soviétiques a répondu l'insurrection de tout un pays. Amnesty, qui ne peut pas nier l'existence des combats qui « ont fortement gêné la collecte d'informations sur les violations des droits de l'homme[2] », n'admet pas que cette guerre ait été provoquée par une invasion étrangère.

Le *centre de Londres* ne cesse, à travers ses rapports, d'accréditer la thèse, mensongère, de la guerre « civile[3] ». Les combats sont le fait de « troupes gouvernementales », « renforcées[4] », « appuyées[5] », « soutenues[6] » par les « troupes soviétiques ».

En face de cette armée officielle, que trouve Amnesty ? « Différents groupes armés d'opposition[7] », « divers groupes d'insurgés islamiques[8] » qui « contrôlent une partie du territoire[9] » ou « paraissent contrôler une grande partie des campagnes[10] ».

Le langage employé par Amnesty rejoint la rhétorique de Kaboul et de Moscou. Ces insurgés qui ne contrôleraient qu'« une partie du territoire » voire « une grande partie des campagne » que les Soviétiques ne leur disputeraient pas, sont implicitement assimilés à des fanatiques ou à des mercenaires sans appui populaire.

Or, que représentent sur le terrain les troupes de Karmal? Elles étaient estimées à environ 100 000 hommes avant l'arrivée des 100 000 Soviétiques. Or, malgré les décrets sur la préparation militaire obligatoire pour les gosses de 10 à 16 ans, le service armé dans la milice pour les hommes de 16 à 55 ans et ceux

1. Laconique, Montalembert explique les silences d'Amnesty : « Notre rôle n'est pas d'intervenir dans un conflit armé », in *Le Point*, 5 juin 1989 {NdA, 25 juillet 1989}

2. *Rapport annuel* 1982, p.207

3. *Rapport annuel* 1984, p.237, lignes 13 et 19; p.238, ligne 22

4. *Rapport annuel* 1982, p.212

5. *Rapport annuel* 1983, p.225

6. *Rapport annuel* 1983, p.239, *Rapport annuel* 1984, p.155, *Rapport annuel* 1985, p. 155 et *Rapport annuel* 1986, pp. 22-222

7. *Rapport annuel* 1982, p.212

8. *Rapport annuel* 1985, p.239

9. *Rapport annuel* 1982, p.212

10. *Rapport annuel* 1983, p.225

sur la levée en masse[1], les effectifs gouvernementaux sont tombés à moins de 30 000. L'hémorragie touche des régiments entiers : plusieurs centaines au moins de soldats de la 25ème division basée à Khost tuent leurs conseillers venus du Nord ainsi que leurs supérieurs et passent au Pakistan en janvier 1983[2]. 30 déserteurs de la 12ème division en route entre Kaboul et Kandahar ouvrent le feu sur leurs officiers et la moitié du convoi rejoint la résistance en août[3]. Une mutinerie à Kandahar vaut à l'Armée rouge de perdre 31 hommes en décembre 1984[4]. Profitant de l'éloignement de leurs cadres soviétiques, sept aviateurs afghans s'enfuient au Pakistan à bord de deux hélicoptères de combat MI-24 en juillet 1985[5]. 600 gouvernementaux les imitent en janvier 1986[6], 900 en mars et 800 à nouveau parmi les défenseurs de Baghlan[7]...

Les cadres aussi renient leurs allégeances premières, d'ailleurs souvent obtenues par la contrainte : le général Namaz se réfugie au Pakistan au début de janvier 1983 tandis que son confrère médecin, le général Naik Mohammed Azizi se met à la disposition de la résistance[8]. Le juge auprès de la Cour suprême Mohammed Yousaf Azim s'enfuit aussi de Kaboul au printemps 1985[9]. Les Soviétiques ne peuvent accorder la moindre confiance à ceux qui semblent fidèles au régime communiste : quand ils lancent leurs terribles offensives dans la vallée du Panjshir au début de l'été 1985, les troupes gouvernementales, à quelques rares exceptions près, ne sont pas engagées dans les combats. La Sécurité soviéto-afghane démantèle à la fin de

1. Le décret sur la levée en masse était daté du 2 août 1982 – *Cf. Présent*, 27 août 1982 et sur les autres textes, *ibid.*, 16 juillet 1982 ainsi que *Réalités Afghanes*, septembre 1982

2. *The Japan Times*, 19 janvier 1983, citant des sources occidentales

3. *The China Post*, 11 août 1983, citant des sources occidentales

4. *The Japan Times*, 9 janvier 1985, citant des sources occidentales

5. *The Japan Times*, 15 juillet 1985, citant le gouvernement pakistanais, et *The Far Eastern Economic Review*, 12 septembre 1985

6. *The Far Eastern Economic Review*, 16 janvier 1986, citant des sources occidentales

7. Afin d'éviter les désertions autant que pour protéger la vie des gouvernementaux, les autorités militaires afghanes minaient les alentours des postes avancés - selon *The Japan Times*, 28 mai 1987, citant des sources occidentales

8. *The Japan Times*, 12 et 18 janvier 1983

9. *The Japan Times*, 7 avril 1985

l'année 1985 un réseau de cinq généraux « loyalistes » qui passaient des renseignements aux résistants[1], etc.

Le régime de Kaboul ne dure alors que par le mal plaisir des occupants. Les Soviétiques étaient 5 000 en août 1979. Ils sont en 1980 – et Amnesty ne peut l'ignorer – plus de 100 000[2] ; et ce sans compter les contingents des pays du Pacte de Varsovie[3]. Malgré leurs armements modernes, dont l'utilisation d'armes chimiques[4], ils ne peuvent s'imposer : ils ont perdu ainsi

1. *The Japan Times*, 9 janvier 1986

2. 110 000 selon le Quid, ed. 1984, p.999 et 120 000 selon Michael Barry, dans son article publié par *Politique Internationale*, Paris, printemps 1985, p.45. Au total, ils auront été « plus d'un million » envoyés en Afghanistan, selon *The Japan Times* du 16 mai 1989, citant Gorbachev lors d'une visite qu'il effectuait à Irkoutsk le 14 mai.

3. *The Japan Times*, circ. 21 décembre 1982

4. Carlo Ripa di Moama, député socialiste italien élu au parlement européen écrit dans l'organe de son parti, *Avanti*, le 7 juin 1981, qu'il a vu des hommes mourir de leurs blessures consécutives à des bombardements au napalm ;

le Front National, en France, a publié une affiche montrant le visage d'une jeune fille ravagé par le phosphore ;

The Japan Times du 26 janvier 1986 reproduit la photo d'une enfant pareillement défigurée, sur laquelle se penche le président Ronald Reagan ;

un déserteur russe de 19 ans, Anatoly Mikhaïloviteb Sakarov, révéla que des stocks de gaz « entraînant des troubles respiratoires et cutanés le plus souvent mortels » étaient emmagasinés dans au moins deux villes - in *Réalités Afghanes*, septembre 1982 ;

Le Quotidien de Paris du 3 avril 1982 rapporte que « *des antidotes expérimentaux contre du poison répandu par avion auraient été administrés à des résistants afghans capturés* » ;

le Dr Thomas J. Welch, spécialiste des armes chimiques, accusa les Soviétiques d'utiliser « *des gaz incapacitants* [...] *inconnus de nous* » - in *The Japan Times*, 30 octobre 1985 ;

le secrétaire général de l'ONU (donc le supérieur hiérarchique d'Amnesty), Javier Perez de Cuellar, résumant une étude que lui soumirent ses services, aboutit à la conclusion que les communistes employaient des armes normalement prohibées dans le sud-est asiatique et l'Afghanistan - in *La Presse Française*, 21 janvier 1983 ; le journaliste néerlandais Bernd de Bruin et le Français Ricardo Frade tirèrent des conclusions similaires - in *Réalités Afghanes*, septembre 1982 ;

The Japan Times des 18 et 19 février 1983 fait état « d'unités spéciales » dans le corps de bataille soviétique ;

cf. aussi le "contre-rapport" afghan (nationaliste) montrant les "limites" de l'enquête de Soysal à Kaboul, intitulé *Afghanistan 1980* et étayé sur 72 pages

50 hélicoptères, 700 engins blindés et 700 camions en 1981, 100 hélicoptères, 900 engins blindés et 800 camions en 1982[1] et entre 12 et 15 000 hommes[2]. Ce qui fait beaucoup pour de simples forces auxiliaires disposant d'un budget représentant 2 % (plus de deux milliards de dollars) de celui accordé à la "Défense" soviétique[3].

En fait, on sait que l'armée rouge n'est pas même capable d'assurer la sécurité des siens dans les 10 % du territoire où elle se terre[4]. Non seulement les campagnes lui sont hostiles, mais les guérillas savent lui en interdire l'accès, effectuant des raids audacieux au coeur des installations militaires les mieux défendues, tiennent des centres urbains et la menacent dans la capitale. Ils opèrent même des raids en territoire... soviétique[5]. Après avoir enregistré de grands revers dans les vallées du Kunar et du Panshir en mai, juin et juillet 1985, la résistance

(la couverture représente la jeune villageoise défigurée et ainsi montrée sur les affiches du Front National). Les témoignages n°12 (du 11 mars 1980) et n°13 (du 17 mars 1980) font état d'utilisation de gaz et de napalm.

Il est vrai que des "témoignages" contraires viennent au secours des Soviétiques: ainsi, un "scientifique" de l'université très libérale de Harvard a émis l'hypothèse selon laquelle les "pluies jaunes" attribuées aux armes secrètes soviétiques étaient en fait du pollen transporté par des essaims d'abeilles...

1. *Quid*, 1984

2. Selon des estimations avancées par *The Japan Times* du 29 décembre 1986. Ce chiffre prend seulement en compte le nombre de morts. Selon *ibid.* du 15 décembre 1982, citant des déserteurs soviétiques, les pertes totales s'élevaient alors à 30 000

3. *The Japan Times*, 18 janvier 1987 -citant un rapport de l'OTAN

4. Cette superficie de 10 % lui est "reconnue" par la résistance - in *The Japan Times*, 24 mai 1985 ; cf aussi *Beijing Review*, 1987, n°1

5. *The Japan Times*, 24 février 1987 – qui cite un résistant afghan, Sayyed Abdul Rauf selon lequel ses partisans « *traversent régulièrement* [la frontière], *avancent de plusieurs kilomètres en URSS, y placent des mines sur les routes* », et y mènent un travail de propagande. L'agence Tass admettra, le 18 avril 1987, que des « *bandits* » avaient embusqué, en territoire soviétique, une patrouille du KGB dont ils avaient tué deux membres dans la nuit du 8 au 9 précédents – selon *The Japan Times* du 20 avril 1987.

Le *Jamial i Islami* revendiquera une action plus spectaculaire en juin 1987 quand un porte-parole dira que ses membres avaient tué 85 Soviétiques dans la république du Turkemanistan, en mai, à 24 km à l'intérieur du territoire de l'Union. En représailles, l'Armée de l'Air bombardera la ville de Bala Mahrgab dans la province afghane de Badgh (les gouvernementaux ne "tiennent" là que la capitale, Qala Nau), y faisant 300 morts - selon *The Japan Times*, 26 juin 1987

trouve des ressources qu'on croyait brisées ; le Hizb i Islami lance une contre-attaque le 1er septembre dans la région de Paktiya qui prend complètement au dépourvu les défenseurs d'un camp retranché, lesquels perdent des dizaines d'hommes, 36 tanks et quatre hélicoptères[1]. Profitant d'une tempête de neige, un commando s'introduit en janvier 1985 sur la plus importante base aérienne soviétique, à Bagram, et détruit au sol une dizaine d'hélicoptères[2]. Six mois plus tard, la résistance s'empare d'un camp de l'armée régulière en y tuant 450 soldats dont le général Ahmad Uddin[3]. Les villes ne sont pas épargnées, contrairement aux dires d'Amnesty : des résistants kidnappent ainsi, en plein jour, dans le bazar de la capitale provinciale de Mazar i Shariff, 14 "experts" soviétiques qui disparaissent alors en janvier 1985[4]. Hérat, ville-martyr, refuse le joug communiste : des hélicoptères écrasent les maisons susceptibles d'abriter des "insurgés" en larguant dessus des blocs de pierre. Pour en obtenir la reddition, l'armée rouge déclenche des attaques "sauvages" : 50 avions se relaient pour bombarder les 160 000 habitants en mai 1985, causant 3 000 morts et détruisant la moitié des habitations[5]... mais lorsque l'infanterie rouge tente d'occuper le terrain en août, elle tombe dans un guet-apens et perd une centaine de combattants[6]. La capitale elle-même n'a pas été "pacifiée" : lors des quatre premiers mois en 1983, on recense quatre attaques de la guérilla contre l'aéroport de Kaboul, la dernière en date tuant 13 Soviétiques, neuf soldats réguliers afghans, détruisant trois hélicoptères et endommageant un avion[7].

A la mi-août, les résistants attaquent sur trois fronts simultanément, ce qui constitue l'action « la plus importante depuis décembre 1979[8] » : les "insurgés" tirent des roquettes sur le

1. *The Japan Times*, 10 septembre 1985, citant la résistance (les Soviétiques finiront par abandonner petit à petit le terrain "conquis")

2. *The Japan Times*, 23 janvier 1985, citant des sources occidentales. L'édition du 30 janvier, citant la résistance, précise que l'attaque eut lieu le 17 et porte à 12 le nombre d'appareils détruits

3. *The Japan Times*, 30 juin 1985, citant la résistance et Radio-Kaboul

4. *The Japan Times*, 13 janvier 1985, citant des sources occidentales

5. *The Japan Times*, 12 mai 1985

6. *The Daily Yomiuri* (Tokyo), 8 septembre 1985, citant des sources occidentales

7. *The Japan Times*, 3 mai 1985, citant des sources occidentales

quartier général soviétique le 2 mars 1986 et abattent trois hélicoptères 48 heures après[1]. Le 27 août, la guérilla accomplit un nouvel exploit quand elle parvient à incendier le principal dépôt de munitions de la capitale, forçant les pompiers à plusieurs heures de combat contre le feu[2]. Durant le seul mois de mai 1987, un raid sur un camp soviétique de la capitale vaudra 80 morts aux troupes d'occupation qui auront perdu le même mois 29 avions[3].

Amnesty déforme la réalité en prétendant que les « insurgés » seraient seulement « islamiques ». Le coup bas est habile. Car depuis les événements d'Iran, l'Islam n'a pas vraiment bonne presse : en limitant les aspects de la résistance au facteur religieux, la guérilla apparaît comme mue par des considérations anachroniques (la Guerre Sainte) et fanatiques. Dans le même temps l'URSS peut faire figure de rempart du monde blanc effrayé par le fondamentalisme musulman. Or le soulèvement afghan est déjà national : les peuples ont accepté peu ou prou le modernisme de Zahir, la laïcisation autoritaire de Daoud voire la national-marxisation de Taraki et d'Amin. Le pays s'est en revanche soulevé, toutes composantes comprises, quand les Soviétiques ont débarqué avec Karmal et Najibullah dans leurs fourgons. La résistance ne puise pas ses motivations que dans la religion : le Shola e Jawed et le Setam e Malli, par exemple, sont plus sensibles à la pensée de Mao Tse Toung qu'à la parole du prophète. Mais Amnesty n'a que faire de ces nuances et elle ricane quand la guérilla tue deux femmes accusées d'espionnage pour le compte du Khad (police de la sécurité contrôlée par les Soviétiques), « cette organisation satanique[4] » : croire en St-Michel et au diable au XXème siècle !? Heureusement que les Soviétiques sont là!

Jacques Abouchar, dont Amnesty relate les tribulations officielles sur 11 lignes[5], partage cet avis. Selon ce journaliste français à Antenne 2, et qu'on ne serait pas étonné de savoir en bons termes avec des honorables correspondants du Kremlin,

8. *The Japan Times,* 17 août 1987

1. *The Far Eastern Economic Review,* mars 1986, citant des sources occidentales

2. *The Japan Times,* 29 août 1986

3. *The Japan Times,* 10 juin 1987, citant des sources occidentales

4. *Rapport annuel* 1985, pp.242-243

5. *Rapport annuel* 1985, pp.239-240

arrêté très à propos par une patrouille soviétique alors qu'il venait de franchir la frontière pakistanaise avec une escorte qui eut le bon goût de se dérober au premier engagement et de le laisser indemme sur place, les résistants ne seraient que des « zozos [...] et des fanatiques [qui] font froid dans le dos » – et le personnage, pour qui ses douteux confrères se mobilisèrent, de se dire « un peu choqué par la passion [*sic*] anti-communiste et anti-soviétique que j'ai rencontrée [en France] à mon retour[1] » : Amnesty trouve un rude concurrent dans l'abjection.

Puisque l'Armée rouge n'existe pas, les atrocités dont certains témoignent ne peuvent lui incomber. Amnesty, forte de cet axiome, attribue aux maquisards des crimes imaginaires et dédouane leurs ennemis de crimes réels. « Des deux côtés, on fait état des violations des droits de l'homme. Il est souvent signalé que des civils suspectés de sympathies avec l'une ou l'autre partie ont été torturés[2] » ou encore : « les belligérants des deux camps ont été fréquemment accusés de violations des droits de l'homme au cours des combats[3] ». Et d'illustrer ces propos d'exemples précis, puisqu'elle sait qu'il ne se trouvera personne pour les remettre en cause. « Lors d'un incident [sic] près du village de Padkhab e Shana [...] les troupes gouvernementales ont apparemment tué, en dehors de tout affrontement armé, 109 civils[4] ». L'intention d'innocenter les Soviétiques est évidente ; on remarquera l'adverbe « apparemment » sur lequel se bâtissent des réputations d'honnêteté. Qui pourra vérifier? Or, pour une fois, on sait ce qui s'est réellement passé. L'incident n'a pas mis seulement en cause « les troupes gouvernementales » mais celles-ci **et** les forces soviétiques. L'agence de presse Reuter-Kyodo a relaté qu'elles avaient bouclé **ensemble** le bourg de 8000 âmes et y avaient massacré 105 personnes, dont 11 enfants[5]. Quant à la thèse qui voudrait que des atteintes aux droits de l'homme aient eu lieu seulement

1. *L'Astrolabe*, décembre 1985, citant *Présent* du 9 novembre 1985. Abouchar dit aussi penser préférable à Kaboul un gouvernement communiste qu'islamique - selon *La Presse Française*, 19 avril 1985

2. *Rapport annuel* 1982, p.212

3. *Rapport annuel* 1983, p.225

4. *Rapport annuel* 1983, p.227

5. *The Japan Times*, circ. 10 décembre 1982; Reuter-Kyodo fondait sa dépêche sur une interview avec Barry : l'agence UPI la confirma une semaine plus tard

au cours des combats, c'est la United Press International qui lui porte un rude coup en câblant que des résistants et 46 villageois ont été tués de sang-froid le 29 novembre 1982, après les combats[1].

Amnesty, comme le Kremlin, n'admet pas la vraie place qu'occupe l'Armée soviétique dans la guerre de dix ans qui sévit décembre 1979 à février (?) 1989. Les informations qui sont fournies sur la situation relèvent de la désinformation absolue. Le rapport de 1981 qui comprend six pages sur le pays ne dit pas un mot de la terreur et des massacres dont sont responsables des armées étrangères sous un commandement unique étranger. Le problème de l'Afghanistan est traité comme si rien ne s'y passait qu'une simple guérilla contre un gouvernement légal et légitime. Dans le rapport de 1983, qui comprend un peu plus de deux pages, les soldats soviétiques ne sont présentés qu'en position de malheureuses victimes: trois prisonniers du groupement rebelle Hezb i Islami sont menacés d'éxécution et un nombre indéterminé de leurs collègues, ceux-là capturés par d'autres groupes, ont été remis à la Croix-rouge et « seront internés en Suisse pendant deux ans, ou jusqu'à la fin des hostilités pour être rendus à l'URSS ».

Dans le même temps, l'organisation humanitaire indépendante omet délibérément de mentionner les « pillages systématiques » auxquels les Soviétiques se livrent dans la vallée de la Shomali, dans le nord du pays, au cours d'une offensive d'une « intensité sans précédent [...] qui dépassait toute description[2] ». Elle se tait de manière tout aussi coupable sur le massacre à l'arme blanche de 126 villageois de Moshkizai et de Kolchabad, à proximité de Kandahar, assassinés un jour après que des combats eurentopposé là résistants et occupants (ceux-ci ayant eu à battre en retraite)[3]. Elle cache, elle, la conscience du Monde, la tuerie à la baïonnette d'une douzaine de gosses à Islatef, un peu au nord de Kaboul, éventrés parce que les Soviétiques auraient perdu, peu auparavant, une quarantaine de tanks

1. *The Japan Times,* circ. 10 décembre 1982

2. *The Japan Times,* 12 mai 1983, citant des sources occidentales. On rappellera, pour "l'anecdote" que l'URSS venait d'accepter "en principe" de se retirer d'Afghanistan lors des négociations soviéto-afghano-pakistanaises tenues à Genève en avril sous les auspices des Nations Unies (les premières négociations avaient eu lieu en juin 1982)

3. *The Japan Times,* 21 octobre 1983, citant des survivants

dans une embuscade[1].

L'armée rouge est considérée comme faisant de la figuration. Elle ne paraît avoir, à l'importance que lui donne Amnesty dans ses rapports, qu'un rôle subalterne, quand on sait une partie pourtant importante de ses exactions[2]. Il lui est accordé six lignes sur 155 dans le rapport de 1984, 12 sur 155 dans celui de 1985, 21 sur 176 dans celui de 1986. Partout son rôle est minimisé, alors qu'il est moteur et décisif à tous les niveaux. Les "experts" soviétiques n'auraient que des rôles de comparse secondaires dans certains massacres[3] qui se limitent à « 23 civils » et, d'autre part, l'année suivante « ils ne font qu'être présents dans les centres de détention où la torture a été signalée[4] ». Quelque soit le cas, ils ne sont tout au plus qu' « impliqués que dans des rumeurs d'exécutions extra-judiciaires[5] » ou dans « des cas [isolés et non représentatifs] d'exécutions extra-judiciaires » sur lesquels Amnesty n'a pas pu enquêter de façon approfondie[6] ou « qu'il est difficile de vérifier[7] ».

Fidèle à ses pratiques torves, le *centre de Londres* disculpe l'Armée rouge derrière le rideau d'une pseudo-information. Nous n'avons trouvé nulle part que ses enquêteurs, ses analystes aient cherché des informations du côté des résistants. Pour Amnesty, l'objectivité se trouve là où commande le Kremlin.

Y a-t-il eu exécutions extra-judiciaires, supervisées tout au plus par l'armée rouge lors du massacre de 480 civils près de la ville de Chachadara proche de la frontière de l'Union Soviétique en février 1985[8]? Est-ce le cas aussi pour les centaines

1. *The Japan Times,* 26 octobre 1983, citant des sources occidentales

2. Les Mig soviétiques, par exemple, détruisirent le 5 novembre 1981 à Jaghori et le 6 dans la vallée du Panjshir les hôpitaux de campagne établis par des équipes bénévoles de Médecins Sans Frontières : des photos parurent dans la presse française, notamment dans *Le Quotidien de Paris.*

• Lambert résume les sentiments dominants à Amnesty à l'égard des organisations venant véritablement en aide aux Afghans : « nous éprouvions [...] un certain mépris pour [...] Médecins sans Frontières, l'Afrane ou la Guilde européenne du Raid » – cité dans *Itinéraire...*, 1988, p. 79 {NdA, 25 juillet 1989}

3. *Rapport annuel* 1984, p.240

4. *Rapport annuel* 1985, p.241

5. *Rapport annuel* 1984, p.240

6. *Rapport annuel* 1985, p.242

7. *Rapport annuel* 1986, p.222

8. *The Japan Times,* 28 février 1985, citant des sources occidentales

d'habitants de Pagman massacrés à l'ouest de Kaboul? Que dire de la fusillade du bazar de Kaboul par les Soviétiques après qu'un dirigeant du PDP y eut été assassiné[1] ? Et ces mille villageois du district de Kharaghai, encerclés chez eux puis mis à mort au fur et à mesure de la progression, maison par maison, par l'armée rouge[2] ?

Ces faits n'auraient pas été difficiles à vérifier si Amnesty avait voulu le faire. Ils ont un peu plus de consistance et de réalité que les "rumeurs" enregistrées dans les rapports du *centre de Londres*. La très prudente ONU s'en est aperçue ! « La présence de l'armée rouge en Afghanistan est la cause principale des massacres, des tortures systématiques,etc.[3] » et en conséquence, la Commission onusienne des Droits de l'Homme a condamné cette « *présence* ». Cette condamnation fut obtenue le 13 mars 1985 par 26 voix contre huit : celles de l'URSS, de l'Ukraine, de la Bulgarie, de l'Allemagne de l'Est, du Mozambique, de la Syrie et de l'Inde[4].

1. *The Daily Yomiuri*, 7 février 1985, citant des sources occidentales

2. *The Japan Times*, 15 mai 1985

3. *The Daily Yomiuri*, 2 mars 1985

4. *The Daily Yomiuri*, 15 mars 1985. Le texte du rapport, rédigé par un Autrichien, Felix Frmacora (un "nazi" selon les Soviétiques), sera approuvé par 122 voix contre 19 et 12 (courageuses) abstentions par l'Assemblée Générale de l'ONU en novembre

Le désengagement soviétique et la délicate succession de Karmal

Brejnev ne passe pas l'hiver 1982 et, comme beaucoup de criminels, expire dans son lit en arrachant des larmes sincères aux bien-pensants. Youri Andropov lui succède à la tête du parti le 12 novembre. L'interrègne durerait jusqu'au début 1984. Il y a tout lieu de croire que le directeur du KGB n'avait pas approuvé l'invasion de 1979 et l'incompétence de Karmal ne peut que l'inquiéter.

Andropov désire réconcilier, comme Brejnev à l'époque de Taraki, les forces progressistes entre elles. Karmal de son côté ne l'entend pas de cette oreille et veut conserver son pouvoir et le rôle d'arbitre entre les factions qui s'entretuent et lui permettent de se maintenir. Les rapports d'Amnesty des années 1982 et 1983 manifestent un virage significatif. Le *centre de Londres* devient « préoccupé[1] » voire « très préoccupé[2] » pour avoir pris connaissance d' « exécutions sommaires » et d'emprisonnements. Il regrette également que « 275 membres du groupe pro-chinois [en fait et avant tout communiste] Shula i Jawed, son chef Osman Landi et des membres d'autres partis de gauche[3] », aient été arrêtés en juillet, de même qu'un certain nombre de partisans « d'un autre groupe pro-chinois, la Sama ». Malgré des « libérations de prisonniers » qu'Amnesty accueille avec « satisfaction[4] » la colonne "actif" du bilan présenté par Karmal est toujours dans le rouge. Le *centre de Londres* est encore « préoccupé » l'année suivante comme en témoigne le R A 1983, p.225. Il s'indigne de ce que les autorités incarcèrent « une quarantaine d'artistes et de cadres du ministère de la Culture[5] ». La loi de septembre 1982 qui interdit la torture dans les prisons ne semble guère respectée. Amnesty découvre qu'elle n'a qu'une valeur théorique après avoir reçu des rapports concordants recoupés par « le témoignage circonstancié » d'une certaine Farida Ahmadi, étudiante en médecine[6] .

1. *Rapport annuel* 1983, p.225
2. *Rapport annuel* 1982, p.213
3. *Rapport annuel* 1982, p.212
4. *Rapport annuel* 1982, p.213
5. *Rapport annuel* 1983, p.226

La situation de Karmal devient difficile et certains songent que ses heures sont désormais comptées[1]. Par un coup du sort inattendu, il survit à la crise grâce au décès d'Andropov à la fin de l'hiver 1984[2]. A partir du 13 février 1984, Constantin Tchernenko préside effectivement aux destinées de l'Union soviétique dont l'Afghanistan est l'appendice douloureux. Karmal se maintiendra encore tant bien que mal pendant treize mois. Ce sursis dure le temps des règlements de comptes au Kremlin. Tchernenko appartient au clan Brejnev et la lutte entre brejneviens et andropoviens ne permet pas à Amnesty de prendre position sur l'Afghanistan ; il convient d'attendre et si elle reste critique, c'est sans zèle. Les tribunaux ont jugé « trois hommes d'un groupe de réflexion qui s'était donné pour but de proposer des solutions pacifiques à cette guerre civile qui dure depuis l'intervention des forces soviétiques [ces dix mots sont à bien peser] et l'établissement du gouvernement de Babrak Karmal[3] ». C'est peu.

L'élection de Mikhaïl Gorbatchev, qui a hérité du clan Andropov, au poste de secrétaire général du parti, le 11 mars 1985, scelle définitivement le sort de Karmal qui n'en peut plus de se raccrocher à ses prérogatives. Il a cessé de plaire au Kremlin : les "chercheurs" du *centre de Londres*, aussitôt, cessent leurs mignardises et portent à la connaissance de « l'opinion publique » (chefs d'Etats inclus) des violations aux droits de l'homme qu'ils viennent, comme par hasard, de découvrir. Ainsi, le scénario de la chute de Taraki se reproduit-il. Amnesty dénonce Karmal dans l'enceinte sacrée de l'ONU en octobre 1985[4], et on ne trouve pas une ligne favorable au régime dans son *Rapport annuel 1985*. Les consciences conditionnées aspirent, au coup de sonnette, au changement dans la continuité ; Gorbatchev est en position pour frapper.

Après une seconde phase de gestation de six mois, les évé-

6. *Rapport annuel* 1983, p.226

1. Ce sera le thème développé par le bulletin d'information du CFERI-AP, publié par *Aspects de la France* dans le courant de 1983

2. D'après *The Japan Times*, circ. fin mai 1985, citant un haut responsable afghan qui déserta, les Soviétiques d'Andropov avaient bien arrêté la décision de démettre Karmal de ses fonctions à cette époque : seul le "jeu politique" soviétique intérieur lui assura un sursis

3. *Rapport annuel* 1984, p.238

4. *Rapport annuel* 1985, p.240

nements se précipitent. En avril 1986, Karmal est absent des cérémonies du huitième anniversaire de la révolution léniniste : invité à Moscou peu auparavant, il a eu la faiblesse de s'y rendre et paraît y être quasiment en résidence surveillée[1]. Une semaine plus tard, le Comité central du Parti Démocratique du Peuple « accepte » sa « démission » pour « raisons de santé[2] ». L'assemblée "élit" Najibullah (qui préfère se faire appeler "Najib", patronyme débarrassé de toute connotation religieuse) secrétaire général : les Soviétiques, alors, ont placé en lui toute leur perverse complaisance[3]. Karmal résiste, ses partisans manifestent et sept d'entre eux sont abattus par l'armée d'occupation devant le palais présidentiel, le 16 mai[4].

Gorbachev n'entend pas ne recourir qu'aux armes : il fait donner les porte-plumes. Et Amnesty de besogner. Elle publie son Rapport annuel en octobre 1986 : elle mentionne à peine les Soviétiques sur 10 lignes, pas du tout les résistances, mais elle dénonce sur 160 lignes les méthodes pratiquées depuis le début par l'équipe déchue de Karmal. Le 23 décembre, après la courte intérim d'un mois de Haji Mohamad Chankani, Najib accède à la charge suprême du régime-potiche aux termes d'un scrutin sans surprise et unanime[5].

Mais la gestion des affaires telle qu'il la mène difficilement, parce qu'il ne peut s'imposer ni aux guérillas ni aux factions proliférant dans le corps mort du PDPA, ne convient pas, très rapidement, à ses protecteurs[6]. Ses ouvertures de « paix » et de « réconciliation nationale » ne rencontrent que peu d'échos parmi les insurgés[7]. Or Moscou est déterminé à se sortir du guêpier afghan, non pas coûte que coûte mais tout au moins au prix de concessions majeures. Pour l'y aider, Armand Hammer fait la navette en Chine continentale. En janvier 1987, le ministre so-

1. *The Japan Times,* 28 avril et 1er mai 1986

2. *The Japan Times,* 6 mai 1986

3. *The Japan Times,* 7 mai 1986. A l'époque de la présidence d'Amin, Najibullah avait été "exilé" en Iran où il dirigeait l'ambassade de Kaboul; il réussit à s'enfuir à Prague et revint en Afghanistan en décembre 1979. Depuis cette date il visita deux fois l'Allemagne de l'Est et dix fois l'URSS - selon *The Far Eastern Economic Review,* 3 juillet 1986

4. *The Japan Times,* 2 juin 1986

5. *The Japan Times,* 25 décembre 1986

6. *Asiaweek,* 8 janvier 1988

7. *The Japan Times,* 3,5,16,19,20,22 janvier 1987

viétique des Affaires étrangères, Edouard Chevarnadzé et l'ambassadeur à Washington Anatoly Dobrynine confèrent avec Najib à Kaboul devant le fait accompli en l'informant des intentions arrêtées de la Place Rouge sans concertation préalable[1]. Najib entend ce qu'il redoutait à savoir que l'URSS ne voit plus en lui qu'une alternative: Gorbachev n'a pas fait mystère, par exemple, qu'il avait sondé le roi en exil Zahir Shah pour former un gouvernement laïc et disposé à oublier l'épreuve subie depuis 1973[2]. Les responsables soviétiques le reconnaissent périodiquement depuis l'été 1987 : en commettant leur coup de force de décembre 1979, les stratèges ont commis une faute. Nodari Simoniya, de l'Institut des Etudes Orientales, estime « tragique », « aventureuse » et « malheureuse » la décision d'intervenir parce que « [le PDPA] avait une base sociale très réduite[3] ». Alexandre Prokhapov, « un auteur entretenant des liens étroits avec les militaires », écrira quelques mois plus tard dans l'hebdomadaire *La Gazette Littéraire* que « les experts qui évaluèrent la situation en Afghanistan [avant décembre 1979] ont commis des erreurs d'appréciation[4]. » Il convient de corriger la situation, dans le contexte de la *glasnost* : cinéastes et journalistes dépêchés sur place ne cachent plus le rôle prépondérant des troupes de l'Armée rouge.

En mars 1988, Nicolaï Yegorichev remplace au poste d'ambassadeur en Afghanistan Pavel Mojayev qui appartient aussi au Comité central : les observateurs voient dans cette nomination la volonté du Kremlin de traiter le problème afghan non plus en termes idéologiques mais stratégiques seuls[5]. Le 3 avril, Chevarnadzé débarque à nouveau à Kaboul après s'être entretenu à Washington avec le secrétaire d'Etat George Shultz à la mi-mars ; le 15 mars, le Pakistan a annoncé qu'il signerait les accords de Genève portant sur le retrait des forces rouges. Mais Chevarnadzé ne parvient pas à faire entendre à un Najib qui se sent trahi par ses maîtres et sait n'avoir rien à attendre d'aucun de ses opposants, marxistes et nationalistes : « les Soviéti-

1. *The Japan Times*, 7,8,9,13 janvier 1987, et *The Far Eastern Economic Review*, 29 janvier 1987

2. *The Far Eastern Economic Review*, 11 juin 1987, et *The Japan Times*, 30 juin 1987

3. *The Far Eastern Economic Review*, 11 juin 1987

4. *The Japan Times*, 19 février 1988

5. *The Japan Times*, 18 mars 1988

ques ont des problèmes avec les Afghans (de la faction dominante du PDPA) et nous l'ont dit eux-mêmes », déclare un diplomate[1]. Gorbatchev perd patience : il convoque Najib à Tachkent le 6 avril. D'une manière ou d'une autre, il obtient gain de cause et, le 8 avril, le secrétaire général de l'ONU Diego Cordovez de Cuellar annonce que le Kremlin a décidé d'évacuer l'Afghanistan. Le 13, l'URSS, les Etats-Unis, le Pakistan et le régime de Kaboul paraphent les accords de Genève.

Un réglement, qui sera sans doute long et sanglant, est enfin en vue. Amnesty annonce, le 1er mai, dans un rapport à la presse que Soviétiques et gouvernementaux afghans ont tué et torturé[2]. Le chargé d'affaires de Najib à Londres, Ahmad Sarvar, dénonce dans une lettre publiée dans *The Independant* l'organisation humanitaire coupable de se livrer à une « propagande hostile[3] ». Cela signifie que Gorbachev, qui se sait obligé de concéder des vérités trop connues pour renforcer son image de marque auprès des "Occidentaux", a définitivement tiré un trait sur le soutien inconditionnel dont jouissait le PDPA depuis 1979. D'ailleurs, les premiers éléments soviétiques quittent l'Afghanistan le 15 février.

1. *The Japan Times,* 8 avril 1988
2. *The Japan Times,* 5 mai 1988
3. *The Japan Times,* 11 mai 1988

Cambodge : l'Ordonnateur des Phnom Funèbres

Phnom Penh tomba le 17 avril 1975 et il en fut pour s'en réjouir. Jacques Decormoy, dans *Le Monde*, écrivait la veille du drame que « le Cambodge sera démocratisé [et que] toutes les libertés y seront respectées. » Le 17, un autre salaud du grand quotidien indépendant, Patrice de Beer, témoignait que « la ville [était] libérée » et que « l'enthousiasme populaire [était] évident » : il expliquait que si la capitale se vidait de ses habitants, c'était « parce que les Khmers Rouges [craignaient] un bombardement [sic] de la ville [par les Américains][1]. » Mais l'enthousiasme – celui des salles de rédaction en tout cas – ne dura pas. L'amitié légendaire bien connue des peuples indochinois ne résista pas à l'épreuve des contingences géostratégiques dont il faut décrire le calendrier pour comprendre le cheminement d'Amnesty.

Tout comme à Kaboul et à Saïgon, la fin du Cambodge, si elle constituait un revers objectif du "monde libre" auquel certains de ses dirigeants avaient contribué de façon décisive, n'était pas une victoire soviétique : il y avait recul de la "civilisation décadente", mais Moscou n'enregistrait pas de gains décisifs. La victoire apporterait aux radicaux au sein du Gouvernement révolutionnaire d'Union nationale khmère (le GRUNK), représentés par deux intellectuels formés en France, Pol Pot et Khieu Samphan : ils avaient réussi, en effet, à phagocyter en 1974 l'influence de Sihanouk que l'on considérait comme l'allié du Viet Nam du Nord[2]. Le prince-camarade ne vivait plus qu'en sursis car ils avaient décidé de s'en débarrasser à la première occasion, comme lui aurait tenté, en 1967, de les faire assassiner. Au moment de la "libération" de Phnom Penh, Khieu se rendit en République populaire de Chine. Il y remercia ses bienfaiteurs mais, à leur déconvenue, refusa de prendre position dans le

1. cité par Bernard Hamel et Soth Polin dans la revue *ITEM-SPL*, Paris 1976, pp.137-138

2. Il avait rompu ses relations économiques et diplomatiques avec Washington en 1963 et 1965, réuni dans son royaume les représentants de la gauche indochinoise chargés de définir la "neutralité" cambodgienne, et accordé un sanctuaire aux Nord Vietnamiens dans leurs opérations contre le Viet Nam du Sud.

conflit idéologique entre Pékin et Moscou : il entendait simplement s'assurer de la bienveillante neutralité de Mao Tsé Toung.

Tout comme les Chinois, depuis 1973, s'étaient emparés d'îles revendiquées par les deux Viet Nam, les Khmers Rouges, profitant de ce que les hordes mécanisées de Hanoï faisaient encore route vers Saïgon et le Cap Saint-Jacques, investissaient d'autres îles à l'ouest de la Cochinchine. En juin, Pol Pot enjoignit aux conseillers du grand-frère de quitter le pays sans délai. Le 10, les premiers coups de feu tirés de part et d'autre de la frontière illustraient une dégradation définitive dans les relations bilatérales. Des négociations, menées à Phnom Penh en mai 1976, échouaient et diverses purges à répétition décimaient les "Khmers-Vietminh" suspectés de sympathie envers les successeurs de Ho Chi Minh. Quelques survivants passaient sous la protection de ces derniers qui les cantonnèrent dans les confins du "bec de canard": dans trois ans, ils deviendraient célèbres.

Il s'ensuivit un *round* d'observation. Le Viet Nam, puissance non encore régionale et déjà en délicatesse avec Pékin, ne pouvait agir sans l'amitié active d'une super-puissance. Il savait que la Chine était un tigre de papier, mais aussi que ce tigre de papier lui ferait mal s'il griffait : il lui fallait gagner les faveurs de Moscou qui ne s'empressait pas à les lui accorder. Brejnev n'avait pas encore "digéré" la réunification du Viet Nam, votée le 2 juillet 1976 par l'assemblée nationale réunie dans la capitale tonkinoise et dont l'URSS ne voulait pas. Il entendait composer avec les trois pays de l'Indochine sur une base égale, mais le Kampuchea, par une insigne maladresse, allait lui forcer la main.

En septembre 1977, Pol Pot rééditait le voyage de Khieu à Pékin. Mais, oubliant toute prudence, il en appela à l'alliance avec la Chine. La rupture avec Moscou était consommée, et Pham Van Dong ne mit pas longtemps à le comprendre. En décembre, les armées de Vo Nguyen Giap déclenchaient une offensive en direction de Phnom Penh. Une mauvaise évaluation des capacités de résistance de l'adversaire, une planification négligée et un appel au secours lancé au reste du monde à la radio par Khieu le 31, eurent raison des agresseurs qui se replièrent dans l'attente de lendemains meilleurs.

Dès février 1978, le général Tran Van Tra débarquait à Moscou pour qu'on lui octoyât le feu vert pour repasser à l'attaque en lui fournissant matériel et soutien (im)moral. Le Kremlin se fit tirer l'oreille, le Viet Nam dut adhérer au Comecon le 29 juin, mais cela s'avérait encore insuffisant. Si bien que les préparatifs du général Van Tien Dung furent suspendus. De plus, si le général communiste chinois Chen Hsi Lieu refusait, en août, à Pol Pot un traité d'alliance et d'amitié qui l'eût efficacement protégé contre les velléités de Hanoï d'en découdre, le traité de paix nippo-chinois du même mois laissait planer un doute sur l'attitude de Pékin en cas d'invasion du Kampuchea.

Mais, le 3 novembre, le secrétaire général du PC, Le Duan et le premier ministre signaient enfin à leur tour un traité d'amitié et de coopération avec Brejnev. L'Inde de (Mme) Indira Gandhi avait passé un accord semblable en août 1971, afin de neutraliser toute éventuelle intervention chinoise dans l'Himalaya et d'attaquer, en position de force et au nom d'un gouvernement fantoche installé chez elle, le Pakistan oriental quatre mois plus tard. Le scénario se répéta : le Front d'Union nationale pour le Salut du Kampuchea (le FUNSK), avec à sa tête l'ancien Khmer Rouge Heng Samrin, naquit le 3 décembre en territoire vietnamien ; le 25 et « à sa requête », les divisions de Hanoï franchissaient la frontière et s'emparaient de Phnom Penh le 7 janvier 1979. Le 18 janvier, un traité d'amitié tissait des « relations spéciales » entre les deux capitales : moins d'un an avant Kaboul, un nouvel ordre marxiste "orthodoxe" prévalait en Extrême-Orient.

L'immonde du silence

Les lignes consacrées aux événements du Cambodge par Amnesty International font irrésistiblement penser à une courbe de température. Il y en a 35 en 1975, 57 en 1976, 73 en 1977, 139 après le voyage de Pol Pot à Pékin, 37 après l'invasion soviéto-vietnamienne, 70 en 1980, 81 en 1981, 89 en 1982, 74 en 1983 et 70 en 1984. Mais il y en a 128 en 1985 et 146 en 1986, lorsque des tiraillements sérieux interviennent entre Moscou et Hanoï quant à l'administration de ce "protectorat" vietnamien que le Kremlin voudrait bien récupérer. Le verbiage auquel recourent les "chercheurs" pour décrire ces quatre périodes ressemble "étonnemment" à celui utilisé lors de l'affaire afghane.

Le 16 mai 1975, alors que les Khmers Rouges plongent le Cambodge dans un bain de sang à la connaissance de tout le monde[1], le secrétaire général d'Amnesty, Martin Ennals, envoie un télégramme à Phnom Penh pour « se [réjouir] de l'esprit de large union nationale proclamée par le second congrès national du peuple cambodgien[2] ». Le prince Sihanouk, que les Soviétiques veulent sauver d'une mort probable, est gratifié du titre de "Samdech (Monseigneur)" comme le ministre des Affaires étrangères afghan Dost se voyait décerner de l'obséquieux "Shah" et qu'un activiste communiste vietnamien accédait au rang de "Monsieur". Ce qui tendrait à prouver, s'il en était besoin, qu'il y a bien une langue de bois amnestienne.

Le *Rapport 1976* baigne dans une euphorie à peine mitigée, non sans raison d'ailleurs puisque, Ducormoy s'en extasie, « une société nouvelle est assurément en gestation dans le royaume révolutionnaire[3]. » D'un côté, « il est encore difficile d'évaluer la situation des droits de l'homme, faute d'enquêtes indépendantes [une fois décodé, cela donne : le Kremlin n'a pas encore décidé de sa politique kampuchéenne][4] » et il se pourrait que d'abominables séïdes du maréchal Lon Nol[5] « aient [seulement] été battus » : cela reste à vérifier, et, au fond, ne l'avaient-ils pas mérité ? D'autre part, l'organisation humanitaire s'en porte garante : il n'y a pas eu de massacres comme l'ont affirmé des réfugiés dont les témoignages, peut-être malveillants, « reposent sur la conviction, plutôt que sur la preuve, que lorsque des gens disparaissent d'un village, c'est qu'ils ont été emmenés pour être exécutés[6] [*sic* ! Et non pas "assassinés", même si, en droit, l'exécution présuppose un jugement] ». Amnesty jette tout son poids d'honorabilité spoliée dans la balance : « personne n'a été exécuté [c'est-à-dire "assassiné" puisque les "chercheurs" entretiennent la confusion meurtre/exécution] au Cambodge après la prise de pouvoir communiste, à l'exception de sept super-traîtres[7] [*sic* : toujours

1. *Cf. Le Journal du Dimanche*, 20 avril, *France-Soir*, 27 avril, *Le Figaro*, 8 et 9 mai, etc.

2. *Rapport annuel* 1975, p.89

3. *Le Monde*, 18 juillet 1975 - selon *ITEM*, 1976, p.137

4. *Rapport annuel* 1976, p.136

5. Alors premier ministre, il avait renversé Sihanouk le 18 mars 1970 et était devenu président de la république khmère

6. *Rapport annuel* 1976, p.136

cette phraséologie marxiste] ». Amnesty, oui, a osé : et pas une voix ne s'est élevée contre ce mensonge flagrant dans les salles de rédaction !

Le *Rapport 1977* trahit les incertitudes du Kremlin. « Amnesty a demandé au gouvernement cambodgien de s'expliquer sur le sort de vingt-six personnes[1] », dont on est sans nouvelle mais qu'elle ne compte pas encore comme disparues. Les "chercheurs", au demeurant, se gardent d'incriminer le gouvernement Khmer Rouge encore en odeur de diablerie, et signalent que lesdites personnes ont été « rapatriées de force » par Bangkok qui fait ainsi figure de principal accusé. Ils insistent « toutefois » auprès de Pol Pot « pour qu'il ordonne une enquête[2] » car des réfugiés non refoulés par les Thaïs ont « prétendu » que les marxistes « maltraitaient des civils[3] ». Chef-d'œuvre de la manipulation du langage: l'assassinat de deux millions de personnes devient un mauvais traitement, vite mis en doute par l'utilisation du conditionnel ! La centrale londonienne « demande [donc] au gouvernement de commenter ces allégations. » Moscou réussit à ménager M. Seguin, la chèvre et le chou, se réservant de choisir entre Hanoï et Phnom Penh et de déstabiliser le Kampuchea ou la Thaïlande.

Ce sera le Kampuchea puisque Pol Pot se rend imprudemment en Chine, plongée en pleine anarchie à l'automne 1977. Aussitôt, les grands médias indépendants découvrent l'horreur au quotidien vieux de deux ans et demi qui ne les avait pas préoccupés ou qu'ils avaient sciemment refusé de dénoncer[4]. Et aussitôt le discours d'Amnesty change. Radicalement.

7. *Rapport annuel* 1976, p.138

1. *Rapport annuel* 1977, p.145

2. *Rapport annuel* 1977, p.146

3. *Rapport annuel* 1977, p.147

4. Certains feront pire que se taire, tel Noël Darboz, journaliste-tartuffe, redoutant le jugement des hommes en place et non celui de son Dieu, écrivant en conséquence dans le quotidien blasphématoire *La Croix-L'Evénement* du 28 mai 1986 : « il n'est pas un champ de bataille en faveur des droits de l'homme où Amnesty International n'ait été présente durant ce quart de siècle : génocide commis par les Khmers Rouges [...] ». Lambert, battant aussi sa coulpe, épingla le minable écrivassier : « Honte ! C'est pour moi honteux ! Allons ! J'étais aux affaires à cette époque. J'ai couvert les silences d'A.I. » dans une lettre à son rédacteur en chef Noël Copin, le 28 mai 1986 — in *Itinéraires...*, 1988, pp. 69-72 {NdA, 25 juillet 1989}

Les témoignages des réfugiés, avant cette date, ne valaient rien. *Le Monde* du 22 janvier 1976 les ridiculisait tandis que le secrétaire général du Parti socialiste français, François Mitterrand, les rejetait dédaigneusement[1]. L'organisation humanitaire se montrait à l'unisson[2] : en 1976, « [il était] encore plus difficile d'évaluer la situation des droits de l'homme, faute d'enquête indépendante » et « [les témoignages] reposaient sur la conviction, plutôt que sur la preuve, que lorsque des gens disparaissaient d'un village, c'est qu'ils ont été emmenés pour être exécutés[3] ». « En l'absence de tout observateur impartial [qu'est-ce qui empêchait Amnesty d'envoyer une délégation à la frontière khméro-thaïe?], il a été impossible de vérifier les allégations d'exécutions massives et de représailles, bien que le département de la recherche [*sic*] ait remarqué qu'un certain nombre de ces allégations reposait sur des affirmations sans solidité et des récits de seconde main[4]. » Mais dès le voyage à Pékin de Pol Pot, les allégations sans fondement se muent en autant de « preuves alarmantes » : « la situation reste [*sic*. Alors qu'Amnesty la jugeait précédemment très satisfaisante] caractérisée par des violations flagrantes des droits de l'homme[5] ». Les "chercheurs" découvrent subitement l'absence de procédure judiciaire, sauf « vague et toujours sommaire », de même « qu'arbitraire[6] ». Les camps de travail existent : encore un effort, que la propagande exige, et elle aura enfin connaissance des charniers. Elle cite déjà des exécutions : elle qui manquait naguère de précisions énumère aujourd'hui une liste impressionnante de victimes, noms et professions inclus[7] Et comme par hasard, ces personnes « qui auraient [le conditionnel prévaut parce que Brejnev s'oppose encore à une offensive vietnamienne] été assassinées » avaient

1. "Les rares informations dont nous disposons contiennent une forte dose de fausses nouvelles, de photographies truquées, bref de provocation" – propos cités par *ITEM*, 1976, p. 147

2. A l'époque, Lambert avoue : « Je pensais que les informations [du père Ponchaud] étaient les informations de l'opposition. Et c'était d'ailleurs la position d'Amnesty. » – cité dans *Itinéraire*..., 1988, p. 67 {NdA, 25 juillet 1989}

3. *Rapport annuel* 1976, p. 136

4. *Rapport annuel* 1979, p. 89

5. *Rapport annuel* 1978, p. 173

6. *Rapport annuel* 1978, p. 174

7. *Rapport annuel* 1978, p. 174

parti lié avec un réseau dirigé par un certain Em Huon, qui "travaillait" avec Hanoï[1]. Amnesty souligne le côté farouche des promoteurs de la réconciliation nationale qu'elle fêtait en 1975 : non seulement ils « assassinent » [cette fois le *centre de Londres* différencie les notions d'assassinat et d'exécution] mais encore en plus « sauvagement, généralement au moindre signe de désobéissance ou de mécontentement ».

Si bien qu'Amnesty ne se sent plus le droit de se taire. En juin 1978 – le mois où le Viet Nam adhère au Comecon – elle prépare une déclaration à l'intention de la Commission des droits de l'homme à l'ONU. C'est ainsi que sonnera le glas pour la faction Khalq en 1979 en Afghanistan – et la symétrie ne s'arrête pas là. « Le régime du président Hafizullah Amin avait été renversé, le 27 décembre 1979, par un coup d'état militaire[2] » à comparer à : « des soulèvements politiques armés ont abouti en janvier 1979 au renversement du gouvernement du Kampuchea démocratique par les forces du Front Uni de Salut National du Kampuchea[3] ». Dans un cas, ce sont les Soviétiques qui interviennent, avec dans leurs bagages Babrak Karmal qui végétait dans des baraques à la frontière soviéto-afghane ; dans l'autre, c'est l'armée de Hanoï devenue l'obligée du Kremlin, avec dans ses bagages Heng Samrin qui végétait dans des baraques à la frontière vietnamo-khmère. Or si l'on sait ce qu'il en était vraiment du "coup d'Etat afghan", il convient de connaître la réalité des "soulèvements armés au Kampuchea" : face aux 60 000 Khmers Rouges mal équipés se dressela quatrième armée du monde avec ses 650 000 fantassins, ses 1 500 chars soviétiques et américains, ses 1 200 transports de troupe blindés, ses 1 300 canons et ses 1 000 avions. Certes, une partie de ces troupes a été dirigée sur la frontière chinoise mais ce ne sont pas moins de 14 divisions qui déferlent sur Phnom Penh[4]. Pour Amnesty, elles "appuieront" les 8 000 faire-valoir du FUNSK.

Désormais, la situation des droits de l'homme va apparaître à l'organisation humanitaire comme « globalement positive ». Une seule ombre au tableau, toutefois: les réfugiés – ils sont deux millions, très vite, à s'entasser à la frontière avec la Thaïlan-

1. *Rapport annuel* 1978, pp. 174-175
2. *Rapport annuel* 1980, p. 216
3. *Rapport annuel* 1979, p. 213
4. Roger Holeindre et Marcel Marsal, *Hanoï: combats pour un empire*, Jacques Grancher, Paris 1979, pp. 51-52

de. Ils ont fui autant les Khmers Rouges que les Vietnamiens, donc le communisme. Or c'est à Bangkok qu'Amnesty vilipende : « des civils ont été tués parce qu'ils essayaient de fuir en Thaïlande[1] », incrimine-t-elle avant de désigner les coupables en poursuivant « [qu'] elle a télégraphié au premier ministre thaïlandais, le pressant d'accorder l'asile à tous les civils kampuchéens cherchant refuge dans son pays[2] » et en l'accusant « [d'] incapacité grandissante » à faire face à ses responsabilités : « on a rapporté, accuse-t-elle, que des groupes de réfugiés étaient maltraités dans les camps » et que « la police a fait preuve de brutalité[3] ».

En agissant de la sorte, les "chercheurs" détournent l'attention de l'opinion publique du mal marxiste. Ils cachent les raisons qui ont incité les Vietnamiens à permettre, sinon à inciter[4], les populations à fuir. En ce qui concerne les Cochinchinois (les *boat-people*), Le Van Cuc, ancien diplomate qui négocia les accords de Paris, et désormais placé sous l'autorité directe de Pham Van Dong, fixait la valeur des candidats à l'exil en fonction de leurs diplômes et des ressources de leurs familiers à l'étranger (ce marchandage a un cours officiel dans les pays dits "de l'Est" : le procédé renflouait partiellement et temporairement les caisses de l'Etat déjà vidées; il "homogénéïsait" la "race" vietnamienne en favorisant le départ de la classe riche de la communauté chinoise, les Hoa[5]. L'exode massif des Cambodgiens obéit à une logique complémentaire, mais autre : à long terme, le pays vidé de ses survivants deviendrait une province annexe du Viet Nam, qui finirait par être "colonisée" un jour pas si lointain. Dans l'immédiat, les réfugiés doivent servir à déstabiliser le gouvernement conservateur thaï qui a déjà enjoint aux Américains de quitter le pays et se trouve à peu près isolé: profitant de son désarroi, le Parti communiste local (il représente alors une force considérable), popularisé dans les médias occidentaux par les journalistes partis du Viet Nam en 1975 et qui reprennent à Bangkok "du service", a toutes les chances de créer une zone "libérée" avec son propre gouvernement – lequel se

1. *Rapport annuel* 1980, p. 256
2. *Rapport annuel* 1980, p. 257
3. *Rapport annuel* 1980, p. 253 ?
4. Des réfugiés nous ont dit que les Vietnamiens leur avaient balisé certaines voies d'accès pour pénétrer en Thaïlande
5. *Valeurs Actuelles*, 24 août 1981

réserverait le droit souverain de faire appel à Hanoï pour le défendre, au nom des intérêts des opprimés...

Amnesty ne demande pas aux communistes de s'humaniser : elle lance, le 15 juillet à la tribune de l'ONU, un appel (qui est une condamnation) au gouvernement thaï « pour que cessent les refoulements[1] ». Bangkok vacille. Mais les Thaïs, confrontés à leur survie, ont une réaction presqu'unanime : Ils sont trop décidés, trop nombreux (environ 50 millions, c'est à dire à peu près autant que l'ensemble des Vietnamiens). Ils trouvent en outre quelques alliés : Hanoï doit se résigner à ne pas franchir le Mékong. Le clan militariste de Pham Van Dong devra se contenter, non sans arrière-pensées expansionnistes, de réorganiser l'Indochine dans un premier temps. Amnesty l'y aidera.

Te deum pour un génocide

Au Kremlin, en effet, Brejnev médite. On l'a vu, l'annexion du Viet Nam du Sud par Hanoï en juillet 1976 contrecarrait ses plans. Il avait misé sur le Laos pour le partager en sphères d'influence soviétique et chinoise, or Pham Van Dong et Le Duan s'étaient rendus à Vientiane le 18 juillet 1977 pour y imposer, pour 25 années renouvelables, leur "protectorat". Ils avaient ainsi délimité les prétentions soviétiques, devenues encombrantes pour eux depuis les accords économiques de janvier 1975 et d'avril 1976, et mis fin aux trop fréquents voyages du premier ministre Kaysone Phomvihane à Moscou. Les 1 000 conseillers russes et leurs 800 auxiliaires cubains avaient vite compris que leur présence était superflue, sinon nuisible à l'entente cordiale et prolétarienne. En 1979, le Cambodge, lui aussi croqué, échappait aux convoitises du ministre des Affaires étrangères Andrei Gromyko. Amnesty résuma donc la situation avec circonspection : après tout, le retour aux affaires en Chine de Deng Xiaoping, qui avait écarté sans ménagement ses gauchistes, pouvait s'avérer favorable à l'URSS ; d'un autre côté, son alliance défensive passée, de facto aux yeux des paranoïaques du Kremlin, avec Tokyo et Washington ainsi que son voyage aux Etats-unis incitait à beaucoup de prudence.

L'organisation humanitaire relate donc « des bruits selon les-

1. *Rapport annuel* 1980, p.253 ?

quels des fonctionnaires anti-vietnamiens [peut-être pro-soviétiques] auraient été exécutés[1] ». Mais Phnom Penh a vigoureusement démenti, et Amnesty se tient à ces déclarations. Malgré d'autres "bavures" (exécution de « certains criminels de droit commun[2] » ; arrestation de 300 personnes[3]), les "chercheurs" se réjouissent de la situation d'ensemble. En effet, les barbares rouges ont sacrifié au dieu-tabou de la démocratie : « des élections locales [c'est à dire un candidat du parti unique par arrondissement] se sont tenues en mars 1981[4] » et « l'assemblée nationale élue [dans les mêmes conditions] le 1er mai 1981 a adopté le 24 juin la première constitution de la RPK [...] garantissant la liberté de conviction religieuse, de parole, de presse [etc.] ». Soit une énumération longue de 13 lignes... conclue benoîtement par une clause stipulant – mais Amnesty ne s'en "préoccupe" pas – que « l'ensemble des droits est limité par l'obligation pour tous les citoyens d'appliquer la ligne de la politique de l'Etat et de servir la cause de l'Etat[5] ». En conséquence, les "chercheurs" se félicitent « de l'interdiction, figurant dans les directives du 15 avril 1979 du Conseil révolutionnaire du Peuple concernant les criminels, de tout acte de cruauté contre les fonctionnaires et les militaires [comme si les militaires n'étaient pas des fonctionnaires !] du Kampuchea démocratique emprisonnés[6]. »

La guerre et les massacres, comme en Afghanistan, n'incombent pas aux occupants. Les responsables en sont ces « noyaux de résistance[7] », ces « groupes armés [...] qui ont formé un gouvernement de coalition en juin 1982[8] » et qui se heurtent à « l'Armée Populaire du Kampuchea appuyée par les forces vietnamiennes[9] ». Là encore, Amnesty déforme la réalité. Certes, les résistances khmères n'ont pas la puissance des Afghans ; elles représentent quand même une bonne cinquantaine de milliers de combattants capables de sillonner tout

1. *Rapport annuel* 1981, p.272
2. *Rapport annuel* 1982, p.251
3. *Rapport annuel* 1983, p.273
4. *Rapport annuel* 1981, p.272
5. *Rapport annuel* 1982, p.250
6. *Rapport annuel* 1982, p.250
7. *Rapport annuel* 1980, p.271
8. *Rapport annuel* 1981, p. 272 et *Rapport annuel* 1983, p. 257
9. *Rapport annuel* 1983, p. 297

le pays, d'interdire aux Vietnamiens de s'y aventurer sauf en fortes concentrations. D'autre part, les bo doï "n'appuient pas" – dumoins pas plus que les Soviétiques les régiments de Kaboul – les gouvernementaux : ceux-ci n'en sont que les auxiliaires peu sûrs. Les mutineries et les désertions dans l'armée et la milice ont atteint de telles proportions que Hanoï a dû donner l'ordre de démobiliser deux des cinq divisions laborieusement mises sur pied[1]. En fait, la guerilla se bat contre 200 000 réguliers vietnamiens. Les combats font parfois rage et des opérations de commandos, de la part des Khmers Rouges surtout, se produisent jusque dans les capitales provinciales tandis que des assassinats endeuillent aussi l'administration vietnamo-khmère à Phnom Penh. Les Vietnamiens y répondent à leur manière : alors que les belles consciences journalistiques s'émouvaient, à la fin des années 1960, des défoliants américains, elles se taisent quand les marxistes ont recours aux armes chimiques et ne s'indignent pas quand la radio "nationale" rejette, comme Radio Kaboul, la responsabilité des "pluies jaunes" sur les résistants[2].

Le retournement ?

L'avènement au pouvoir de Gorbatchev inaugure une ére nouvelle dans les relations vietnamo-soviétiques. Avec lui, le Kremlin va chercher à se rapprocher de Pékin même au prix de beaucoup de concessions : la présence de l'armée de Hanoï dans un Cambodge "finlandisé" pourrait figurer dans la liste de celles-ci. Et les rapports d'Amnesty passent à 128 et 146 lignes en 1985 et 1986.

Les "chercheurs" constatent soudain que des régions échappent au joug de Phnom Penh. Les « exécutions extra-judiciaires », la torture[3] et « les viols[4] » constituent le plus sûr moyen pour les nationalistes du Front national de Libération du Peuple khmer (pro-occidentaux) de se maintenir au pouvoir dans les leurs. Les zones khmères rouges, que Hanoï veut anéantir en priorité mais avec lesquelles Moscou accepterait de

1. *Asiaweek*, 16 février 1986
2. *Aspects de la France*, 16 septembre 1982
3. *Rapport annuel* 1985, p. 273
4. *Rapport annuel* 1985, p. 276

Viet Nam : le bol de rix, la paix et la liberté

Mac Bride l'avoue sans honte – il s'en est même vanté – il a toujours entretenu de « bonnes relations avec les dirigeants du Nord Viet Nam[1] », et surtout avec son co-fondateur, responsable du Komintern pour l'Extrême Orient, Ho Chi Minh[2]. Il a raconté dans son autobiographie *L'Exigence de la liberté* que c'est en 1928, lors d'un congrès anti-impérialiste en Europe, qu'il l'avait rencontré.

Il était donc normal que dans la partie qui se jouait dans la péninsule indochinoise, Amnesty International jetât toutes ses forces du côté du brave oncle Ho. Ce héros de la non-violence avait établi, dès 1957[3], un réseau de camps de concentration à travers tout le Viet Nam du Nord et avait fait massacrer les paysans hostiles à sa réforme agraire de type stalino-maoïste : il méritait bien qu'on l'aidât.

La mise à mort

Durant les vingt années de leur indépendance, les peuples du (sud) Viet Nam eurent à faire face autant aux communistes qu' à leurs "alliés" libéraux américains. L'ingénu Kennedy donna l'ordre d'assassiner Ngo Dinh Diem en 1963 pour le remplacer par un général à peu près idiot, Duong Van Minh, qui présentait l'avantage non-négligeable d'avoir de la famille à Hanoï... Mais

1. cité par Moncomble, 1981, pp. 142 et 145

2. Ho quitta le Viet Nam en 1911 pour la France, l'Angleterre et les Etats-Unis. Il adhéra au Parti communiste en France dès le congrès de Tours en 1920. Il prononça deux discours, en 1924 et en 1935, lors des réunions du Komintern (il avait été étudiant à l'Université des Travailleurs d'Asie en 1934-1938) - selon *The Great Soviet Encyclopedia*, 1973-1983, t.28, p.50

3. C'est à dire à une époque où le Nord Viet Nam n'avait à faire face à aucune guerre ni à aucune menace de guerre : l'URSS et la Chine continentale officiellement alliées se disaient prêtes à défendre son intégrité, les Etats-Unis étaient à peine représentés à Saïgon et le Sud Viet Nam se débattait dans l'anarchie.

de coup d'Etat en coup d'Etat, au déroulement souvent tragi-comique, un homme émergea : le général Nguyen Van Thieu, tout aussi nationaliste que Diem. Soutenu avec réticence et tactiquement par Johnson pour de simples raisons de politique étrangère où la morale ("la défense de la démocratie") n'avait aucune place, trahi par Nixon pour des motivations identiques, Thieu dut concéder, pied à pied, la défaite de l'Indochine lors des accords "de paix" de Paris du 27 janvier 1973. Il était dès lors en sursis. Il suffisait de presque rien pour le faire crouler : Amnesty et quelques autres organes de presse couverts de leur habituelle autant qu'inadmissible immunité se pressèrent pour l'abattre.

Le rapport sur le Viet Nam, pour l'année 1973-1974, est long de 61 lignes. Il relaie parfaitement la thèse de la propagande communiste de l'époque. Le tour de passe-passe consiste à faire comme si le gouvernement de la République du (sud) Viet Nam n'existait pas. La guerre est présentée comme un conflit opposant une population héroïque, galvanisée par le Parti, à une junte corrompue à la solde de l'impérialisme qui lui permet de survivre. Le *centre de Londres* fait merveille pour maintenir la célèbre "équidistance" qui lui a valu tant d'éloges flagorneurs. Sur 61 lignes, **une** seule est consacrée à la question des droits de l'homme au Viet Nam du Nord sous le "joug communiste" depuis 1954 après le départ des Français. Cette ligne contient toute l'ignominie de ce soi-disant organisme humanitaire. Elle est un morceau d'anthologie : « Amnesty International continue de s'occuper de sept prisonniers au Viet Nam du Nord ». Un point, c'est tout – pour un pays où depuis 20 ans on vit sous le régime bolchevique revu et corrigé par Hanoï.

Il reste 60 lignes pour accabler le Sud, le salir, lui jeter l'opprobe et le couvrir des crachats de la Conscience humanitaire.

Le gouvernement de Saïgon, issu d'élections supervisées par une cohorte internationale de journalistes et de chanteurs pensants, est placé sur un pied d'égalité avec le Gouvernement Révolutionnaire Provisoire sorti de la clandestinité grâce aux diplomates "attentifs aux progrès de la démocratie dans le monde" réunis à Paris en 1973 et qui impose son pouvoir par la terreur[1]. Les "chercheurs" d'Amnesty reprochent à la fois à la

1. Le Front National de Libération, son bras armé, fut fondé à Hanoï en 1960

République du Viet Nam (Saïgon) et au GRP de n'avoir pas libéré des dizaines de milliers de civils détenus pour des raisons politiques[1]. Pour être plus clairs encore, les "chercheurs" se tournent vers Henry Kissinger et le Duc Tho pour leur « demander de résoudre ce problème[2] ». Plus loin, quand ils accusent à nouveau Saïgon d'avoir « rapatrié un certain nombre d'étudiants, d'écoliers et d'intellectuels » pour les incarcérer, la tactique est la même : « le secrétaire [d'Amnesty] a écrit au GRP, au Nord Viet Nam, au secrétaire d'Etat US, au secrétaire général des Nations-Unies et aux membres de la Commission de Contrôle et de Supervision, leur demandant d'intervenir en faveur de la libération immédiate et sans condition de ces personnes[3]. » Seul le président Thieu ne reçoit aucun courrier, alors que, mis au banc des accusés, il apparaît pourtant comme le premier intéressé. Du coup, son gouvernement devient, aux yeux de "l'opinion publique internationale", une fiction créée artificiellement par la Maison Blanche. C'est très précisément l'image que veulent donner de la situation Moscou et une certaine coterie libérale américaine, précisément bien implantée dans l'administration Nixon.

En revanche, Thieu est utile pour la démonstration d'Amnesty car on peut lui imputer tous les crimes. Quand Amnesty parle de dizaines de milliers de prisonniers politiques, il n'est pas difficile de suivre son regard en direction de geôles de Saïgon et des autres villes contrôlées par les gouvernementaux. Le GRP, lui, ne dispose que de bases mobiles et ne peut entretenir de système carcéral. Le gouvernement de Saïgon est accusé de rapatrier de force des intellectuels parmi lesquels un avocat « renommé et adopté depuis 1972, » connu pour ses idées progressistes et le président de « l'Union Provisoire des Etudiants » ainsi qu'un professeur « membre actif du Mouvement pour l'Autodétermination des Peuples, » deux associations notoirement crypto-communistes. Un autre étudiant attire l'attention d'Amnesty : « Monsieur Mam, accusé d'être un agent communiste, » ce qui pour Amnesty est une "opinion", respectable qui plus est.

Si le nombre des prisonniers du Viet Nam du Nord ne mérite

1. *Rapport annuel* 1974, p. 66
2. *Rapport annuel* 1974, p. 66
3. *Rapport annuel* 1974, p. 66

pas d'être mentionné – Amnesty s'occupe de sept cas – combien le Sud en détient-il ? Le gouvernement en recense 5 081. Les comités Amnesty estiment leur nombre à « deux cent mille et plus ». Il semble que pas un militant n'ait écrit à son responsable national sur cette disparité entre le Nord et le Sud. Dans le rapport *Prisonniers politiques au Viet Nam du Sud* (1973) – il n'y en a jamais eu de semblable pour le Nord – c'est le chiffre de 100 000 qui est retenu : « le nombre de 100 000 détenus cité dans le rapport *Prisonniers Politiques du Viet Nam du Sud* est authentifié par d'autres comités qui ont estimé [leur] nombre à deux cents mille et plus »... Si les comités disent « 200 000 et plus », pourquoi retenir le chiffre de 100 000 ? Est-ce parce qu'Amnesty n'a pas confiance dans les comités ? Mais alors, pourquoi peuvent-ils "authentifier" ? Et si le chiffre de « 200 000 et plus » est exact, pourquoi le diviser par deux ?

L'organisation humanitaire prend bien sûr note des « prétendus enlèvements » de dix-sept religieuses et d'un prêtre, selon les dires du gouvernement et de l'archevêque de Saïgon... mais c'est pour conclure au manque de sérieux de ces évidentes affabulations. La cautèle d'Amnesty ne s'arrête pas là : « Amnesty International tente d'obtenir des informations plus explicites sur 67 000 civils que Saïgon dit avoir été enlevés. » Mais les autorités administratives « n'ont pu étayer précisément si ces personnes auraient [*sic*] été emmenées [*sic*] au Viet Nam Nord ou dans les territoires occupés par le GRP ». Alors, Amnesty enquête sur... 10 cas dans les territoires occupés par le GRP.

La chute

Le rapport de 1975 consacre 11 lignes au Viet Nam du Nord et 164 au Viet Nam du Sud.

Pour le Nord, Amnesty s'interroge sur le sort des musiciens incarcérés à Hanoï depuis 1971 pour avoir joué de la musique et qu'elle a fini par adopter sans publicité[1]. Elle évoque aussi, en passant, le cas de « deux intellectuels, condamnés à des peines de prison »... en 1960. Cet intérêt est remarquable. Si Amnesty écrit sur ces deux cas, c'est pour les mettre à l'actif du gouvernement – décidément très débonnaire – de Hanoï. Le

1. *Rapport annuel* 1975, p. 108

centre de Londres tire une fierté certaine de cet événement, et s'en explique : il a agi en faveur des deux persécutés « étant donné qu'ils devaient être libérés ».

Mais les "chercheurs" patentés ne s'attardent pas au Nord, ils filent au Sud, remplis d'enthousiasme puique Saïgon est tombée : « les dizaines de milliers de prisonniers politiques détenus par le régime ont retrouvé la liberté[1]. » Du coup les chiffres de 1973 s'avèrent exacts : 100 000 ou 200 000 personnes s'entassaient dans les prisons sudistes. Ce n'est pas une tyrannie communiste qui s'est installée à Saïgon, mais simplement la fuite d'une clique corrompue à la solde de l'impérialisme yankee, un certain 30 avril 1975.

Tout va bien, l'ordre règne à Saïgon : « la victoire du Vietcong [...] représente, à coup sûr, la revanche de la propreté et de l'intégrité sur la souillure et le désordre[2] » explique un journaliste dégoulinant de haine "christique". Amnesty concède qu'il y a eu quelques excès, bien excusables à cause du caractère nouveau de la situation, mais tout cela est resté très en deça de ce à quoi on aurait pu s'attendre. Les "exécutions" n'ont frappé que « des délinquants civils lorsque le GRP entreprit de s'attaquer aux délits mineurs[3] ». Si les militants de l'organisation ont accepté cela sans broncher, on a du mal à comprendre. Ils appartiennent à une organisation qui milite à cor et à cri contre la peine de mort et ils acceptent qu'elle soit infligée pour des « délits mineurs ! »

Des prisonniers de "l'ancien régime" ont-ils remplacé ceux libérés par les vainqueurs ? Non, assurent catégoriquement les "chercheurs" : « il semble que leur nombre soit assez faible ». On saura bientôt qu'ils étaient un million... C'est alors qu'Amnesty lance l'ordre de démobilisation : « le secrétariat international a avisé les groupes d'Amnesty International ayant des prisonniers sud-vietnamiens que ces cas devaient être considérés comme résolus[4] ». S'il advenait, tout à fait par hasard, qu'un militant de base s'étonnât de cet ordre jugé suspect, Amnesty, qui connaît bien son monde, a mijoté des arguments pour rassurer sa belle conscience : « les premiers reportages

1. *Rapport annuel* 1975, p. 106

2. Xavier Grall dans *Témoignage chrétien*, 12 juin 1975 - cité par Pascal Bruckner, in *Le Sanglot de l'homme blanc*, Seuil, Paris 1983, p. 35

3. *Rapport annuel* 1975, p. 109

4. *Rapport annuel* 1975, p. 108

des journalistes et d'autres observateurs se trouvant à Saïgon après la libération ont donné une image favorable de la situation[1] ».

Comment pourrait-il en être autrement ! Les correspondants qui sont restés sur place ont montré suffisamment leur connivence et leur complicité avec les communistes pour qu'on les garde encore un peu et qu'ils puissent servir. Les autres ont été parfois "inquiétés", dépouillés de leurs notes, de leurs cassettes et de leurs films.

Le rapport ne s'en tient pas là : il présente le nouveau régime sous un jour hautement favorable qui, comme Robespierre naguère, "insiste beaucoup sur la réconciliation nationale". Le Viet Nam dispose enfin d'atouts nombreux pour se régénérer, selon l'expression ancienne de Couthon, dans une ambiance de saine camaraderie.

La normalisation

Dans ces conditions, le secrétaire général d'Amnesty « a pris bonne note des principes dont s'inspirait le GRP et exprimé sa satisfaction[2] ». Rien ne viendra la nuancer.

Le *Rapport annuel 1975-1976*, fidèle en cela à une vieille tradition révolutionnaire, n'insiste pas sur les péripéties endurées par les prisonniers au Viet Nam du Nord[3]. L'organisation humanitaire les ramène d'ailleurs « à un petit nombre » dont les militants n'ont pas à s'inquiéter puisqu'elle « s'en occupe », même si ces "dissidents" croupissent derrière les barreaux depuis 17 ans. De toute façon, ils finissent toujours par être libérés. A titre d'exemple édifiant, les "chercheurs" relatent que des deux internés qui allaient être relâchés l'année précédente incessamment, un (un seulement) l'a été... soit 50 % des effectifs qui "concernaient" le *centre de Londres*.

Au sud, on assiste à une résurrection de l'Age d'Or, décrite en 145 lignes enthousiastes (contre 11 pour le Viet Nam du Nord). Les bons sauvages libèrent à la chaîne, bien qu'ils aient déjà vidé les prisons en avril-mai 1975 : comprenne qui pourra ! L'administration se montre particulièrement bienveillante

1. *Rapport annuel* 1975, p. 108
2. *Rapport annuel* 1976, p. 151
3.

avec les hommes de troupe : « à la fin de leurs cours[1] », ils reçoivent un certificat de civisme les autorisant à chercher du travail. La magnanimité des bureaucrates s'étend même aux officiers qui ne le méritent pourtant pas, leurs grades indiquant assez leur culpabilité : « le 9 septembre, la presse [officielle, comme à Kaboul] a fait état de la libération de 800 d'entre eux[2]. »

Le reste n'est que vétilles. Certes, on exécute des délinquants, mais pouvait-on faire autrement ? Il ne s'agissait jamais que de « voleurs et [de] pillards, selon la presse[3]. » Les autorités avaient-elles le droit de ne pas « enrayer la vague de criminalité qui déferlait sur Saïgon après le changement de régime » ? Et ceci notamment, « les journalistes l'ont rappelé », à une époque où « la ville ne disposait d'aucune force de police » ? Certes, il y a eu des exécutions politiques mais seulement « parce qu'il nous arrive de punir sévèrement » a constaté (Mme) Nguyen Thi Binh que courtisaient à Paris les mêmes journalistes. Et pas n'importe qui : des « saboteurs » qui vivent « cachés » ainsi que « deux criminels de guerre [*sic*] et deux anciens agents des services spéciaux ». Enfin la peine elle-même n'est-elle pas requise par « le Peuple » auquel on résiste difficilement dans un régime démocratique ? Ici, pas de huis-clos, mais des stades où 10 000 personnes assemblées, apeurées et effrayantes, assistent aux procès[4]. Amnesty trouve très « corrects » ces « procès ».

L'enivrement de commande prévaut dans les rapports 1977 et 1978, avec quelques nuances parce que les relations soviéto-vietnamiennes sont marquées par l'ambiguité jusqu'à la fin de l'année 1978[5]. Amnesty s'efforce de comprendre les poli-

1. *Rapport annuel* 1976, p. 150. Oui ! Amnesty assimile les camps de concentration à des lycées et les séances d'autocritique et de dénonciations à des "cours" !

2. *Rapport annuel* 1976, p. 151

3. *Rapport annuel* 1976, p. 149

4. *Rapport annuel* 1976, p. 150

5. Le 30 avril 1975 fut une défaite des peuples du Viet Nam principalement. Elle fut donc une victoire certes communiste, mais pas soviétique : Moscou qui livrait le matériel de guerre dont Hanoï avait besoin et qui l'avait obligé, à ce titre, à ouvrir des négociations "de paix" à Paris en 1968 après la catastrophique offensive du Têt (ces négociations régionales préfigurant les accords Salt

ciers vietnamiens. Qui surveillent-ils ? Des durs uniquement, pratiquement irrécupérables: « des bérets verts, des paras, des *rangers*, des *marines*, des agents secrets formés aux Etats-Unis[1]. » A ceux-là il faudra, précisent les autorités de Ho Chi Minh Ville, au moins trois ans de rééducation : tout dépendra des « progrès » constatés. Amnesty refuse, en tant qu'organisation humanitaire responsable, de céder à la sensiblerie. Le sort de ces infâmes stipendiés de l'impérialisme ressemblerait, à ses dires, à celui des vacanciers des stations estivales du Club Méditerranée où les gentils organisateurs seraient des commissaires politiques : « la rééducation [*sic*] consiste en travaux manuels [*sic*] pendant la journée avec séances d'auto-critiques le soir[2] ». Amnesty ne lance pas ces propos en l'air ; elle se réfère à des sources impartiales : « des journalistes autorisés à visiter les camps ». L'un de ceux-ci appartient au *Washington Post*, quotidien des financiers mondialistes. Il n'hésite pas à donner ses sources dans un article du 15 février 1977 : il rédige « d'après les déclarations du directeur des services de rééducation [*sic*] ». Et, comme les vacances, les camps ont une fin : selon l'Agence de Presse Vietnamienne, « plus de 1 000 (anciens) officiers » ont été relâchés. La performance est modeste. Elle suffit aux humanistes de Londres qui ne s'inquiètent pas ni n'enquêtent quand la presse occidentale[3] reproduit un article du directeur de la Commission du Plan

et d'Helsinki), fut pris de vitesse par le général Van Tien Dung lorsqu'il déclencha son offensive finale.

De plus, Moscou était hostile à une réunification du Viet Nam pour plusieurs raisons : Brejnev préférait que le Nord servît d'état-tampon avec la Chine ; le pays divisé, la partie méridionale ne pouvait que se placer à discrétion sous l'autorité du grand-frère soviétique (et donc lui céder la base militaire de Cam Ranh), afin d'éviter une annexion dont les cadres du GRP et du Viet Cong savaient ne rien attendre de bon (la suite l'a prouvé). Enfin, morcelé, le Viet Nam ne deviendrait jamais une puissance régionale : si les Soviétiques envisageaient de céder une sphère d'influence au Laos à la Chine, le marchandage signifiait que le Cambodge leur reviendrait un jour.

Floué, Brejnev en conclut une amertume certaine: il faudra le voyage de Pol Pot à l'automne 1977 (sa tentative de rapprochement politico-militaire avec la Chine) pour qu'il décide, non sans hésitation, d'accepter le Viet Nam dans la grande famille soviétique en 1978

1. *Rapport annuel* 1977, p. 169
2. *Rapport annuel* 1977, p. 1970

paru dans la *Revue mensuelle communiste* de Hanoï : le personnage écrit que son gouvernement envisage de déplacer dix millions de Vietnamiens pour les installer dans les terribles parce qu'insalubres Nouvelles Zones Economiques. Les statuts d'Amnesty en font foi, son action se limite aux "prisonniers d'opinion" : elle ne peut donc s'occuper de ces malheureux[1].

Quelques critiques, très peu, percent timidement à l'égard du Parti communiste[2]. Celui-ci n'a-t-il pas incarcéré le fameux avocat Tran Van Tuyen, favorable aux Soviétiques et ennemi de toujours du président Thieu ? Et Luong Trong Tuong, de la secte des Hoa Hao, qui déconseillait à ses disciples de prendre le maquis[3] ; moins qu'un crime ou une injustice, c'est une faute qui risque de décourager les alliés potentiels et un « célèbre romancier qui prit part, avant 1954, à la lutte du Viet Minh contre les Français[4]. »

Les affaires religieuses sont plus complexes et exigent un maniement prudent. Les autorités d'Hanoï ont tort également lorsqu'elles s'en prennent aux membres de la pagode An Quang qui avait pourtant joué « un rôle considérable [...] dans le mouvement pacifiste du Sud Viet Nam ». En revanche, on les comprend si elles sévissent contre « un petit groupe de prêtres radicaux [*sic*] désireux d'empêcher tout changement précipité ». Une petite explication de vocabulaire est ici nécessaire : "radicaux" signifie fidèles à la foi catholique, apostolique et romaine, etle "changement précipité", c'est l'avènement du dieu-Progrès.

Les autorités communistes sont encore approuvées lorsqu'elles interviennent contre des religieux réputés désaxés.

3. *L'Aurore*, 5 mai 1977. Ce quotidien puisait ses informations en Yougoslavie. Le journaliste Dragoslav Rancie, de la revue *Politika* écrivait en effet que le gouvernement planifiait de déporter 10 millions de personnes en 20 ans vers les NZE - selon *The Japan Times*, 11 avril 1978

1. L'organe du parti, *Nham Dan*, indiquera, le 24 janvier 1989, que « plus de trois millions de vietnamiens » avaient été « déplacés » dans les Nouvelles Zones Economiques depuis 1976. Remarquant les limites du "succès" de l'entreprise, l'article précisera que l'expérience, planifiée par des cadres vraisemblablement malades, continuerait - selon *The Daily Yomiuri*, 25 janvier 1989

2. Il avait repris son nom original (qui remontait à 1930) lors du Quatrième Congrès du Parti des Travailleurs de juillet 1976

3. *Rapport annuel* 1977, p. 171

4. *Rapport annuel* 1978, p. 200

Selon « divers témoins (?) », un bonze, dont les honnêtes gens disent qu'il s'est suicidé pour protester contre la répression antireligieuse, aurait, d'après les renseignements d'Amnesty, « assassiné deux nonnes après les avoir rendues enceintes et conservé la même conduite immorale àprès la libération du Sud Viet Nam. Se sentant découvert, il avait [cette fois, le conditionnel n'est nullement de mise] décidé de mettre fin à ses jours et avait tué onze personnes avant de s'immoler par le feu[1]. » Le thème n'a guère varié depuis Diderot et 1789.

Le sort des prisonniers dans les camps n'intéresse pas vraiment Amnesty. Sont-ils bien de l'espèce qui permet au *centre de Londres* d'intervenir ? Existent-ils vraiment ? Si oui, combien sont-ils ? Selon le gouvernement communiste, ils seraient 50 000[2]. A cette date, Amnesty refuse le chiffre gouvernemental qu'elle juge insuffisant et elle retient dans le rapport de 1977 et dans celui de 1978 le total de 200 000 détenus. Mais, en 1979, par une habileté de présentation, elle se garde d'accepter diverses allégations « présentant des variations considérables » : selon *Le Monde* du 19 avril 1978, le nombre des prisonniers se situerait entre 50 et 80 000. Selon l'Agence Reuter du 2 novembre 1977, ils seraient 150 000 ; selon le *Washington Post* du 20 décembre 1978, 150 000 à 200 000. L'Agence France Presse annonçait, elle, le chiffre de 300 000 dès le 12 février 1978. Amnesty n'hésite pas alors à écrire une de ces phrases dont elle a le secret et qui sont encore un morceau d'anthologie : « certaines estimations semblent inclure non seulement les prisonniers mais également les citadins transférés à la campagne. C'est peut-être le cas du chiffre donné par un ancien étudiant qui avance celui de 800 000[3] ».

On notera d'abord le caractère vague et allusif à la pseudo-information : "certaines" – de qui s'agit-il ? – "estimations" – elles sont, par définition, fondées sur des appréciations discutables – "semble" – dernière cheville pour faire croire à la prudence, en réalité pour rejeter la vérité. A cet exercice de style, il faut ajouter le "peut-être" de la phrase suivante. Mais le plus beau morceau est sans conteste « les citadins transférés à la campagne ». Qui oserait écrire aujourd'hui que les Allemands transfé-

1. *Rapport annuel* 1977, p. 171
2. *Rapport annuel* 1977, p. 169
3. *Rapport annuel* 1979, p. 145

rèrent des juifs à la campagne sans craindre l'anathème ? A Phnom Penh aussi on transféra la ville à la campagne! Amnesty donne dans l'ignoble d'une façon habituelle. Surtout dans cette région du monde. Cette seule pratique aurait dû la disqualifier : il n'en est rien. Amnesty a choisi le sens de l'Histoire, celui de Moscou. En 1975, Amnesty pouvait disposer de 236 sections affectées au Viet Nam du Sud. En 1979, rien, ou si peu, juste pour donner le change. Pourquoi ne pas établir de statistiques comme en 1975 du temps de l'affreux gouvernement Thieu ? On a vu comment elle procédait : chiffres gouvernementaux plus chiffres "d'autres comités", le tout divisé par deux. En 1979, cela donnerait au minimum environ 170 000 personnes, soit 70 % de plus que du temps du président Thieu... Et cela donnerait peut-être aussi à penser aux militants. Or, cela, il ne le faut pas.

En conclusion, Amnesty croit pouvoir écrire « au gouvernement vietnamien pour le féliciter [*sic*] de poursuivre l'examen des possibilités de libération de personnes réunies [Amnesty oublie de dire où] en vue d'une réforme [*sic*] collective [*sic*] et qui ont fait des progrès [*sic*] réels [*sic*]. » Peut-on aller plus loin dans le mensonge, la désinformation et la servilité ? Avec Amnesty, la réponse est **oui**.

1979 : une enquête au pays des (So)viets

Du 10 au 21 décembre 1979, une mission amnestienne de quatre personnes se hâte vers la capitale vietnamienne. Elle sait qu'elle va être reçue à bras ouverts – du fait des "bonnes relations" entretenues entre Mac Bride et le régime de Hanoï. De fait celui-ci s'est bel et bien inféodé définitivement au bloc soviétique en 1978 aux termes d'un traité d'amitié et de son adhésion au Comecon. D'autre part la délégation est l'invitée personnelle du premier ministre Pham Van Dong. Du 10 au 21 décembre, la bande des quatre rencontre le gratin de la nomenklatura viet : le premier ministre, les membres de l'Associaion des Juristes (bien entendu) Communistes, et d'autres personnalités comme le vice-président du Comité Populaire de Ho Chi Minh Ville, un haut magistrat de cette cité conquise, ainsi que des membres du Front de la Patrie et des directeurs de prison... à défaut de prisonniers.

Les quatre amnestiens reviennent avec un mince rapport de 25 pages. Il grossira jusqu'à en atteindre 70 après une gestation d'une année et grâce à un dialogue constructif entre les "chercheurs" et les autorités communistes. Subdivisé en cinq parties, il paraîtra en 1981 sous le titre : *Viet Nam : rapport de mission en République Socialiste du Viet Nam - Réponses et commentaires/EFAI.*

La préface du livret n'insiste pas sur « les importants changements politiques[1] » survenus en avril 1975. En quelques mots, Amnesty fait part d'une inquiétude à propos de « l'arrestation pour motifs politiques de personnes qui n'avaient eu aucun lien avec l'ancien gouvernement Thieu ou avec la présence américaine[2]. » Le rapport évoque également de façon rapide « les milliers de personnes retenues dans les camps de rééducation », mais ne dit rien du régime carcéral et ne préconise pas sa suppression. Tout au plus propose-t-elle des réformes pour les détenus « dont l'état de santé nécessite un traitement spécialisé[3]. »

En revanche, les rapporteurs d'Amnesty n'ont rien retenu des déclarations de leur hôte, le premier ministre Pham Van Dong, qui admettait à l'époque de la réunification que selon ses services sept à dix millions de Vietnamiens étaient considérés comme non-rééducables et qu'il faudrait s'en débarrasser d'une façon ou d'une autre[4]. Amnesty se tait également sur les 500 000 *boat-people* qui ont déjà fui le pays à cette date, en payant des tarifs imposés par le gouvernement et plus précisément par un bureau qui relève directement de l'autorité de Pham Van Dong[5]. Amnesty est solennellement muette sur la famine organisée, comme au temps de Staline en Ukraine, dans les Nouvelles Zones Economiques qui ont déjà tué alors un million de personnes[6]. Bref, Amnesty pactise tranquillement avec les tueurs.

1. EFAI 1981, p. 5
2. EFAI 1981, pp. 5-6
3. EFAI 1981, p. 7
4. Union Nationale Inter-Universitaire (1977 ou 1978)
5. Or, comment les "chercheurs" pourraient-ils ignorer la déclaration du ministre australien de l'Immigration, Michael Mac Kellar, en date du 4 janvier 1979 dans laquelle il indiquait les barêmes qu'avaient à verser les réfugiés aux autorités - selon *The Japan Times* 6 janvier 1979
6. Chiffres avancés par l'Association pour la Lutte des Droits de l'Homme au Viet Nam

Après la préface vient un *Memorandum soumis à la République socialiste du Viet Nam* (RSVN) en mai 1980. 223 lignes énumèrent les réglements vietnamiens sans analyses ni confrontations avec la réalité ; 228 énoncent des généralités oiseuses d'ordre humanitaire et international, sans compter 23 lignes de notes de bas de page, ayant trait aux articles de la Déclaration des Droits de l'Homme ou textes internationaux. Il en reste 77 pour les recommandations sur un total de 780. Ce qui signifie qu'il n'y en a plus que 193 sur le sort des Vietnamiens. Cela valait-il vraiment le voyage de quatre personnes pendant 11 jours, soit une moyenne de 4,3 lignes par jour et par personne!?

Sur ces 193 lignes, 21 concernent encore Ho Huu Tuong, « érudit qui a passé des années de prison sous le régime colonial français et fut condamné à mort [mais non exécuté] en 1957[1] », et Nguyen Tran Huyen, « emprisonné sous le régime de Diem au cours des années 1950 ». D'autre part, Amnesty accuse la politique française qui est la source de tous les maux du Viet Nam, la France ayant contesté la déclaration d'indépendance accordée par les Japonais en 1945 sans base légale.

Dans une formulation qui appartient à la plus pure phraséologie marxiste, Amnesty déclare en outre être « consciente de la spécificité du développement historique du Viet Nam ». Dans cette perspective, elle admet bien volontiers les difficultés éprouvées par le GRP « en mai 1975, devant le problème soulevé par le désarmement d'une force armée hostile de 1 300 000 hommes[2] » : faut-il croire que les Sud Vietnamiens, "hostiles", n'ont plus été « libérés » ? Elle comprend que la rééducation a été instaurée « à des fins de réconciliation nationale au lieu de rechercher la vengeance ». Oui, l'organisation humanitaire donne sa bénédiction laïque aux camps de concentration de l'Enfer vert, devenus par une grâce spéciale des lieux de pardon et de fraternité ! C'est abject, c'est Amnesty. Elle légitime la détérioration préméditée des conditions planifiées de détention qui seraient dues aux « difficultés économiques actuelles ». En réalité, selon la propagande communiste de l'heure, ces difficultés incombent à de soi-disantes menaces d'une invasion

1. EFAI 1981, p. 18
2. EFAI 1981, p. 14

américano-chinoise[1]. Pour faire bonne mesure, Amnesty ajoute comme cause à la famine des détenus les relations sino-vietnamiennes[2] et la situation au Kampuchéa, comme si l'invasion du Cambodge n'avait pas été envisagée dès 1930 par Ho Chi Minh qui prévoyait le repli du Corps expéditionnaire français d'Extrême-Orient.

Amnesty ajoute à l'ignominie la fausse humilité et elle le fait de manière ostentatoire, se jugeant elle-même inapte à « établir un bilan d'ensemble des conditions dans les camps ». Sa conclusion est un soupir de satisfaction. Si la durée des stages de rééducation excède généralement le temps prévu (trois ans pour les plus "durs"), « les autorités [...] procèdent à un réexamen de la législation pénale[3] » et la peine de mort, bien que non supprimée, est « peu appliquée[4] ».

Au *Mémorandum* fait suite une *Réponse du Gouvernement au Mémorandum*, reproduite *in extenso* sur 13 pages. Ladite *Réponse* appelle un *Aide-mémoire* long de 17 pages et daté de décembre 1980. Le mot de la fin appartient à Hanoï avec ses *Commentaires concernant l'aide-mémoire* de quatre pages.

L'opuscule n'est ni plus ni moins qu'une tribune offerte au PC au Viet Nam, par l'intermédiaire de chère Amnesty. Celle-ci, d'ailleurs, « remercie le gouvernement vietnamien pour ses réponses[5] » et pour l'ambiance « ouverte et franche[6] » dans laquelle se sont déroulés les pourparlers entre "chercheurs" et fonctionnaires de l'ambassade de la RSVN à Londres. Elle note « avec satisfaction » – comme à Kaboul – les assurances renouvelées du gouvernement marxiste d'adhérer aux principes de la Liberté : « elle considère comme un développement important la déclaration [de Hanoï] selon laquelle il envisagerait sérieusement [*sic*] des mesures permettant le renvoi à bref délai dans leurs familles des personnes encore détenues, ce qui contribuera [l'indicatif prouve qu'Amnesty se paie, quand il le faut, de mots] à dissiper le malaise [*sic*] existant aussi bien à l'intérieur du pays qu'à l'étranger. » Elle note aussi que – comme à Kaboul – les autorités ont réaffirmé « l'interdiction for-

1. EFAI 1981, p. 25
2. EFAI 1981, p. 14
3. EFAI 1981, p. 25
4. EFAI 1981, p. 27
5. EFAI 1981, p. 49
6. EFAI 1981, p. 50

melle de la torture[1] ». En conséquence, « [elle] tient à exprimer sa satisfaction » à un interlocuteur dont elle a « apprécié la franchise ».

Le rapport 1980 reprend consciencieusement les thèmes de la mission, et il en sera ainsi pour les rapports suivants. Les *boat people* font une éphémère apparition. Pas pour les plaindre ni pour tenter d'évaluer le nombre de ceux qui périront en mer. Non, mais pour les déconsidérer : il ne s'agit que de gens tels « [cet] organisateur de départs illégaux, [Amnesty ne remettant pas en cause les départs organisés par les communistes], également accusé d'un raid sur une banque » et « [ces] trois hommes accusés d'avoir détourné un bateau pour quitter le pays, et tué deux membres de l'équipage ». Soit des réfugiés bien peu recommandables, "droits communs" et non "politiques", sur lesquels on aurait bien tort de s'apitoyer.

Les rapports des années suivantes comportent les mêmes procédés, les mêmes silences. Il n'y a pas de remise en liberté à grande échelle, mais on a libéré un certain nombre d'individus. On condamne un peu plus à mort, mais il s'agissait d'opposants organisés... Aucun de ces rapports ne mentionne le mot *boat-people*, ni l'exode qui conduit un peuple sur les mers. Cela ne fait pas partie de la mission soi-disant humanitaire d'Amnesty. « La peine de mort existe encore au Viet Nam, bien qu'il y ait peu d'exécutions. La plupart des condamnations à mort, dont Amnesty a eu connaissance, semblent [*sic*] avoir été infligées pour meurtre à des personnes qui avaient tenté de fuir le pays clandestinement ». Les bien-pensants n'en paraissent pas légitimement bouleversés.

1. EFAI 1981, p. 50. Pourtant, selon l'ALDHVN, la ration alimentaire individuelle quotidienne était de trois patates douces, ce qui obligeait les détenus « à manger tout ce qui bouge ». Le contre-rapport de cette association fut remis à Amnesty le 10 décembre 1981 : il ne semble pas qu'elle en ait fait usage...

Sur les premiers témoignages de détention, voir à ce sujet l'article de Marie-Thérèse de Brosses dans Paris-Match du 8 décembre 1978, pp.3-5,9,12,19,20,22-23. Les conditions de survie dans les camps y sont décrites dans plusieurs paragraphes qui n'ont pas intéressé les "chercheurs"

4. EFAI 1981, p. 51

1. *Rapport annuel* 1980, p. 299

2. *Rapport annuel* 1981, p. 317

Corée : symétrie à géométrie variable

L'Indochine basculait en 1975 : le Congrès américain obtenait la fermeture des bases de l'US Air Force de Thaïlande, que la Maison-Blanche s'était résignée à perdre dans un mélange de panique et d'indifférence; l'explosion sociale couvait au Japon tandis que les factions neutralistes semblaient aptes à s'imposer dans les sphères gouvernementales les plus hautes. Dans cet environnement de lâcheté et d'hostilité, la Corée, déchirée le long du 38ème parallèle depuis les accords de Yalta en 1945 et la guerre de 1950-1953, faisait logiquement figure de “domino” prêt à crouler. Kim Il Sung, le président de la République démocratique et populaire, fourbissait ses armes ; Amnesty jouait son rôle de sapeur, même si Pyongyang, à l'évidence, n'appartenait pas à la mouvance soviétique, tendant, pour des raisons de politique domestique, à garder une équidistance totale (mais négociable) entre Moscou et Pékin dans le “débat” idéologico-géostratégique qui opposait les deux capitales et que Kim – qui leur était autant redevable de son ascension comme de certains de ses déboires – cherchait par-dessus tout à éluder. Il s'agissait, pour le *centre de Londres* indépendant, de porter prioritairement atteinte aux intérêts américains en envenimant les relations traditionnellement empreintes de défiance entre Washington et Séoul, la péninsule n'ayant jamais représenté aux yeux des intellectuels W.A.S.P. qu'un élément tactique sans grande importance dans leur stratégie extrême-orientale, et cela avec une grande continuité depuis les présidences Theodore Roosevelt et Woodrow Wilson. Mais si les *Rapports annuels* visent surtout la Conscience[1] de l'intelligentsia américaine toujours sujette à la dépression bruyante, les “chercheurs” basés à Londres semblent aussi émettre des signaux à destination de la Corée du Nord pour lui

1. « La pseudo-symétrie d'Amnesty est perverse et participe à la manipulation de l'opinion », déclareront Lambert et Follenfant lors d'une conférence de presse – selon *Libération*, 6 juin 1986, cité dans *Itinéraire...*, 1988, p. 128 (NdA, 26 juillet 1989)

expliquer la position officielle de l'URSS vis-à-vis de la RPC et pour lui suggérer les bénéfices dont Pyongyang tirerait profit en faisant preuve d'une flexibilité de bon aloi.

Haro ! sur le président Park

La disparité des *Rapports annuels* sur les deux Corée, tout comme pour le Viet Nam, est d'ordre quantitatif autant que qualitatif. Amnesty s'applique déjà à justifier la différence très importante du volume de la pagination: si elle ne consacre que 21 lignes en 1974 à la RDPC, c'est « du fait du climat de guerre froide[1] » qui affecte la péninsule : ce même "climat de guerre froide" la conduira à ne pas publier une seule ligne dans le *Rapport* 1976 et sept en 1977...

Amnesty se borne donc, et avec quelle complaisance, à enregistrer l'état d'alerte permanent que la Corée du Nord invoque pour légitimer sa tyrannie populaire et ce alors que pas un expert international, fût-il communiste, n'envisage une attaque sudiste. Mais quand Séoul se dit vivre avec la crainte d'une agression comparable à celle de juin 1950, Amnesty rejette l'alibi comme outrageusement fallacieux. « Les menaces [sont, en effet] présumées » ; « un avocat américain [donc dans l'inconscient des militants, un partisan de la république] a conclu qu'aucune preuve concrète n'[avait] pu être obtenue qu'il [existât]) une menace de quelque ordre que ce [fût][2]. » Les "chercheurs", pour la nième fois, mentent sciemment : la volonté agressive du Nord existe bel et bien et les exemples abondent. C'est ainsi qu'on estime à plus de 70 000 le nombre de violations nord-coréennes depuis l'armistice de 1953. Parmi elles, l'assaut donné contre la Maison-Bleue, la résidence officielle du chef de l'Etat, le 21 janvier 1968, par trente-et-un commandos ; le meurtre de la femme du même chef de l'Etat en août 1974, perprété par un certain Moon Sei Kwang résidant à Osaka ; l'assassinat à coups de machettes de deux officiers américains par des garde-frontières chargés pourtant de collaborer avec eux à Panmunjon même, le 18 août 1976 ; la tentative probable de sabotage d'une usine nucléaire en construction au cours de l'été 1983[3] – sans parler du massacre de membres du gouver-

1. *Rapport annuel* 1975, p. 102
2. *Rapport annuel* 1975, p. 103

nement sud-coréen en visite officielle à Rangoon le 9 octobre 1983, ni la destruction du Boeing des Korean Air Lines transportant 115 personnes le 29 novembre 1987 au large de la Birmanie. La menace est toutefois plus profonde et les quelques faits cités ne constituent que des épiphénomènes spectaculaires et d'ailleurs vite oubliés. En 1970, les Nordistes entretenaient en effet 400 000 soldats ; en 1983, leur nombre était passé à quelque 785 000 dont plus d'un demi-million massés le long du 38ème parallèle, répartis en 40 divisions[1][2]. Les experts occidentaux estiment les chances de succès militaires communistes dans la région probables jusqu'en 1994-2000. Le temps joue donc contre Pyongyang, et les problèmes internes qui secouent aussi la Corée du Nord pourraient inciter Kim Jong Il, le fils du président et son successeur désigné, à agir comme son père en juin 1950 lorsque la guerre lui permit d'asseoir son pouvoir précaire. Pour certains, la RDPC a un comportement « imprévisible[3] ». (3).

Mais puisque le Sud n'a rien à craindre, objectivement, des 100 000 commandos suicides basés de l'autre côté de la ligne de démarcation, les mesures d'exception dont il abuse à l'évidence n'ont pour objet que de défendre les égoïsmes de tyrans présentés comme des brutes épaisses aux militants d'Amnesty à l'intelligence tellement en éveil. C'est pourquoi, se dressant contre l'arbitraire, les "chercheurs" confient 80 "prisonniers d'opinion" aux sections du mouvement dans le monde, orchestrent le lancement d'une « campagne spéciale d'envoi de cartes postales (destinées à faire pression sur le gouvernement nationaliste)[4] » (et protestent contre « la situation

3. *Présent*, 13 octobre 1983

1. Les forces armées nordistes auraient progressé de 200 000 hommes en 1950 à un million en 1988 – selon *Vantage Point*, juin 1989

2. *Ecrits de Paris*, janvier 1984. La Corée du Nord, devenue approximativement la septième armée du monde en puissance de feu, disposerait (chiffres de 1986) de 2,7 fois plus de blindés que le Sud (environ 3 500), de 32 fois plus de canons (environ 7 400), de 2,1 fois plus d'avions (plus de 800 sans compter les hélicoptères) - selon *The Far Eastern Economic Review* du 26 juillet 1986. *Cf.* aussi la même revue en date du 26 janvier 1989 qui relativise toutefois en termes qualitatifs le rapport des forces entre les deux armées

3. Selon le secrétaire d'Etat américain à la Défense Caspar Weinberger en mai 1984, in *The Far Eastern Economic Review* du 11 décembre 1986

4. *Rapport annuel* 1975, p. 103 (?)

des droits de l'homme [qui] s'est [encore] détériorée ». Ils dépêchent aussi une mission à Séoul en mars 1975, soit à l'époque – et il s'agit probablement d'une coïncidence – où les blindés soviétiques et d'autres engins américains tractés, fabriqués en URSS, foncent en direction de Saïgon. Et l'organisation tonne son mécontentement, reprochant au gouvernement du président Park – que Washington, par habitude, ne verrait aucun inconvénient à trahir – son manque de coopération, voire les « intimidations officielles[1] » qu'affrontèrent les courageux délégués quand ils assistèrent à un procès, public au demeurant, mais dont les actes d'accusation avaient été montés « de toutes pièces[2] » de huit membres du Parti (marxiste-léniniste) Révolutionnaire du Peuple.

Le *Rapport annuel 1976* reprend les mêmes thèmes contre Séoul sur 101 lignes. Il demeure totalement vierge en ce qui concerne Pyongyang. La proportion est globalement respectée en 1977 : 7 lignes contre 158. Pour la Corée du Nord, « Amnesty International a passé au crible toutes les informations » dont elle disposait[3] et« la seule chose qu'elle puisse affirmer est que celles-ci ne contiennent pas la moindre précision concernant des cas d'arrestations, de procès ou d'emprisonnement dans ce pays [et...] malgré tous ses efforts, elle n'a pu découvrir aucune information, même favorable [*sic*] ! » Qu'Amnesty n'ait obtenu aucune information qui fût favorable, dans un pays dirigé par des démocrates recrutés parmi les plus sectaires et les plus extrêmistes, ne se refusant rien dans la panoplie du terrorisme au service des Grands Principes, cela ne peut guère surprendre. Qu'elle n'en ait obtenu d'aucune sorte, même défavorable, étonnerait les candides : différents journaux asiatiques et occidentaux ont publié nombre d'articles inquiétants. Amnesty n'en retient aucun. Curieux juge d'instruction qui classe les plaintes sans les examiner ni demander à ses sections nationales ou locales, corvéables à merci et parfois au chômage technique de par la "libération" du Viet Nam (236 cas d'adoption et d'investigation considérés résolus en 1975), de se mobiliser et d'enquêter. Etranges "chercheurs", analystes réputés compétents et "libres" (mais dont les méthodes et les procédés ne

1. *Rapport annuel* 1975, p. 104
2. *Rapport annuel* 1975, p. 104
3. *Rapport annuel* 1978, p. 133

sont jamais fournis avec beaucoup de précision) qui ne permettraient pas de conclure de façon alarmante. Répugnant, le *centre de Londres* ne répugne pas à décrire les plaies dont est affligée la partie méridionale de la péninsule. L'horreur y serait à son comble. « Il y a plusieurs centaines [bientôt, Amnesty annoncera sans fanfare ni conférences de presse qu'il y a plusieurs dizaines de milliers de prisonniers en Corée du nord] de prisonniers politiques[1] », préviennent les "chercheurs". Ces martyrs viennent, selon un expression idiote qui, a fortiori, a fait ses preuves dans les salles de rédaction "concernées", "de tous les horizons politiques" et ont « en commun de s'être montrés de plus en plus critiques à l'égard du régime[2] ». Si tous les secteurs ne sont pas atteints par la répression, diverses catégories socioprofessionnelles constituent les cibles privilégiées de « l'arbitraire et des tracasseries systématiques » : des curés de choc et des pasteurs égarés, des membres de partis d'opposition, des étudiants et des professeurs, des journalistes, des avocats et des syndicalistes – soit le cocktail usuel prêt à émouvoir les intellectuels angéliques de Boston et à mettre en marche leurs réseaux d'influence. Amnesty organise alors une campagne internationale symbolique en vue de la libération d'un poète paré pour l'occasion des vertus les plus hautes et les plus nobles[3]. En trois ans[4], Amnesty aura critiqué Séoul sur 361 lignes et défendu Pyongyang sur 28 lignes...

Le *Rapport annuel 1978* s'acharne pareillement sur le président Park Chung Hee, en 87 lignes plutôt monotones. Peut-être Moscou a-t-il compris à cette époque que le Japon résisterait au neutralisme, et la Corée réunifiée sous les couleurs de la RDPC ferait le jeu de la Chine continentale : la pagination dudit *Rapport* serait en conséquence plus réduite et le style moins agressif. Le *centre de Londres*, dans cette logique, confirme l'adoption de Kim Dae Jung[5] qui, bientôt, tentera de prendre le pouvoir légalement puis violemment : il représente cette troisième voie sur laquelle s'entendraient assez la majorité des Républicains et des Démocrates du Congrès américain, de même que leurs collègues élus tout aussi arbitrairement mais selon

1. *Rapport annuel* 1978, p. 133
2. *Rapport annuel* 1978, p. 133
3. *Rapport annuel* 1977, p. 135
4. *Rapport annuel* 1975, 1976 et 1977
5. *Rapport annuel* 1978, p. 163

d'autres règles au Kremlin, et il s'opposerait presque sûrement à la réunification dont ne veulent ni Washington – qui tient à conserver sa prééminence au Japon – ni Moscou échaudé par la disparition du Viet Nam du Sud qui a aggravé l'escalade en Indochine au-delà de tout contrôle. Amnesty s'intéresse aussi aux « travailleurs » arrêtés « pour avoir revendiqué des droits syndicaux[1] », ainsi « qu'au grand poète Kim Chi Ha[2] ». L'audience de l'artiste ne dépasse pas, certes, quelques cercles initiés et très marqués politiquement, cela suffit à expliquer qu'il soit « grand ». Au Japon seulement, trois politiciens d'envergure ont soutenu sa candidature pour un Prix Nobel en 1975 : Narita Tomomi, président du Parti socialiste japonais et animateur de son aile marxiste-léniniste. Utsunomiya Tokuma, sénateur président de l'Amicale Nippo-Algérienne, reçu régulièrement à Pyongyang en tant qu'interlocuteur bienveillant et chargé de relayer certains messages directement au premier ministre en exercice, suspecté d'avoir appartenu au Parti communiste japonais sous le pseudonyme de Nakagawa Ichiro – en tout cas cautionnant nombre de mouvements "pacifistes". Minobe Ryokichi, fils d'un juriste obsédé par des thèses anti-monarchistes, qui le conduisirent à militer au sein d'un Front Populaire avant la Seconde Guerre Mondiale, et gouverneur socialo-communiste de Tokyo élu en 1967 et en 1971 avant d'être reconduit dans ses fonctions en 1975, n'ayant accepté de se représenter qu'à la demande insistante de son homologue de Moscou, Timofeevitch Promysmlov, qui se déplaça lui-même pour le convaincre de ne pas se retirer de la vie publique[3]. La partie réservée à la Corée du Nord est, quant à elle, laconique : « Amnesty International a poursuivi ses efforts [*sic*] pour recueillir le maximum d'informations [*sic*...] mais elle n'a pu obtenir de renseignements. La presse, soumise au contrôle des autorités, n'a publié aucune information concernant les droits de l'homme. » Six lignes pour un peuple opprimé.

Sus ! au président Chun

1. *Rapport annuel* 1978, p. 163
2. *Rapport annuel* 1978, p. 164
3. *The Kodansha Encyclopedia of Japan*, 1983, t.5, p.194 et p.334 – *The Japan Times*, 17 et 25 février, 18 mars et 13 juillet 1975

Le 26 octobre 1979, le chef des services secrets sud-coréens Kim Jae Kyu, assassine le chef de l'Etat – et il n'est pas impossible que le tir ait été dirigé par la CIA tout comme, en 1963, Langley n'avait pas tout fait pour décourager les meurtriers du président sud-vietnamien Diem. Le premier ministre, Choi Kyu Hah, mal préparé à la tâche qui lui incombe, assume aussitôt la magistrature suprême. Son discours d'investiture, en période d'agitation sociale et politique provoquée partiellement par les condamnations de l'Administration Carter, cède d'emblée à la rhétorique démagogique. Peut-être Choi, qu'aucun groupe ne soutient et qui manque d'assise, cherche-t-il à se gagner ainsi des sympathies hors de l'*establishment* militaire pour en contrebalancer l'influence. Plus sûrement agit-il pour plaire et flatter les grandes consciences afin, peut-être, de durer et de marquer l'Histoire. Il pose les principes de "libération (du pays)".

Amnesty International capte immédiatement le message. Elle va se consacrer à cet important problème, omettant de signaler la non-libéralisation de la Corée du Nord : elle indique en 13 lignes (sur 30 au total) que « [la] Constitution y garantit là-bas de nombreux droits[1] ». Et elle annonce sans attendre son soutien à Choi, qui présente l'avantage de la faiblesse, donc la possibilité d'être manipulé. Les "chercheurs" lui télégraphient « le jour même pour le féliciter de son élection » et de sa décision de supprimer une loi anticommuniste[2] qu'ils réprouvent et qui gêne l'opposition. La loi, d'ailleurs, est abolie dès le lendemain 7 décembre. Encouragé dans l'engrenage des concessions, Choi n'est plus en mesure de résiste : devenu le nombril du monde, il vacille déjà dans l'œil du cyclone qui regarde la Corée se diriger vers une immense fosse communiste. Amnesty, le 14 décembre, lui écrit donc pour « manifester sa satisfaction »... et demander avec insistance l'élargissement de progressistes considérés comme dangereux pour la sûreté de l'Etat. Un vent de lâcheté secoue Séoul. La Cour d'appel de la capitale participe à la frénésie panique et l'organisation obtient satisfaction à l'issue d'un délai très raisonnable : le 19, des dizaines d'éléments subversifs ou révolutionnaires, certains "adoptés" et tous rompus à la guerilla urbaine, sont remis en liberté. Les "chercheurs" su-

1. (*Rapport annuel* 1980, p. 236
2. *Rapport annuel* 1980, p. 237

renchérissent aussitôt et entreprennent diverses actions au profit de « Lee Bu Yong, ancien journaliste, et [du] révérend Yun Ban Ung », condamnés naguère « pour leur participation à des mouvements en faveur d'une démocratisation plus poussée[1] », mais aussi de membres du Parti Révolutionnaire du Peuple et du Front National de Libération Sud Coréen[2]. Choi perd pied, s'incline : il fait libérer Yun. Amnesty le pousse dans ses derniers retranchements, indique et dénonce ceux qui résistent par fidélité à l'ordre ancien, insiste pour les briser; corollairement, « [elle] exprime son inquiétude » pour ceux qui demeurent en prison et que des juges ne veulent pas relâcher.

Face à un Etat qui se désagrège, quelques militaires décident de mettre fin au gâchis. L'un d'eux s'impose, honni à l'Ouest comme à l'Est, le général Chun Doo Hwan. Il occupe les fonctions de chef de la sécurité militaire, dirige à titre provisoire les services de renseignements. Le *centre de Londres* l'identifie sans mal comme l'ultime rempart, le point sur lequel les attaques doivent se concentrer. De 298 lignes en 1980, le *Rapport annuel* 1981 va passer à 358 lignes ; les "chercheurs" éditeront un fascicule intitulé Corée du Sud : l'emprisonnement politique en République de Corée[3] et diffuseront trois communiqués de presse les 17 septembre et 9 décembre 1980 puis le 23 janvier 1981.

L'ordalie débute au printemps 1980. Le 2 mai, « [Amnesty] a fait part au président Choi de ses inquiétudes au sujet d'irrégularités signalées [... lors du procès intenté à un] groupement présumé [*sic*] communiste, le FNLSC[4]. » Quelques jours plus tard, des manifestants demandent un peu partout la démission de Choi et de Chun. Les premiers affrontements sérieux,

1. *Rapport annuel* 1980, p. 242

2. Le Parti Révolutionnaire pour la Réunification, fondé dans le courant des années 1960, fut réorganisé et appelé le Front National de Libération Sud-Coréen en août 1985. Installé à Pyongyang et disposant d'une station de radio en territoire nord-coréen (dénoncée en février 1979 par l'Union Internationale des Télécommunications), son but avoué est de développer l'agitation en Corée du Sud. Il y a des bureaux à Cuba, en Syrie et au Japon - selon *North Korea News* (revue publiée à Séoul et spécialisée dans la traduction des médias nord-coréens) du 14 novembre 1988 et *Vantage Point* (version mensuelle de la précédente) de mars 1988

3. EFAI 1981, 64 pages

4. *Rapport annuel* 1981, p. 249

car bien préparés depuis plusieurs mois, ont lieu. Kim Dae Jung, coqueluche des libéraux américains, qui entretiennt des relations tout aussi troubles avec des amis de Pyongyang, est arrêté, selon l'acte d'accusation, pour les avoir fomentés par l'intermédiaire d'un certain Chung Tong Nyon qu'il aurait chargé de répartir des fonds secrets aux partisans de "brigades" d'agitation. Dès le lendemain 19 mai, les "chercheurs" télégraphient à Choi pour revendiquer la libération de Kim[1]. Kwanju est sa place forte, elle se mobilise plus ou moins spontanément : le 18 mai, l'armée, qui a reçu des consignes de pondération, se re-plie. Amnesty croit comprendre que les manifestants « finirent par se rendre maîtres de la ville[2] », et elle brode à partir de cette spéculation. Des défilés, peu après, « ont dégénéré en violents affrontements lorsque les parachutistes sont intervenus avec une sauvagerie et une brutalité qui ont scandalisé la population

1. D'après un porte-parole d'un département relevant du ministère de la Défense, interviewé en juin 1983 à Séoul, Kim Dae Jung adhéra, dès la reddition japonaise d'août 1945 (Tokyo avait annexé la péninsule en 1910), à diverses organisations communistes, dont la Ligue de la Jeunesse Démocratique. Arrêté le 1er octobre 1946 après le meurtre de plusieurs policiers, puis relâché, il rejoignit alors un autre groupe marxiste-léniniste. Emprisonné (?) par les Nord-Coréens en 1950, il fut le seul à avoir la vie sauve parmi ses camarades, et ce pour des raisons mal éclaircies. L'Administration démocrate américaine le propulsa sur la scène politique comme elle promouvait les expériences "troisième voie", par exemple en Indochine. Grâce à sa neutralité bienveillante, Kim rencontrait par deux fois un agent nordiste, en 1967. Bien que financé notamment par l'organisation de Coréens résidant au Japon et dépendant de la RDPC, la Chochongryong, il perdit de peu les élections présidentielles de 1973 contre Park. Il accusa les autorités de fraude massive et de tentative de meurtre, puis s'exila. Conférencier à l'université de Harvard, où sont testés les futurs dirigeants potentiels du "monde libre" et de sa clientèle disparate prêts à vendre leurs âmes aux *lobbies* de Wall Street, il frayait de préférence avec les libéraux Démocrates, publiant des articles dans leurs journaux de prédilection tel *The New York Times* du 23 février 1973 dans lequel il "compara" le Sud "où l'on n'a ni pain ni liberté" au Nord "où l'on a au moins du pain", réclamant en mars suivant que Washington interrompît son aide économique à Séoul et prônant en juillet que la Maison-Blanche intervînt pour que la Maison-Bleue acceptât le processus de réunification présenté par Pyongyang. Il s'agitait en mars 1973, fondant en août une organisation dont les moyens et les buts seraient condamnés en juin 1978 par la Cour Suprême sud-coréenne. Kidnappé à Tokyo et mystérieusement rapatrié à Séoul, il serait neutralisé partiellement pour quelques années.

2. *Rapport annuel* 1981, p. 247

et le reste des étudiants de Kwanju[1] ». Bref, la faute desdits affrontements incombe aux forces de l'ordre (des parachutistes, qui plus est – une catégorie de soldats qui hante l'univers mental des militants de base) et non aux manifestants qui ont placé la ville en coupe réglée. Le 27 mai, le gouvernement, qui semble avoir fini par se rendre maître de la ville à son tour, contrôle la situation : au prix de « 1 200 tués » s'indigne le *centre de Londres*[2] qui passe sous silence les statistiques avancées par d'autres sources[3].

La tentative de révolution a échoué. L'action d'Amnesty, pourtant, continue : Chun est derrière Kwanju, prétend-elle lorsque quelques nuances s'imposeraient. Or Chun risque de remplacer Choi, qui a amplement fait les preuves de son incompétence : le général reçoit le soutien de ses pairs et probablement de la grande majorité des Coréens du Sud. Amnesty cherche à freiner son ascension sinon à la compromettre : les communiqués de presse, à destination des groupes de pression américains, des 17 septembre et 9 décembre 1980 n'y suffisent pas. Quelques jours avant le référendum de février, qui doit donner le pouvoir à Chun, les "chercheurs" jouent leur dernière carte, sous la forme d'un troisième communiqué, le 23 janvier 1981. Il est toutefois plébiscité le 25 février. Moscou, Amnesty et aussi une certaine Amérique, ont perdu, même s'ils maintiennent leur "vigilance" et leur pression.

Un couple diabolique : Moscou, Pyongyang... et Amnesty International

1. *Rapport annuel* 1981, p. 247
2. EFAI 1981, p. 9
3. *Quid* 1982, p. 948, retient le chiffre de 200 tués lors des combats de rues de Kwanju. Il est toutefois possible d'estimer que le nombre de morts fut plus élevé, mais il paraît pour le moins difficile de se risquer à des statistiques. *Korea Today*, mai 1985, pp. 46-48 (revue publiée à Pyongyang) assure que 5 000 habitants de Kwanju périrent, l'armée ayant reçu carte blanche pour éliminer physiquement jusqu'à 70 % des 800 000 habitants et ayant utilisé à cet effet des armes chimiques. L'article doit être considéré, on s'en doute, avec quelque réserve. Le rédacteur se contredit en effet parfois, notamment lorsqu'il écrit que la troupe dut ingurgiter des drogues pour accroître sa "barbarie" (p. 47) mais qu'en même temps elle agit de sang-froid (p. 46), et lorsqu'il n'explique pas pourquoi 5 000 personnes, et non 500 000, ont été assassinées selon le plan préétabli.

En Corée du Sud, Amnesty attaque les intérêts américains; en Corée du Nord, elle défend à mots couverts ceux de l'URSS. Il n'est pas question de débattre bruyamment des divergences parce que cela ne se fait pas selon les critères du (mal) savoir-vivre communiste. Signifiant et signifiés obéissent aux lois obscures d'une dialectique pervertie.

Peut-être pour rééquilibrer une disproportion tout de même très flagrante au moment où l'organisation humanitaire lance l'hallali en Corée du Sud et excite les militants à participer à la curée, les "chercheurs" augmentent la superficie consacrée à la Corée du Nord. Un œil pressé se rassurera donc puisqu'en 1979, Pyongyang "vaut" 74 lignes contre 137, c'est à dire plus de 50 %, pour Séoul. La parité est pourtant fallacieuse et pleine d'enseignements.

Le Kremlin s'est trouvé entraîné dans le bourbier cambodgien par le Viet Nam devenu l'allié de la Place rouge depuis 1978. Or Kim Il Sung protège – et abritera plusieurs mois de l'année dans un palais réservé – le prince-camarade Sihanouk. De plus, Pyongyang garde une attitude d'expectative envers la politique soviétique en Afghanistan qui se traduira, en décembre 1979, par l'intervention de Kaboul. Autant d'irritations pour le clan Brejnev frustré de ne pouvoir exprimer son ressentiment de crainte de s'aliéner un régime tenté par l'alignement chinois. D'où les 74 lignes du *Rapport annuel 1979* et un rapport spécial.

Mais sur ces 74 lignes, 30 évoquent la Constitution indigène sans suggérer que les déjà mauvais articles qui la composent puissent donner lieu à des violations pires, et huit répètent des discours officiels forcément peu critiques envers le gouvernement[1]. Amnesty s'en explique, arguant que « les seules informations dont [elle] dispose sur la protection des droits de l'homme concernent les garanties accordées par la Constitution de 1972[2,3] ». Après tout, les Principes Fondamentaux afghans

1. *Rapport annuel* 1979, p. 112

2. *Rapport annuel* 1979, p. 111

3. Il ne s'agit pas là d'un débordement ou d'une maladresse d'un rédacteur, mais d'une constante politique.

Des "dissidents" amnestiens, membres d'un certain « Groupe 67 - Dreux », relèveront, en 1979 puis 1980, l'exégèse de Rœbuck concernant la Constitution nord-coréenne (articles 68 et 69) : « la Constitution explique les droits et les devoirs des citoyens dans un pays où il n'y a pas d'exploitation et d'oppression et

ne favorisent-ils pas « le droit des juges à statuer indépendamment » ? Combien de militants ont-ils déchiré leur carte pour des propos aussi infâmes, combien de journalistes ont-ils bondi sous le coup d'une juste indignation sur leurs stylos à bille ? Pour étoffer leur dossier, étouffer les critiques qu'aucun bien-pensant normalement programmé par le Système ne songe d'ailleurs à émettre, les “chercheurs” tirent à la ligne.

Au Viet Nam du Nord, ils écrivaient à propos de prisonniers « étant donné qu'ils devaient être libérés » ou parce qu'ils avaient déjà purgé leur peine. En Corée du Nord, ils s'appesantissent sur le cas d'un “poète”, Ali Lameda, dont le sort a déjà été réglé : les péripéties qu'il a connues derrière les barreaux étaient mentionnées sur 11 lignes en 1975, mais 28 lignes confirment, en 1979, qu'il s'est bien sorti d'une situation délicate. Ce qui fait que 66 lignes peuvent être, par de médiocres tours de passe-passe, mises à l'actif de la RDPC. Les huit restantes manquent, d'autre part, de cette virulence dont userait toujours et partout l'incorruptible organisation et qu'on rencontre d'ordinaire dans les rapports sur la Corée du Sud. Les “chercheurs” ne se préoccupent pas plus du nombre des détenus « dont on ignore le nombre total[1] » qu'en Afghanistan où ils laissent entendre qu'ils « croient toujours en vie[2] » les prisonniers disparus.

En 1981, le *centre de Londres* diffuserait un réquisitoire intitulé *Corée du Sud : l'emprisonnement politique en République de Corée* (EFAI 1981) long de 64 pages, apparemment sans concession alors qu'il serait gonflé d'exagérations et de mensonges. En 1979, le même centre publie, discrètement cette fois-ci, *Ali Lamada : récit de l'expérience personnelle d'un prisonnier d'opinion en République Démocratique Populaire de Corée*[3] ; il s'agissait, pour la forme, non de l'édition assez lu-

où les intérêts sociaux et individuels sont en plein accord ; les droits et les devoirs des citoyens sont basés sur le principe collectiviste : un pour tous, tous pour un » – selon un document intitulé *SF 80 N 041 Interne : pronlèmes posés par la nomination du professeur D. Rœbuck*, reproduit dans *Itinéraire...*, 1988, pp. 59-60. Rappelons que ledit Rœbuck avait été choisi pour diriger le département Recherche de l'organisation parce que « son dossier était excellent », et remarquons que celui qui l'introduisit à ce poste n'était autre que Ennals – toujours in *Itinéraire...*, 1988, p. 81 {NdA, 26 juillet 1989}

1. *Rapport annuel* 1979, p. 112 ?
2. *Rapport annuel* 1981, p. 230

xueuse à couverture plastifiée et calibrée aux dimensions standard des documents officiels faciles à répertorier et à conserver de par leur uniformité, mais d'un index court de 39 pages imprimées au seul *recto*, de taille encombrante, à la couverture grise et même pas renforcée, le tout retenu par des agrafes disposées en deux endroits.

Ali Lameda est un personnage énigmatique. Les amis de Mac Bride devaient le tenir en particulière estime et peut-être pas seulement pour ses hypothétiques talents de poète – au demeurant méconnus puisqu'aucune encyclopédie consultée (sur l'Amérique Latine comprise) ne mentionnait son nom. Arrêté par la police politique en 1968, il monopolise 11 lignes en 1975 quand il est libéré, mais sa côte passe à 28 lignes en 1979 et il en "vaudrait" encore huit en 1980, quatre en 1981, cinq en 1982 et sept en 1986 (soit 11 ans après sa libération). Il avait été recruté par le régime pour encenser Kim Il Sung et chanter ses réalisations grandioses avec des accents d'inspiration prolétarienne. Tombé en défaveur, ou suspecté d'activités contraires au dogme, il tâta des camps de concentration avant de pouvoir quitter le pays.

Bien qu'il ait la plume facile, son récit ne remplit pas les 39 pages de l'index. L'une reproduit simplement le titre de la couverture, la seconde contient la table des matières ; une photo de Lameda, au sourire bonhomme, affublé d'un béret de berger enfoncé jusqu'aux oreilles, illustre la troisième, "l'éditeur" se manifeste brièvement dans la quatrième page pour ne rien dire d'important. Cinq pages annexes brossent des portraits de circonstance du "poète" et de Jacques Sédillot (un Français engagé à Alger par les Nord Coréens, arrêté en même temps que son camarade vénézuélien et libéré - selon Amnesty - en 1975 aussi (non autorisé à regagner l'étranger, il eut la pudeur de décéder l'année suivante, et les "chercheurs" ne doutèrent jamais qu'il eût pu être victime d'une "exécution extra-judiciaire"). A ce stade, M. Ali, ex-prostitué de Pyongyang, s'émeut et s'épanche au souvenir du cher disparu, « un homme magnifique, un internationaliste véritable, honnête et courageux : un linguiste comme moi », tient-il à préciser, se mettant ainsi discrètement en valeur. Six pages sont totalement blanches, une sélection de poèmes s'étale sur dix autres – et l'on s'en félicitera puisqu'il

3. ASA 24/02/79

paraît peu probable que les anthologies futures y fassent jamais référence même si l'Histoire, à cause d'Amnesty, retiendra peut-être quelques vers naufragés. Sept pages vantent la vie édifiante de l'internationaliste véritable, honnête et courageux, linguiste (comme Sédillot), et le reste a plus ou moins rapport avec les relations dangereuses entre Ali et l'Etat.

En gros, il a eu faim certes, mais n'a jamais été torturé : c'est à peu près tout ! Apparatchik obéissant "comme un corps mort" au dieu-Parti, il prévient que son cas, strictement personnel, ne saurait être considéré comme un échantillon représentatif. D'ailleurs le titre donné par Amnesty soulignait que la narration avait trait au « récit de l'expérience personnelle d'un prisonnier ». L'organisation humanitaire ne juge donc pas utile de s'attarder, peut-être par respect pour la vie privée d'autrui. Elle se garde de crier que, d'après Lameda, 150 000 personnes auraient été déportées dans des camps de concentration, telle cette femme "coupable" d'avoir fumé en cachette dans les toilettes[1]. Elle dit « qu'on ignore le nombre total [de prisonniers politiques][2] » et clôt l'affaire, alors qu'à l'époque du Viet Nam du Sud, elle instruisait des dossiers bien qu'elle ne sût pas non plus le nombre de prisonniers politiques (de 5 081 selon le gouvernement en 1973 à « deux cent mille et plus » selon divers "comités"). Pendant ce temps, Amnesty a ordonné aux militants de « [s'occuper] activement de plus de cent cas[3] » et lance « une [nouvelle] action d'urgence en faveur de six prisonniers condamnés à mort [qu'elle admettra être encore en vie l'année suivante][4] » en Corée du Sud.

A partir de 1982, la vie politique sud-coréenne connaîtra un répit que remettront en cause les Jeux olympiques d'été 1988, lesquels n'empruntent pas grand'chose à l'Intelligence. En revanche, l'unanimité de rigueur à Pyongyang cèle mal des luttes intestines ponctuées de violences nombreuses. Kim Il Sung domine certes la scène intérieure depuis 1945, année de son retour sur la péninsule dans le sillage de l'Armée Rouge; il n'en a pas pour autant juré fidélité au Kremlin, et Staline n'avait d'ailleurs pas l'intention arrêtée et ferme de le laisser au sommet de la hiérarchie. Néanmoins, grâce à des qualités de manœu-

1. ASA 24/02/79, p. 18.
2. *Rapport annuel* 1979, p. 112
3. *Rapport annuel* 1978, p. 164
4. *Rapport annuel* 1979, p. 112

vrier qui surpassèrent celles de ses “protecteurs”, il sut se maintenir déjà précairement puis, au terme d'un jeu complexe d'alliances et de trahisons dont il changeait souvent les règles, s'imposer, au prix d'une guerre qui dura de juin 1950 à avril 1953. Il y eut aussi les purges presque incessantes qui dévastèrent, en le régénérant, le Parti des Travailleurs, les compagnons de route se réclamant d'un christianisme mondain ou d'un agnosticisme non matérialiste, les membres de l'appareil d'Etat suspectés d'entretenir des sympathies chinoises ou soviétiques, les civils et les militaires. Jamais la révolution permanente ne prit fin : elle redoubla même à partir du début des années 1970, alors qu'elle s'essoufflait en Chine voisine. L'âge de Kim Il Sung expliquait cette recrudescence. Le président, né en 1912, songeait à sa succession. En juin 1971, il lançait un ballon d'essai destiné à promouvoir l'accession au pouvoir de son fils aîné, Kim Jong Il, né d'un premier mariage. Le choix de ses préférences, énoncé alors pendant la tenue d'un congrès de la Ligue des Jeunesses Socialistes, suscita des remous à tous les niveaux de la nomenklatura, n'épargnant pas la famille Kim puisque le clan lié à la seconde femme de Kim Il Sung misait sur d'autres héritiers ; d'autres groupes d'intérêts se sentaient aussi bien lésés et, pour résister aux plans du président, avançaient des arguments idéologiques incompatibles avec l'établissement d'une “monarchie communiste”. La guerre de succession couvait. Kim Il Sung prit l'offensive. Il fit promulguer une nouvelle constitution en décembre 1972 qui faisait de lui « le chef de l'Etat et le représentant de la souveraineté de la république » : s'opposer à lui relevait ainsi de la trahison. Il procéda à une remise à jour des cartes du parti, démettant 100 000 adhérents mais les remplaçant par 400 000 nouveaux militants. La police, réorganisée en mai 1973 pour être autonome et sous la seule responsabilité du président, procéda à des arrestations nombreuses tandis que Kim menaçait les cadres exténués d'une triple révolution culturelle, technologique et idéologique s'ils n'entérinaient pas les plans du chef de l'Etat. Ils obtempérèrent, parce qu'ils aspiraient au repos et ne souhaitaient pas voir remettre en cause leurs avantages durement gagnés et que convoitaient 400 000 jeunes loups. Ils élisaient en conséquence Kim Jong Il, en septembre 1973, membre alternatif au sein du Politburo : il avait un peu plus de quarante ans. Le “dauphin" obtenait dans la foulée le secrétariat à la propagande, et son anniversaire (le 16 février) devint une fête nationale en 1975. Le sixième congrès du parti, en octobre 1980, consacrait son élévation à la deuxième place *de facto* dans la hiérarchie.

Les Kim rencontraient nombre de difficultés à domicile, assassinats et tentatives d'assassinats compris. Il en allait de même à l'étranger. La République Populaire de Chine accepta pourtant la première, de mauvaise grâce, le processus de passation des pouvoirs : à Pékin, le Parti, certes, brisait le culte de l'idole maoïste. Mais le Viet Nam socialiste étendait son influence dans toute l'Indochine. Deng Xiaoping ne se sentait pas de force à engager une querelle idéologique avec Pyongyang alors que l'Armée Populaire de Libération s'était fait étriper dans les provinces septentrionales du Tonkin au début de 1979 : les Chinois, par la bouche du vice-ministre de la Défense en visite en Corée du Nord, portaient un toast à la santé des deux Kim, Il Sung et Jong Il, le 26 octobre 1981. Deng, d'ailleurs accompagné du secrétaire général du Parti Communiste Hu Yaobang, confirmait personnellement ces bonnes dispositions fondées sur des relations de bon voisinage lorsqu'il visitait la RDPC en avril 1982 et invitait l'héritier à Pékin en juin 1983. Il restait toutefois au président à convaincre le Kremlin d'imiter ce geste, et la chose s'avéra plus complexe parce que la Place Rouge croyait en sa force et ne se sentait pas obligée de négocier. Les rapports annuels d'Amnesty traduisent d'assez près les tergiversations de l'URSS.

En 1981, année où la RPC boit à la santé de Kim Jong Il, les "chercheurs" déplorent précisément sur neuf lignes que « des personnes qu'on présumait opposées à l'influence de Kim Jong Il, fils du président Kim Il Sung, auraient été envoyées en exil intérieur[1] ». En 1982, année où Deng se rend à Pyongyang, « [Amnesty] a continué à recevoir des rapports selon lesquels on assignait à résidence dans des régions éloignées et isolées des personnes qui s'opposaient au pouvoir politique grandissant de Kim Jong Il[2] ». Or, cette même année, une maison d'édition sise au Japon, la Compagnie de la Liberté, publie un livre condamnant « l'émergence d'une dynastie en Corée du Nord[3] ».

1. *Rapport annuel* 1981, p. 246

2. *Rapport annuel* 1982, pp. 234-235

3. *The Founding of a Dinasty in North Korea - an Authentic Biography of Kim Il Sung*

Un livre qui aurait été commandé par les Soviétiques[1]. Le *centre de Londres* prend des accents tragiques en 1983 : Amnesty établit avec une précision confondante, qui rappelle la façon de procéder au Cambodge dans les pages des *Rapports annuels* 1978 et 1979[2], que pendant les quatre premiers mois de l'année, « 1090 personnes avaient été victimes d'une purge pour s'être opposées au fils du président[3] ».

La situation change en 1984. Le 23 mai, Kim Il Sung débarque à Moscou après 18 ans d'absence sur le sol soviétique. Le 24, il accepte d'associer son pays à la défense de l'URSS, pour contrer "l'axe" Washington-Tokyo, indique-t-il, alors que Tchernenko aurait tendance à prolonger ledit axe jusqu'à Pékin. Un mois plus tard, Pyongyang renoue diplomatiquement avec Hanoï, alors qu'elle y avait fermé son ambassade quand le Viet Nam avait envahi le Cambodge. Kim conserve toutefois toute sa sympathie envers Sihanouk, autre mauvais despote. En novembre suivant, un litige territorial, qui durait, est réglé au cours de « pourparlers amicaux », annonce l'agence Tass[4].

Gorbatchev devient le numéro un soviétique en mars 1985. En avril, il dépêche un de ses principaux partisans chargé officiellement des questions syndicales et économiques à Pyongyang. C'est Kim Jong Il, responsable de la réalisation du plan septennal, qui le reçoit en grande pompe. Ce qui indique la fin de "l'expérience chinoise[5]" en la matière. Le même mois, le vice-ministre des Affaires étrangères nord-coréen rencontre le principal dirigeant de l'URSS et signe avec lui un communiqué commun exprimant l'identité de vues entre les deux capitales. Moins de dix jours plus tard, le 26 avril, Kim Il Sung, qui avait refusé de reconnaître le gouvernement communiste afghan, envoie soudainement un télégramme de félicitations à Karmal et

1. L'ouvrage, signé "Ly Lim Un", aurait été écrit par un opposant prosoviétique aux Kim, résidant en URSS - selon *The Far Eastern Economic Review* de mars 1984

2. *cf.* par exemple le *Rapport annuel* 1978, p. 174

3. *Rapport annuel* 1983, p. 255

4. *The Japan Times*, 24 et 26 mai, 19 et 27 juin, 14 et 20 novembre 1984 – *The Far Eastern Economic Review*, 25 octobre 1984

5. Cette expérience s'inspirait de principes de base formulés par Deng en juillet 1979. Ebauchée en 1980, il incomba au premier ministre Kang Song San de la mettre en vigueur à partir de janvier 1984, mais il serait limogé en décembre 1986

supervise, à domicile, une exposition sur l'amitié prolétarienne coréo-afghane retrouvée. En mai, le ministre de la Défense soviétique fait un don plus que symbolique pour commémorer l'anniversaire de la reddition allemande de 1945 à Kim Jong Il qui avait alors cinq ans : ce cadeau aurait consisté en dix Mig 23. En juillet, le Politburo tout entier envoie ses bons vœux aux deux Kim très mécontents du "rapprochement" entre Séoul et Pékin observé depuis deux ans. Le mois d'août devient le mois de l'amitié soviéto-(nord) coréenne que Pyongyang célèbre avec faste. Des navires de guerre du Kremlin visitent alors, officiellement pour la première fois, le port de Wonsan pendant cinq jours. Le nouveau ministre des Affaires étrangères Edouard Chevarnadzé confère avec son homologue Kim Ung Nam en septembre[1] .

Pour ne pas troubler inutilement la chaude ambiance de camaraderie prévalant entre l'URSS et la Corée du Nord, Amnesty se fait soudain vague sur la question des droits de l'homme, ne parlant plus que brièvement de « quatre personnalités [...] emprisonnées entre 1969 et 1977[2] », et donc peut-être relâchées depuis cette date quoiqu'on ne puisse l'assurer. Surtout, à l'instar de ces photos officielles ou des annuaires truqués que propagent toutes les démocraties, le nom de Kim Jong Il n'apparaît plus, de même qu'il n'est plus fait référence aux problèmes liés à la succession dite de "type dynastique". Pourtant, « le pouvoir grandissant » du personnage ne paraît pas diminuer. Au contraire, la radio nationale lui a donné, pour la première fois le 18 mars 1985, le titre "d'excellence" alors qu'on le connaissait auparavant sous les mots-code de "centre du parti", "cher leader", "cher guide", "l'arc-en-ciel", etc. Et en juillet, le président vieillissant a prophétisé l'imminence de "l'ère Jong Il[3]". Depuis août 1978, Jong Il aurait, en effet, la charge de l'administration au jour-le-jour ainsi que des services "action". Cependant, l'opposition au sein de l'appareil existe toujours[4], comme l'ont confirmé, entre autres, Kim Chong Min, ancien haut

1. *North Korea News*, 15 et 29 avril, 6, 13 et 20 mai, 12 et 19 août 1985 – *The Far Eastern Economic Review*, 20 juin et 29 août 1985

2. *Rapport annuel* 1985, p. 261

3. *North Korea News*, 1er avril, 15 et 22 mai 1985 – *Vantage Point*, novembre 1985

4. *North Korea News* du 5 août 1985 – *Vantage Point*, juillet 1985 et février 1987 – *The Japan Times*, 15 juin 1986

responsable du parti qui passa au sud au printemps 1988[1] et divers articles de presse faisant état de deux tentatives d'assassinat contre Kim Il Sung en décembre 1986 puis en mai 1987[2]. Respectueuse A...

1. *The Daily Yomiuri*, 9 juin 1988
2. *The Mainichi Daily News* (Tokyo), 12 avril 1989

DEUXIEME PARTIE : SYNTHESE

L'alchimie du mensonge

Qu'elles soient libérales ou populaires, les démocraties ont proliféré sur un même fumier (c'est-à-dire un même terrain... d'élections) : le mensonge. Voltaire en vantait les "qualités morales" quand il écrivait à un de ses disciples, Thiriot, en 1736 que « le mensonge est une grande vertu quand il peut faire du bien : ainsi il faut mentir non pas seulement quelques fois et timidement mais hardiment et toujours ». Lénine, que la morale n'obsédait pas, le ramenait à un rôle plus pratique : « le mensonge n'est pas seulement un moyen qu'il est permis d'employer; c'est le moyen le plus éprouvé de la lutte bolchévique[1] ». Montage lexical, omissions, insinuations, contre-vérités, etc. tel sera en effet l'arsenal d'Amnesty International.

Le montage : des lettres...

Les "chercheurs" savent suggérer à leurs lecteurs d'appréhender une situation dans le sens souhaité par Moscou et l'Histoire, à l'aide d'adverbes innocents, d'adjectifs anodins et de propositions adversatives appropriées.

Ainsi remarquent-ils dans l'introduction du chapitre "Asie" en 1981 que « plusieurs pays ont témoigné d'un plus grand respect des droits de l'homme. Certains, *notamment* le Viet Nam et le Laos, ont libéré un très grand nombre de prisonniers politiques[2] ». Les pays cités pour modèle appartiennent à la mouvance soviétique, et à elle seule. En revanche, « la détention prolongée pour motifs politiques, *plus particulièrement* à Taïwan, en Indonésie, en Malaisie, au Brunei et à Singapour, est une grave préoccupation pour Amnesty », justement dans des

1. Cité par Jean Madiran, dans la revue *Itinéraires*, Paris, novembre 1980
2. *Rapport annuel* 1981, p. 221

pays tous très anti-soviétiques... Dans l'introduction de 1982, « [l'organisation] a présenté [à l'ONU] des rapports exposant les violations flagrantes et systématiques des droits de l'homme au Pakistan et en Corée du Sud[1] » : on sait que ni Islamabad ni Séoul ne figurent au nombre des alliés de Moscou.

Si Amnesty attribue parfois quelques bons points aux régimes considérés schématiquement comme pro-occidentaux, c'est pour les leur retirer très vite, intérêts compris. Si la Malaisie vide ses prisons politiques à l'exception de deux détenus, « malheureusement il n'y a pas de changement relatif à la situation des quelques vingt personnes privées de leur nationalité pour des raisons politiques ». A Singapour, le gouvernement libère bien des détenus, « cependant ces quelques mises en liberté ne semblent pas signifier un changement de politique même si aucune nouvelle arrestation au titre de la Sécurité Intérieure n'a été signalée[2] », en conséquence 26 groupes prennent en charge 100 personnes incarcérées. « [Si le général Ershad][3] a reconnu qu'il fallait améliorer les conditions [de détention], d'inquiétantes informations ont fait état de passages à tabac et de décès dans les prisons[4] ». Au Brunei, « [si] début 1982 tous les prisonniers [de la révolution communiste de 1962] sauf neuf ont été libérés, d'autres personnes soupçonnées de liens avec le [Parti du Peuple] ont été arrêtées[5]. » Aux Philippines du président Marcos, « [si] le nombre des prisonniers politiques diminue [...] les "disparitions" et les exécutions extra-judiciaires sont de plus en plus courantes et la torture demeure courante[6] », alors qu'à Kaboul on tue « de temps à autre ». En Corée du Sud, « la loi martiale a [certes] été levée le 25 janvier 1981 [et] de nombreux prisonniers politiques ont été relâchés[7] [...] néanmoins, les arrestations se sont poursuivies en vertu d'autres textes[8] », si bien que « si [Amnesty] a écrit au président pour se féliciter des libérations, [... elle] continue à recevoir des informations sur l'emploi de la torture[9]. »

1. *Rapport annuel* 1982, p.211
2. *Rapport annuel* 1971-1972
3. Il se proclama président de la république en 1983 et fut élu en 1986
4. *Rapport annuel* 1983, p. 231
5. *Rapport annuel* 1983, p. 233
6. *Rapport annuel* 1983, p. 274
7. *Rapport annuel* 1982, p. 228
8. *Rapport annuel* 1982, p. 228

Quand la République socialiste du Viet Nam déporte dans les zones insalubres les populations hostiles à sa politique, Amnesty traduit qu'elles sont « transférées à la campagne[1]. » Du temps de la guerre ouverte qui précéda la chute de Saïgon en avril 1975, les sudistes « [rapatriaient] de force[2] » et les "chercheurs" les dénonçaient à l'ONU et aux médias[3] ; mais si le gouvernement Thieu « disait [que des civils] avaient été enlevés », l'organisation humanitaire rejetait ses propos en expliquant qu'elle ne pouvait tenir compte d'accusations selon lesquelles « ces personnes auraient été [ici, le conditionnel prévaut] emmenées[4]. »

A Taïwan, les prisonniers logent « dans la sinistre prison de l'Ile Verte[5] » ; dans le Viet Nam de Ngo Dinh Diem, on les parquait sur l'île « notoire » de Con Son. A Kaboul, que Soysal connaît assez pour n'en avoir pas dépassé la banlieue, Amnesty évoque simplement « la prison de Pule Charchi[6] » où « des [pas *les : des*] prisonniers auraient été battus ». En Indonésie, « [ils] auraient été *sévèrement* battus[7] », et à Séoul ils sont « torturés et battus[8] ».

Si les "chercheurs" ne remettent pas en cause la version officielle des autorités pro-soviétiques pour expliquer, au Cambodge l'exécution de « sept super-traîtres », au Viet Nam d'agents secrets, de saboteurs et de petits délinquants de droit commun sinon de prêtres immoraux, en Afghanistan de terroristes, ils se montrent, à l'inverse, pleins de sens critique quand les services de sécurité non anti-occidentaux démantèlent des réseaux pro-soviétiques. Par exemple, au Pakistan, en Indonésie et aux Philippines. Pour comprendre les manipulations d'Amnesty, un court récapitulatif s'impose dans chacun des trois cas.

En août 1947, Westminster accordait leur indépendance aux Indes. Mais certaines communautés musulmanes[9] du nord-est

9. *Rapport annuel* 1983, p. 232
1. *Rapport annuel* 1979, p. 145
2. *Rapport annuel* 1974, p. 66
3. *Rapport annuel* 1974, p. 66
4. *Rapport annuel* 1974, p. 67
5. *Rapport annuel* 1981, p. 221
6. *Rapport annuel* 1981, p. 229
7. *Rapport annuel* 1981, p. 267
8. *Rapport annuel* 1981, p. 250
9. Le cas avait été réglé précédemment pour la Birmanie en janvier 1947

et du nord-ouest craignaient pour leurs identités raciales et religieuses[1] ; elles réclamèrent, et obtinrent au cours de combats acharnés, d'être réunies en un seul pays, le Pakistan. Cette créature bicéphale monstrueuse car absurde était évidemment vouée à l'échec, pour des raisons domestiques (l'Ouest, pauvre, disposait du pouvoir, afin de sur-exploiter l'Est plus fertile mais éloigné de quelques 1500 km), autant que diplomatiques (l'Inde entendait ne pas être "menacée" à long terme sur deux fronts). La fondation de la Ligue Awani au Bengale, en janvier 1949, résumait le malaise entre les deux provinces puisque son président, Mujibur Rahman, militait pour une autonomie qui préluderait à une partition plus définitive. Allié à l'Association des Paysans et au Parti National Awami (tous deux communistes mais dont les tendances n'étaient pas majoritairement pro-soviétiques), la Ligue enleva lors des législatives de décembre 1970 tous les sièges (sauf deux) dans la partie est tandis que son allié occidental, le Parti du Peuple de Zulfikar Ali Bhutto favorable à un certain "jeu politique des partis", émergeait comme la force principale à Islamabad : désormais, Mujibur Rahman contrôlait la majorité du parlement national. Mais Bhutto, renversant ses alliances, se rapprocha des militaires (qui dirigeaient le pays depuis 1947) et, avec l'aval du Parti communiste marxiste-léniniste du Pakistan, refusa de réunir l'assemblée élue ; des pourparlers est-ouest échouèrent et le leader bengali fut arrêté le 26 mars, le lendemain du jour où il avait proclamé l'indépendance du futur Bangladesh. L'affaire rebondit : un gouvernement provisoire s'institua, en Inde, seul détenteur de

1. Bien qu'appartenant à la caste des "prêtres", le premier ministre Motibal Nehru avait décidé dès 1929 de modeler le sous-continent indien en un Etat centralisé, laïc et socialiste : la mort du mahatma Gandhi, assassiné le 30 janvier 1948, et avec lequel il était brouillé pour des raisons personnelles et idéologiques, lui permettrait d'aller vite dans cette voie. Il proclama la république en janvier 1950, légalisa le Parti communiste fondé en 1920 et lança le premier plan quinquennal. Sa mort en 1964 amena au pouvoir pour quelques temps des éléments conservateurs ; mais des troubles orchestrés par des agitateurs soviétiques leur imposèrent la fille de Nehru, Indira Gandhi, deux ans plus tard : elle recrutera toujours plus d'experts techniques, financiers (elle étatisera la système bancaire en 1969) et militaires (elle créa à cette époque une agence de sécurité encadrée par le KGB et passa accord d'amitié et de coopération avec le Kremlin en 1971) – et elle gouverna de 1969 à 1977 avec la collaboration du Parti communiste.

l'autorité légitime et légale de la nouvelle République populaire du Bangladesh le 17 avril. La suite alla très vite : le 9 août, New Delhi signait son pacte de coopération avec Moscou ; ses forces armées, "à la requête" de l'Armée de Libération du Bangladesh, investissaient la province orientale pakistanaise qui capitulait le 16.

Ce revers national profitait à Ali Bhutto qui accédait à la présidence du Pakistan en décembre 1971. Comme il rédigea une Constitution en 1973 dans l'esprit démocratique que lui avaient inculqué ses professeurs des universités libérales américaine et britannique, on lui pardonna bien facilement, à Boston, « son (mauvais) absolutisme tempéré d'assassinats[1] » et ses méthodes pour "pacifier", de 1973 à 1977, le Balouchistan contigu à l'Afghanistan. Bien en cour auprès des Kennedy qui, eux non plus, ne rechignaient pas à assassiner, il se rapprocha avec leur accord de la RPC sur le soutien de laquelle il comptait dans sa partie de bras-de-fer avec l'Inde. En juillet 1977, son chef d'état-major qui plaisantait encore avec lui la veille, Zia ul Haq, réussissait un coup d'Etat : Bhutto était exécuté en 1979[2]. Pour (Mme) Gandhi et pour le Kremlin qui ne lui ménage pas ses faveurs[3], le général-président apparaissait encore plus dange-

1. L'expression est d'un journaliste, Youssouf Lohdi, cité par un *Far Eastern Economic Review*

2. il existe une polémique autour de la mort de l'ex-dirigeant pakistanais, dont les partisans assurent volontiers qu'il fut torturé et meurtri avant d'être pendu. Or, d'après le fossoyeur de la famille Bhutto, Haji Nazar, « [il] était rasé de frais. Son visage avait l'éclat de la perle » quand on lui remit le corps (théorie qui pourrait démentir une pendaison) – selon *Asia Week*, 17 mai 1987

3. (Mme) Gandhi dut à ces faveurs de devenir la présidente des Non-Alignés en 1983, comme nous l'avions prédit en 1981 à un membre du ministère des Relations extérieures qui ne nous avait pas cru.

Normalement le septième sommet du mouvement aurait dû se dérouler à Bagdad en septembre 1982 et "choisir" un successeur à Fidel Castro : le protocole voulait que ce fut la puissance invitante qui dirigeât la nébuleuse tiers-mondiste pendant trois ans. Il se serait agi, en l'occurence, du président Saddam Hussein, lequel offrait moins de garanties que Cuba, même si l'URSS l'approvisionnait largement en matériel militaire. Or, puisqu'il était en guerre depuis deux ans contre l'Iran, la collusion esquissée entre les stratèges de Téhéran et de Damas risquait de le précipiter dans le camp de l'orthodoxie musulmane qui se confondait un peu avec les intérêts occidentaux. Si donc Hussein accédait à la direction des Non-Alignés, il menaçait de détruire l'œuvre tissée par Castro : il fallait donc empêcher que le sommet se tînt à Bagdad.

reux que son prédécesseur; non seulement parce que ni les médecins ni les politologues ne savent enrayer ou guérir la paranoïa, mais parce qu'il s'était montré capable de forger des alliances, semble-t-il solides, avec les Etats-Unis et la Chine continentale à une époque où les deux pays entraient dans la phase ultime de leur mutuel rapprochement[1]. Il avait aussi normalisé avec le Bengladesh en le visitant officiellement en 1979 ; il soutenait le Sri Lanka dans sa lutte contre les terroristes tamouls (d'origine indienne)[2] ; il cultivait en outre d'excellentes relations avec les Maldives musulmanes ; enfin, il autorisait certains résistants afghans à opérer à partir de son territoire contre les troupes occupant Kaboul.

Du coup, New-Delhi, avec ses 800 millions d'habitants, se sent encerclée et le Kremlin, avec son potentiel atomique, pris à revers : il y a très longtemps que la logique a deserté la politique ! Du coup aussi, tous les moyens pour renverser Zia sont bons ; Amnesty, là encore, a été réquisitionnée. Notamment pour épauler le Parti Populaire du Peuple (fondé par Bhutto en 1967) que dirigeaient au début de la décennie 80 sa veuve Nusrat et sa fille Benazir. Ce qui intéresse le clan se résume à la reconquête de l'influence perdue et à la vengeance : le défunt président s'était aligné sur Pékin puisque l'Inde s'appuyait sur Moscou ; ses survivantes ont vu le résultat d'une telle tactique. Dans l'opposition, elles se sont tournées en direction de l'URSS

La clientèle marxiste du mouvement, Syrie en tête chronologiquement, argua de l'impossibilité de se réunir, pour des raisons morales et de sécurité, dans une capitale en guerre. L'Algérie prit le relais en proposant que New Delhi accueillît les participants : des missions conseillèrent au président irakien de céder, afin de sauver l'organisation d'un éclatement probable (l'Iran avait déjà fait savoir qu'il n'enverrait pas de représentants à Bagdad). En contre-partie, Moscou (militairement) et l'Inde (diplomatiquement) ne se montreraient pas ingrats. Le "De Gaulle arabe" céda et Castro put annoncer, le 6 août, que les adhérents se retrouveraient en mars 1983 dans le pays "de la non-violence". Le 20 septembre, (Mme) Gandhi débarquait à Moscou et qualifiait Brejnev "d'ami de l'Inde" – selon *Présent,* 2,10,11 août , 1er et 23 septembre 1982, *Aspects de la France*, 22 mars 1983, *La Presse Française*, 15 et 22 juin 1984, *CFERI-AP – Chronologie du Mouvement des Non-Alignés*, 1982 et 1983

1. L'Admisnistration Carter établit des liens diplomatiques avec Pékin à partir du 1er janvier 1979

2. Le Bangladesh est sorti de la sphère d'influence indienne en 1975, date de l'assassinat de son fondateur. Le Sri Lanka a suivi deux ans plus tard quand le Parti National Unifié a remporté les élections au détriment du Parti de la Liberté

qui a répondu favorablement à leurs signaux, à condition qu'elles agissent dans le cadre légal et sur le terrain. Le PPP constitue ainsi l'élément moteur d'un front uni, le Mouvement pour la Restauration de la Démocratie, dont les thèses convergeront souvent avec celles du Kremlin tant que DPP et MRD seront dans l'opposition, jusqu'en 1988. Bhutto, par ailleurs, avait laissé deux fils (l'un marié à une Afghane de la haute société dont le clan s'était rallié à Babrak Karmal) qui ceux-ci, retournés, ne restent pas inactifs et organisent un mouvement clandestin du nom de leur père, Al Zulfikar.

« [Le 2 mars 1981], un avion des *Pakistan Airlines* a été détourné [...]. Selon la presse, le détournement serait l'œuvre de l'organisation Al Zulfikar, que le gouvernement a accusé plus tard, mais sans en donner la preuve, d'être l'aile armée du PPP[1]. » Les "chercheurs" doutent alors de l'authenticité de propos qui pourraient s'avérer calomnieux, et invitent leurs lecteurs à s'en défier. Ils expliquent « que les auteurs du détournement [...] demandaient la mise en liberté de prisonniers politiques. » Mais ils omettent de dire que l'avion fut détourné sur Kaboul où les deux frères résidaient[2] ; ils ne croient pas utile de préciser que c'est de la tour de contrôle même de l'aéroport qu'ils négociaient avec les membres de l'équipage. Ils cèlent qu'au cours de l'incident, un fonctionnaire pakistanais fut froidement abattu ; ils ne retiennent pas que les pirates de l'air mirent un terme à leurs péripéties en Syrie, pays lié à l'URSS par un traité d'amitié et de coopération depuis le 7 octobre 1980. Au contraire, ils placent le gouvernement du président Zia au banc des accusés puisque « cet événement a entraîné l'arrestation de milliers de membres des principaux partis d'opposition », et ce en vertu d'un total arbitraire « [puisque] à la connaissance d'Amnesty International, aucune preuve d'un lien quelconque entre Al Zufikar [dirigée par les fils Bhutto] et le PPP [dirigé par la

1. *Rapport annuel* 1981, p. 286

2. Les *Rapports annuels* ultérieurs offriront des versions quelque peu différentes : « dirigée par Murtaza, fils de l'ancien premier ministre, cette organisation serait basée en Afghanistan (*Rapport annuel* 1982, p. 262) » ; « l'Organisation d'opposition [il n'est pas dit ici qu'elle est armée comme quand il s'agit de décrire les résistances afghanes ou khmères] Al Zulficar [est] basée en Afghanistan [cette fois, la chose est établie] [mais] serait dirigée [cela reste à vérifier] par les deux fils [et non plus seulement Murtaza] de l'ancien premier ministre (*Rapport annuel* 1983, p.261). »

veuve et la fille de Bhutto] n'a été produite[1] ». La police continuera de sévir en toute iniquité : elle tue « un étudiant » en pénétrant dans son appartement – il était tout de même « accusé d'être le chef [d'une cellule]d'Al Zufikar[2] ». Et quand cette organisation tue un proche du président le 16 octobre 1982, quand la police découvre un missile Sam 7 (de fabrication soviétique) chez un militant du mouvement terroriste clandestin le 27 juillet 1983 à Lahore, l'organisation humanitaire persiste à affirmer que les arrestations visent à mettre sous les verrous des gens « [pour] leurs activités pacifiques[3]. »

L'Indonésie non plus n'échappe pas au truquage amnestien, et l'évolution du Parti communiste (le PKI, pour les puristes) ne va pas sans rappeler la dérive du clan Bhutto.

Après l'indépendance dont on l'a largement et plutôt absusivement crédité, le président Sukarno, soucieux de rompre avec l'Occident, entreprit une politique d'indigénisation inspirée par l'enthousiasme soulevé dans certaines sphères restreintes et intellectuelles de leaders afro-asiatiques déformés à Paris, Londres ou New-York. Sa politique incohérente toute entière dévouée à son propre culte rencontrait des critiques nombreuses dans la population gagnée par la paupérisation ; certains secteurs reprochaient la saisie des biens étrangers, les nationalisations, l'instauration d'un centralisme démocratique rampant ; l'armée le plus souvent (et c'est elle qui avait amené la Hollande à la table des négociations bien plus que Sukarno qui ne brilla jamais par ses vertus militaires), les clergés musulmans et chrétiens, les milieux conservateurs désemparés depuis la retraite anticipée et forcée du vice-président Hatta en 1956, présentaient une opposition disparate incapable, objectivement, de menacer un président de moins en moins raisonnable : des mutineries éclatèrent, sans succès. Et pourtant, le président se sentait bel et bien menacé : par la CIA, alors que Dwight Eisenhower avait respecté une totale non-intervention dans les affaires domestiques indonésiennes et que Kennedy avait favorisé les plans d'expansion du tyran contre des vestiges territoriaux de La Haye. Pour se sauver, il se rapprocha de l'URSS qui l'inonda d'armes dans le but avoué de détruire la Malaisie, dont

1. *Rapport annuel* 1982, p. 262
2. *Rapport annuel* 1982, p. 264
3. *Rapport annuel* 1983, p. 268

le Parti communiste avait été annihilé en 1957 sur le terrain; et aussi de la RPC, avec qui le flirt esquissé lors des conférences de Colombo en 1954 et de Bandoung en 1955 avait abouti à un traité d'amitié particulière en mars 1961 ; à domicile, il confia sa sécurité à son ministre des Affaires étrangères Subanario et au secrétaire général du Parti communiste fondé en 1920, Aidit, devenu ministre en 1962. Il disposait ainsi d'une garde personnelle dotée de pouvoirs discrétionnaires et forte de trois millions d'adhérents. Toutes ces précautions le perdirent.

Dans la plus grande confusion, des officiers pro-communistes fomentaient un coup d'Etat le 30 septembre 1965. Leur plan incluait l'assassinat immédiat de toutes les personnalités jugées conservatrices et réactionnaires, familles incluses : parmi elles figurait en bonne place le général Suharto, responsable des unités stratégiques de réserve. Prévenu à temps, il parvint à échapper aux tueurs et, à l'appel de manifestations massives de rues organisées entre autres par le Parti National Chrétien, il put reprendre l'initiative, puis l'avantage. Les combats, sporadiques mais violents, qui durèrent cinq mois après la capture de Aidit dans son maquis et son exécution en novembre, les lynchages d'une foule (tyrannisée pendant presque 20 ans par une minorité athée et souvent d'origine chinoise) difficilement mais en général réellement contenus par l'armée coûtèrent la vie à plusieurs dizaines de milliers de personnes[1]. Les libéraux et les progressistes attribuent ces chiffres à des massacres délibérés orchestrés par l'armée[2] -sans remarquer que la gauche déclencha les hostilités et que les morts le furent souvent au cours d'affrontements armés même s'il y eut d'indéniables débordements.

En 1966, le gouvernement mettait hors-la-loi le PKI ; Sukarno qui, avec Subandrio, avait essayé de revenir aux affaires, était écarté du pouvoir l'année suivante et le général Suharto lui succédait en 1968.

Les rescapés de l'état-major du parti se réfugiaient pour beaucoup à Pékin, puisque c'est là qu'ils avaient puisé logisti-

1. De 100 à 500 000 – selon *The Encyclopedia Americana*, 1980, t.15, p. 93; « peut-être 400 000 » selon un prêtre des Missions Etrangères de Paris, et 500 000 selon le *Quid*, Paris, 1984, qui cite Amnesty International.

2. *Cf.* à ce sujet les versions données par *Le Grand Dictionnaire Encyclopédique Larousse*, Paris 1982-1985, et *The Great Soviet Encyclopedia*, Moscou 1973-1983, décidément encore très proches l'un de l'autre

que pour l'insurrection et soutien "moral" pour tuer et construire une nouvelle société (Mao venait de lancer la Révolution Culturelle) ; l'aile pro-soviétique, racialement souvent d'origine indonésienne, gagna l'Europe de l'Est. Depuis l'avènement de Deng Xiaoping, la RPC, qui avait ouvert des ambassades dans la majorité des pays de l'Association des Nations du Sud-Est Asiatique[1] pour contrebalancer la menace nord-vietnamienne[2], souhaitait se rapprocher de Djakarta qui avait "gelé" ses relations avec elle en 1967 : le statut accordé aux quelques 200 militants du PKI s'en trouva sensiblement modifié à la baisse ; en revanche, le Kremlin dorlote ceux qui ont choisi la voie soviétique : ils travaillent à la *Revue mondiale du marxisme*, tel Satiadjaya Sudinam promu responsable d'un noyau de 50 irréductibles, ou même à la *Pravda* tel Tomas Sinuraya envoyé rendre compte des invasions du Cambodge par le Viet Nam et de l'Afghanistan par l'URSS, participent à des congrès – ce qui leur permet de voyager à l'étranger – signent des pétitions, etc. Aussi, bien que la faction en Chine soit peut-être numériquement plus nombreuse, on pense généralement que le Kremlin (parce qu'il dispose, de même que ses alliés du Comecon, d'une ambassade, et parce que les cellules clandestines, recrutées principalement chez la population autochtone plus que chinoise, sont plus malaisées à détecter par les services de sécurité gouvernementaux) contrôle aujourd'hui le PKI. Cela explique qu'Amnesty se préoccupe de « Munir et de Ruslan, présumés appartenir [au PKI][3] ». Munir, cela sonne gentiment, *a priori*, c'est inoffensif et cela ne déparerait pas dans une portée de chiots dont l'aîné s'appellerait Médor. La réalité diffère quelque peu. Munir n'appartenait pas de manière « présumée[4] » au parti : il sié-

1. L'ANSEA (connue sous son sigle anglo-saxon "ASEAN", même chez les soi-disants "défenseurs de la francophonie") fut fondée en août 1967 : elle regroupa, jusqu'en janvier 1984 quand le nouvellement indépendant Brunei la rejoignit, la Thaïlande, la Malaisie, Singapour, l'Indonésie et les Philippines.

2. Manille, Bangkok et Kuala-Lumpur nouèrent ainsi diplomatiquement ; la première pour neutraliser le Parti communiste local, les deux autres capitales pour faire contre-poids à la menace d'invasion vietnamienne

3. *Rapport annuel* 1983, p. 251

4. Le terme, et d'autres dérivés, revient souvent dans la prose amnestienne : le demi-million de Coréens du Nord le long du 38ème parallèle représentent aussi une menace "présumée" (*Rapport annuel* 1975, p. 246). Quand des indépendantistes papous sont arrêtés, la police les accuserait d'avoir "prétendu-

geait (comment Amnesty l'ignorait-elle, alors qu'elle ne recrute que du personnel au fait des problèmes politiques – comme le suggèrent ses petites annonces à la presse)[1] au sein du politburo, et il a été arrêté, les armes à la main, pour cette raison. La justice indonésienne le condamne à mort avec trois autres camarades accusés d'avoir planifié les assassinats de 1965 : ils sont fusillés en mai et juillet 1985. Les "chercheurs" leur consacrent 18 lignes[2], ramenant le rôle du doux Munir à celui d'un syndicaliste tout au plus « affilié » au PKI, tandis qu'à Moscou on le gratifie du titre de « combattant de la liberté[3]. »

Aux Philippines aussi, après un long processus tout en nuances que l'on étudiera plus loin, les "chercheurs" volent au secours des militants détenus, récusant les charges retenues contre eux. Ainsi, selon eux, les forces de sécurité arrêtent-elles sans preuve en 1977 un certain « José Maria Sison, président *présumé* du parti communiste[4]. » On serait tenté de croire que le *centre de Londres* ne s'est pas livré à des recherches intensives sur le *curriculum vitae* plutôt chargé du personnage : or, tout le monde savait depuis des années[5] et le principal intéressé le confirmera lors d'une amnistie octroyée par le président *de facto* (Mme) Aquino en mars 1986[6] – que non content de diriger le PCP, il en était l'instigateur. De même appréhende-t-on « Horacio Moralès, porte-parole présumé du Front Démocratique National[7] », et les "chercheurs" suggèrent qu'il s'agit là d'une grande injustice, d'autant que le FDN n'est « [qu'] un

ment" hissé un drapeau sécessionniste (*Rapport annuel* 1982, p. 246 et *Rapport annuel* 1983, p. 253). Les Sud-Vietnamiens sont "prétendument enlevés" par les communistes (*Rapport annuel* 1974, p. 67 ?). Les soldats de Colombo sont tués "prétendument par des groupes extrémistes tamouls (de gauche)" (SF 83 CA 340/ASA 37). Le roi du Bhouttan échappe à "une prétendue conspiration visant à (l') assassiner" (*Rapport annuel* 1975-1976), etc.

1. *Cf* par exemple *The Far Eastern Economic Review*, 24 octobre 1984, 30 janvier et 25 septembre 1986

2. *Rapport annuel* 1986, p. 252

3. *Cf The Far Eastern Economic Review*, 20 et 27 juin 1985 – *The Yearbook on International Communist Affairs*, Hoover Institute Press, Stanford 1984, 1985 et 1986, pp.226-229, 187-190, etc.

4. *Rapport annuel* 1982, p. 278

5. Par exemple, *The Yearbook on International Communist Affairs,* 1984, p.268

6. *The Asahi Evening News*, 11 mars 1986

7. *Rapport annuel* 1983, p. 276

groupe [anodin] de coalition dont le programme comporte [tout au plus] un soutien à la [Nouvelle Armée du Peuple][1] », présentée comme un aimable « corps de guérilleros[2]. » Or, là encore, Amnesty abuse du langage : Moralès présidait effectivement le FDN dont il coordonnait les activités sur l'ensemble du territoire[3] ; le FDN, « organisation auxiliaire du PCP[4] », organisé dès sa fondation par les gens de Sison est techniquement contrôlé par eux qui y détiennent une autorité absolue dans tous les domaines et lui dictent sa ligne de conduite[5] ; quant à la NAP, l'aile militaire du PCP, désavouée par le Kremlin[6] mais alimentée par le KGB[7], elle a à son actif des milliers d'assassinats grâce à l'action de ses escadrons de la mort spécialisés dans les meurtres de policiers isolés, de journalistes et de chefs de village -familles comprises. L'organisation humanitaire se préoccupe enfin de l'inculpation de « [syndicalistes] pour leur appartenance au [Mouvement du Premier Mai] prétendument coiffé par le PCP[8] » ; il va jusqu'à faire adopter comme prisonnier d'opinion « Felixberto Olalia, vice-président du MPM [et] âgé de 79 ans[9]. » Or le MPM est la courroie de transmission principale des communistes dans le "monde du travail" : son seul nom indique son programme puisque « le premier mai est célébré (dans les pays en voie de développement) comme un jour de lutte contre l'impérialisme et la réaction domestique, pour l'élimination du colonialisme et du néo-colonialisme et pour l'établissement d'une économie indépendante et une approche progressive du développement socio-économique[10] ». Quant à Olalia, il symbolise

1. *Rapport annuel* 1983, p. 276
2. *Rapport annuel* 1982, p. 271
3. *The Yearbook on International Communist Affairs*, 1984, p. 266
4. *The Yearbook on International Communist Affairs*, 1984, p.266
5. *The Far Eastern Economic Review*, 21 novembre 1985 (le dossier constitué par cet hebdomadaire est, à son habitude en ce qui concerne les Philippines, un chef-d'œuvre de manipulation psychologique des plus rudimentaires). *Ibidem*, 26 mars 1987, précise que le FDN a invité à Manille deux révolutionnaires salvadoriens fin 1986, a envoyé des missions à Cuba en janvier 1987 et au Zimbabwe en février. Ssa représentation en Europe n'est officiellement reconnue que par un gouvernement : celui, très progressiste, d'Athènes.
6. *The Great Soviet Encyclopedia*, 1973-1983, t.12, p. 271
7. *The Yearbook on International Communist Affairs*, 1985, p. 232
8. *Rapport annuel* 1983, p. 278
9. *Rapport annuel* 1983, p. 278
10. *The Great Soviet Encyclopedia*, 1973-1983, t.19, p.94

tout autre chose qu'un gâtisme sans conséquence : son hagiographie dans la *Far Eastern Economic Review*, due au compagnon de route Guy Sacerdoti explique pourquoi le personnage intéressait tant le Kremlin et le *centre de Londres*. Pendant la Seconde Guerre Mondiale, il dirigeait une unité de résistants Huks, et il goûta de la prison dans les années 50 pour avoir repris les armes contre le gouvernement. Il servit d'intermédiaire entre Manille et Pékin avant la normalisation, dont il espérait qu'elle conduirait à éloigner les Philippines des Etats-Unis – en pleine crise “morale” du Watergate. Ses obsèques, célébrées le 11 décembre 1983 au milieu de drapeaux rouges, tournèrent à la manifestation anti-américaine et pro-léniniste : à part cela, « le hautement respecté » Olalia n'avait rien à voir avec le communisme international[1].

... et des chiffres

Pour beaucoup, et notamment parmi les détracteurs du *centre de Londres*[2], Amnesty aurait une vision répressive de l'Etat. Sa pagination réservée à chaque pays indiquerait l'intensité des violations des droits de l'homme qui y sont (ou seraient) pratiquées. Jacques Médecin, député-maire de Nice et un des seuls parlementaires français à avoir jamais osé mettre en doute l'honorabilité de l'organisation humanitaire, déclarait un jour dans une interview au *Quotidien de Paris* : « Je ne peux me taire quand je vois Amnesty International publier un document sur les atteintes aux droits de l'homme, dans lequel on consacre 8 pages à l'Union soviétique et 2 pages à la Suisse, comme si les choses étaient comparables[3]. » Cette vision nécessite des nuances : de longs rapports, annuels ou de mission, peuvent en fait servir à consolider les équipes pro-soviétiques au pouvoir. Le tableau ci-daprès, commenté, devrait aider le lecteur encore attentif à y voir plus clair dans la façon que les “chercheurs” ont de procéder.

•

1. *The Great Soviet Encyclopedia,* et *The Associated Press*, 11 décembre 1983
2. *Confidentiel*, 1979
3. Cité par *Lectures Françaises*, décembre 1983

Quelques autres accessoires

Le *centre de Londres* s'est spécialisé certes dans les faux en écriture, mais là ne s'arrête pas son maigre et facile talent : outre les esprits peu redoutables, il a su manipuler les cartes géographiques et s'essaie parfois aussi à la désinformation par la photographie.

« Amnesty International ne prend pas position sur les différends territoriaux[1] » annoncent les "chercheurs" : et d'interpréter aussitôt cette déclaration qui souffre quelques exceptions dans le monde.

Hors la zone asiatique, on sait l'importance du Maroc dans la stratégie occidentale, tant pour la défense de l'Europe et de la Méditerranée que pour la stabilité de l'Afrique. On devine le problème qu'il pose au Kremlin, dont il a déjoué plusieurs fois les plans, notamment en mars 1977 quand, bravant "l'opinion" des médias, des unités chérifiennes défendirent l'intégrité du Zaïre assailli par des "gendarmes Katangais" portant l'uniforme vert-olive des Cubains et parlant avec un fort accent prussien[2]. On comprend l'attitude critique adoptée par Amnesty à l'égard du roi Hassan II qui, grâce à son génie décidément trop dangereux, "sait". Pour l'en punir, les "chercheurs" amputent son royaume de sa moitié sud-ouest : sur les cartes accompagnant les rapports annuels, invariablement intitulés *Maroc et Sahara occidental*[3], le Maroc "propre" figure en noir tandis que le "Sahara occidental" apparaît hachuré.

Cette province appartient pourtant à Rabat, même si des instances suprêmes en doutent quelquefois. L'Espagne, en effet, puissance tutélaire, entreprit de l'évacuer en 1974 selon un processus esquissé par les accords de Madrid du 14 novembre 1975 qui donnaient le Rio del Oro à la Mauritanie et la Saguia el Hamra au Maroc. L'Algérie, toutefois, contesta leur validité et le Polisario, qu'elle avait créé en mai 1973 et armé de matériel principalement soviétique, lança des raids contre Nouakchott vite mise à genoux : destabilisé par les coups d'Etat des 10 juillet

1. *Rapport annuel* 1984, p. 3

2. Okrent-de Marenches, *Dans le secret des princes*, 1986, pp.170-171

3. *Rapport annuel* 1982, p. 394 - *Rapport annuel* 1983, p. 390 - *Rapport annuel* 1984, p. 413 - *Rapport annuel* 1985, p. 401 - *Rapport annuel* 1986, p. 380

1978 et 6 avril 1979, par la mort dite accidentelle de l'homme fort du pays le 27 mai suivant, le pays dut dénoncer, en août 1979 à Alger, les accords de Madrid et transférer à la « République Arabe Saoudite Démocratique[1] », fondée en février, le Rio del Oro. Prenant de court ses adversaires, le roi Hassan II annexait ce territoire aussitôt : son armée tînt le choc des colonnes très mobiles de la "RASD" qui vinrent s'user en vain contre ses défenses avancées, puis se gardèrent prudemment de toutes provocations devenues inutiles. Par la suite, par la force – mais aussi par une prospérité relative – le Maroc, ici champion de l'Occident, avait une nouvelle fois contrecarré les espoirs du Kremlin.

Djakarta s'était rendue coupable du même délit en 1975-1976 comme on l'a vu plus haut ; les "chercheurs" ne parlent donc pas de l'Indonésie, mais de « [l'] Indonésie et [du] Timor oriental. »

Et l'on objectera qu'Amnesty a le droit international pour elle : l'ONU en novembre 1975 et 1979, l'OUA en juillet 1979 et février 1982 ont condamné Rabat pour son intervention au Sahara occidental. L'ONU a aussi pris position contre l'armée du président Suharto dès décembre 1975, même si cette question ne figure plus sur l'agenda de l'assemblée générale depuis quelques années. Mais les crédules attentifs aux écrits amnestiens s'étonneront de constater que les "chercheurs", si soucieux du respect des lois internationales, ne parlent pas jamais de « [l'] URSS, [du] Khiva et [du] Bokhara », sultanats annexés respectivement en avril et octobre 1920, et désormais oubliés bien qu'ils préfigurassent le sort peu enviable de l'Afghanistan – ni de « [l'] URSS et [des] Etats baltes" » absorbés en 1945 au mépris de la charte de l'Atlantique d'août 1941 (à laquelle avait adhéré Staline en janvier 1942, et qui interdisait aux démocraties victorieuses, libérales ou populaires, tout gain territorial) et dont la résistance à la soviétisation est célébrée aux Etats-Unis (qui ne reconnaissent pas le fait accompli) depuis l'élection du président Reagan, » pas plus que de « [l'] URSS, [le] Sud Sakhaline et [les] Kouriles" occupés par l'Armée rouge à partir de la reddition du Japon le 15 août 1945, jusqu'au lendemain de la signature de l'armistice le 2 septembre, et intégrés à

1. Elle sera même reconnue, un jour de 1982, par un géant diplomatique, le Surinam (elle détient toutefois la majorité dans la souvent ubuesque OUA)

la République Fédérative de Russie en février 1947 : la communauté diplomatique internationale ayant refusé d'enregistrer ces acquis, Gromyko ne signa pas le traité de paix de San Francisco en septembre 1951 (mais Amnesty colore pourtant en noir, et non en hachures, ces possessions illégales...). Ils ne mentionnent pas non plus l'Ukraine ou la Biélorussie, républiques pourtant constitutives de l'Union soviétique en décembre 1922 et membres-fondateurs de l'ONU en juin 1945. Ils évitent aussi d'attirer l'attention sur la Mongolie, acceptée à l'ONU en 1961, qui s'étendait avec Gengis Khan de la Chine à la Sibérie méridionale, à l'Inde du Nord, à l'Arménie et à l'Europe de l'Est. Ils ignorent le Sikkim rayé de la carte par New Delhi : consécutivement à des troubles fomentés par la Dame de Pierre, le roi invita celle-ci à restaurer l'ordre – ce à quoi elle consentit en faisant élire très démocratiquement une assemblée nationale toute dévouée à ses plans en mai 1974, au point de proclamer l'abolition de la monarchie en avril 1975 et de se placer sous l'autorité indienne en mai 1975. Ils se font également discrets sur le Thibet, investi par l'Armée Populaire de Libération de Mao Tsé Toung en octobre 1950, en dépit de condamnations toujours valables de l'ONU et d'organisations de juristes. Une logique se dégage de toutes ces omissions : le fil conducteur en est bien sûr tout rouge.

Un regard sur la carte suffit à appréhender l'importance de l'Indonésie dans le dispositif "'pro-occidental" en Extrême-Orient. Sa chute entraînerait sans aucun doute des mutations considérables au sein du "monde malais" (Malaisie, Indonésie, Philippines du Sud voire Brunei, et par extension plus ou moins artificielle, Singapour) dont l'OTAN n'aurait rien à attendre de bon, la dislocation de l'ANSEA et au mieux la "finlandisation" de la Thaïlande, la fermeture du détroit de Malacca (qui relie vitalement la Corée du Sud, le Japon, Taïwan – si ce n'est aussi la Chine continentale – à l'Europe et aux pétroles du Golfe arabo-persique). L'Indonésie, en étant encore à un stade de formation[1], la "tumeur timoraise", excitée en temps opportun, pourrait dégénérer et réveiller des vélléités sécessionnistes que le KGB saurait bien exploiter.

1. Son indépendance remonte à moins de 40 ans. Ses 160 millions d'habitants se répartissent en une trentaine d'ethnies et peuplent quelque 6 000 des 13 000 îles de l'archipel

A l'autre extrémité de la chaîne musulmane, le Maroc s'oppose tout autant aux intérêts de l'URSS et de l'Algérie, son allié le plus sûr car le plus constant dans la région. L'amitié entre Alger et Moscou remonte de longue date : Kroutchev reconnut le Gouvernement Provisoire terroriste en 1960, et noua diplomatiquement avec lui, sans beaucoup de considération pour ce qui restait de la souveraineté française, dans les heures suivant les accords d'Evian du 19 mars 1962 – lesquels, s'ils prévoyaient un cessez-le-feu officiel, n'en repoussaient pas moins l'indépendance au 1er juillet, apsarodie déérenm qui confirail'éphémère seraineté métropolitaine. En octobre 1971, Brejnev et Boumedienne inauguraient des relations de parti à parti, initiative qui plaçait le FLN dans la mouvance soviétique... et permettait à Alger d'occuper la présidence des Non-Alignés entre 1973 et 1976. En 1977, son gouvernement essayait de torpiller les ouvertures de paix, en direction d'Israël, d'Anouar el Sadate qui avait renvoyé chez eux les encombrants experts de la Place rouge en juillet 1972.

S'il advenait qu'une fraction des gains territoriaux chérifiens de 1974 à 1979 échappât à Rabat, elle passerait *ipso facto* sous contrôle algérien, directement ou indirectement par l'intermédiaire de la fantômatique RASD : Alger, disposant d'une "fenêtre" sur l'Atlantique (automatiquement élargie par le ralliement de la Mauritanie, aujourd'hui encore un peu autonome), encerclerait le Maroc et le menacerait à revers.

L'attitude d'Amnesty s'explique, *a contrario*, pour les Etats satellites de l'URSS. Depuis 1945 pour l'Ukraine et la Biélorussie, et depuis 1961 pour la Mongolie, ni Kiev ni Minsk ni Oulan Bator n'ont voté une seule fois à l'ONU contre le Kremlin. Cela ne peut surprendre pour les deux républiques soviétiques ; quant à la Mongolie, un traité d'amitié la lie à Moscou depuis novembre 1921 : république populaire en 1946, adhérente au Comecon depuis 1962, elle abrite plusieurs milliers de soldats de l'Armée rouge, et une nuée de fonctionnaires venus de l'ouest de l'Oural détiennent, semble-t-il, tous les pouvoirs de décision à tous les échelons[1]. Enfin, les "chercheurs" admet-

1. Ainsi, peu après le décès de Brejnev, le président Yumjaagiyn Tsedenbal, constamment surveillé par son épouse d'origine russe et qui avait cessé de plaire après plus de 30 ans de services, fut-il démis pour "raisons de santé" en août 1984. Son successeur Jambyn Batmonh passe pour très "gorbatchevien" selon *The Far Eastern Economic Review* des 19 janvier, 29 mars, 16 septembre 1984.

tent le fait accompli au Sikkim parce que le coup de force de Mme Gandhi eut lieu après qu'elle signa un traité d'amitié avec l'URSS et alors qu'elle gouvernait avec le concours du parti communiste pro-soviétique.

La position du *centre de Londres* sur le Tibet obéit à des raisons particulières et idéologiques. En Asie, il se mobilise contre la Chine continentale à part égale avec les régimes qualifiés de pro-occidentaux. Mais le dogme veut que Pékin appartienne au camp marxiste-léniniste en dépit de ses "errances" : après tout, St Pierre a renié le Christ bien plus detrois fois et a eu pourtant la confirmation de sa charge de fondateur du corps de l'Eglise. La RPC est ainsi implicitement habilitée à faire valoir ses droits dans la théorie des acquis irréversibles du socialisme : même stratégiques, même contraires aux intérêts du Kremlin – mais on le verra plus loin, des nuances peuvent surgir dans la façon d'aborder le problème.

Amnesty recourt aussi parfois au trucage photographique. Alors que des dessins au graphisme douteux illustraient les pages de couverture des rapports annuels jusqu'en 1985, celui de 1986 représente un prisonnier, non pas est-européen, cubain, grec ou d'Afrique noire "libérée" – mais asiatique[1]. Le personnage, les yeux suppliants d'une biche au moment de l'hallali et les doigts de la main droite passés artistiquement à travers le grillage de sa cellule, ne subit pas sa peine en Corée du Nord ou en Indochine, mais aux Philippines : il s'agit d'un certain Edwin Lopez[2], membre du Parti communiste rallié à Moscou.

et 24 janvier 1985, *The Japan Times* des 5 mars, 24 août et 27 octobre 1984 et *Asian Survey* de janvier 1985

1. Rappelons que Gorbatchev sembla déjà donner une priorité à sa diplomatie asiatique comme l'indiquait son discours de Vladivostok en juillet 1986

2. Il est identifié dans la toujours très complaisante *Far Eastern Economic Review* du 3 mai 1984, qui accepte comme pain béni dans le même numéro les explications d'Amnesty au point de les reproduire sans guillemets, à savoir que « les pays qui ne sont pas mentionnés sont ceux à propos desquels il est difficile d'obtenir des informations, telles que la Corée du Nord [*sic*. Ce qui prouve que le journaliste commis à l'encensement de l'organisation humanitaire n'a même pas ouvert le rapport dont il parle : Amnesty consacrait 41 lignes en 1983 et y chiffrait à 1090 le nombre des prisonniers politiques] et la Mongolie. »

L'Histoire rectifiée

Avec l'arsenal dont elle dispose, Amnesty se trouve bien placée pour corriger les faits et les présenter triturés à ses lecteurs, incapables d'en vérifier la véracité (mais il est vrai prêts à les accepter tels quels) : au travers du prisme soviétique, ils apparaîtront hypertrophiés ou atrophiés, en tout cas toujours déformés.

Les "chercheurs" restreignent la chute de Saïgon à un « important changement politique » auquel ils ne daignent pas accorder plus de deux lignes, alors que le destin national et individuel de 25 millions de personnes bascule. L'intervention de l'Armée rouge à Kaboul devient un « coup d'Etat militaire » tandis que l'invasion du Cambodge pro-chinois par le Viet Nam pro-soviétique conclurait un "soulèvement politique". La discrétion vaut autant pour le Laos « après que les gouvernements eurent changé au Cambodge et au Viet Nam du Sud, en mars [*sic*] et en avril 1975, la situation politique de leur voisin, le Laos, a également changé rapidement (à cause de manifestations estudiantines)[1] ». On sait que ces « manifestations [d']étudiants » furent en fait organisées par le Pathet Lao dont les hommes placèrent sous résidence surveillée les députés conservateurs le 11 mai 1975, abolirent la monarchie le 2 décembre et déportèrent le roi (qu'Amnesty ne considère pas comme un "disparu") dans des lieux secrets où il est sans doute décédé.

S'il minimise certains événements jusqu'à les nier (le coup d'Etat communiste en Indonésie en 1965 devient « une soi-disant tentative de coup d'Etat »), le *centre de Londres* verse dans la prolixité pour en décrire d'autres de portée considérablement plus réduite. Ainsi au Bangladesh, « le 30 mai, le président Ziaur Rahman[2] fut assassiné à Chittagong par un groupe d'officiers, lors d'une tentative de coup d'Etat. Le 1er juin, le gé-

1. R M 1980

2. non-aligné sur l'Inde de (Mme) Gandhi, mais entretenant avec elle des relations plutôt amicales sinon chaleureuses

néral Manzur[1], accusé par le gouvernement d'être le chef du putsh, fut abattu dans des circonstances demeurées obscures après avoir été arrêté avec deux autres officiers. La tentative de coup d'Etat échoua. L'état d'urgence fut proclamé le 1er juin par le vice-président Abdus Sattar [très favorable à (Mme) Gandhi] qui occupa la fonction de président par interim jusqu'au 15 novembre, date où il fut élu président du Bangladesh à la tête d'un gouvernement du Parti Nationaliste du Bangladesh. L'état d'urgence fut levé le 21 septembre 1981[2]. » « Le 24 mars 1982, le gouvernement du président Sattar fut renversé lors du coup d'Etat militaire [non sanglant] organisé par le général Hossein Mohamed Ershad [peu favorable à l'Inde], qui prit le titre de "*Chief Martial Law Administrator*" (Haut-Administrateur de la Loi Martiale)[3]. A compter du 24 mars 1982, l'application de la consti-

1. Très hostile à (Mme) Gandhi, au point qu'il voulait abroger le traité d'amitié signé pour 25 ans avec l'Inde. Manzur Rahman était un ancien ami personnel de Ziaur Rahman, qui avait l'intention de lui confier des responsabilités sans influence afin de promouvoir un autre de ses fidèles

2. *Rapport annuel* 1982, pp. 215-216

3. Tels des charlatans égrenant leurs incantations, les "chercheurs" savent user d'un vocabulaire plein de suffisance, propre à impressionner par un caractère presque magique l'adhérent moyen (et Amnesty compte peu de militants, dans ses rangs, au-dessus de la médiocrité) soudain lui aussi initié et partie prenante de la liturgie. Les dénominations anglaises, superflues mais qui font sérieuses, apparaissent de temps à autre: la Justice du président Zia procède à l'arrestation de membres « [de la] *All Pakistan Lawyers Convention* (Congrès des Avocats Pakistanais) ». Pour les amateurs de sables chauds et de jeunes créatures lascives, on rappellera le destin contraire de « Sejvarajah Yogachandiron (dit Kuttimany) et Gane Shanathan Jeganathan (dit Jegan) », assassins d'un policier sri-lankais (*Rapport annuel* 1983, p. 283), et des turpitudes subies par le *Padkakaisang Manggyagwang Philippo*, confédération syndicale sise à Manille (*Rapport annuel* 1983, p. 277). Ceux "concernés" par l'injustice réservée aux minorités ne manqueront pas de compatir (d'ailleurs peut-être avec raison pour ce cas précis) sur la mort de « [ce] jeune Harijan (intouchable) appelé Subhah (*Rapport annuel* 1982, p. 239) » ni de participer, de loin, aux actions du « Malis Permusyaratan - MPR (Conseil de Libération du Peuple, *Rapport annuel* 1983, p. 254) » sévissant en Indonésie. Les ethnologues en herbe apprendront que « la communauté musulmane birmane » peut s'appeler indifféremment « Arakanese ou Rohingya (*Rapport annuel* 1982, p.221 ») puisque les deux termes sont permutatifs. Les frais émoulus de l'Ecole Nationale d'Administration ou de l'Institut des Sciences Politiques, à l'esprit aride, de même que les lecteurs des petites annonce apprécieront la concision d'un témoignage selon lequel « Epifanio Puebla [aurait été vu pour la dernière fois] avec des membres

tution a été suspendue, l'assemblée nationale était dissoute et les forces armées prenaient la direction du pays. La loi martiale était en vigueur dans tout le pays, où opéraient de nouveaux tribunaux militaires. En vertu de la loi martiale, toute activité était interdite chez les étudiants et les syndicalistes[1]. » Or, que peut déduire de ce fatras d'informations sciemment incomplètes le militant de base, auquel échapperont à l'évidence les subtilités de réajustements politiques sans grandes conséquences sur le problème des droits de l'homme, censé être sa préoccupation première[2] ?

D'autre part, Amnesty n'hésite pas non plus à bousculer la chronologie pour noircir un gouvernement conservateur. En juillet, des troubles communistes éclataient au Sri Lanka[3]. Les

de le PC et de la CHD »" avant de disparaître aux Philippines (*Rapport annuel* 1982, p. 273)

1. *Rapport annuel* 1983, p. 228

2. Contrairement à ce que suggère Amnesty, la situation des droits de l'homme semble avoir connu une amélioration depuis 1982. La courte présidence de l'honnête Sattar, ancien juge de la cour suprême, n'avait nullement stabilisé le pays, bien qu'il essayât de se concilier les diverses coteries de politiciens professionnels en tolérant une corruption largement et ouvertement pratiquée et en distribuant des portefeuilles ministériels pléthoriques. Le général Ershad a assaini dans une certaine mesure ces moeurs, a essayé de relancer l'économie au profit du plus grand nombre (dénationalisation des banques, aides à la paysannerie, etc...) et de limiter l'ingérence de l'Etat dans les moyens de communication (privatisation, etc...); si ses plans n'ont rencontré qu'un succès mitigé, la faute en incombe surtout aux dirigeants d'opposition: rejetant les offres de négociation du président (ce qui ne l'a pas empêché, avec retard, de restaurer des libertés sans doute non démocratiques mais réelles), ils sont parvenus à parfois paralyser le pays au cours de grèves planifiées méticuleusement et presque toujours violentes - selon *The Yearbook on International Communist Affairs* 1982, 1983, 1984, pp. 166-167, 150-151, 202-204, *The Far Eastern Economic Review*, 10 et 16 janvier, 7 et 28 février, 14 et 28 mars, 4 et 11 avril, 2 et 30 mai, 6 juin, 18 juillet, 15 et 22 août, 5 et 26 septembre, 10 octobre 1985, et CFERI-AP : *Bangladesh - chronologie 1983/1986*

3. A cette époque, Moscou ne joue probablement aucun rôle dans un conflit plus ethnique que politique ; ses agents n'interviendront que plus tard mais sans vraiment influencer le cours des événements, sauf en juillet 1983: l'Organisation de Libération du Peuple Tamoul Eelam (dont les émissaires en Europe avaient l'habitude de participer aux manifestations communistes), qui dénonçait en vrac « l'Etat cinghalais, [...] le Mossad israélien, [...] les forces S.A.S. de Londres, les gouvernements des Etats-Unis, de Grande-Bretagne, de Chine et du Pakistan » et « [demandait... en tant que classe ouvrière qui

"chercheurs" notent que « les incidents sont survenus après la proclamation de l'état d'urgence[1] » – insinuant ainsi que les mesures prises sans raison par les forces de l'ordre les provoquèrent. Ce qui revient à inverser les causes et les conséquences et à excuser un "terrorisme de réaction" en butte au "terrorisme d'Etat".

Les turbulents petits frères

Moscou, comme le docteur Frankenstein, n'est jamais parvenu à maîtriser parfaitement ses créatures est-européennes (Yougoslavie, Pologne, Roumanie, Tchécoslovaquie – voire Albanie, pour ne pas parler de l'Ukraine ou du Kazakhstan) : le Cambodge, le Viet Nam et l'Afghanistan pourtant limitrophe n'ont pas échappé à cette constante. Le récit des déboires du Kremlin transpire dans les rapports annuels selon un mécanisme à l'étonnante régularité.

Quand Brejnev place beaucoup de sa confiance dans les Khmers Rouges, le secrétaire général d'Amnesty envoie un télégramme pour « se [réjouir] de l'esprit de large union nationale proclamée par le second congrès national du peuple cambodgien[2] » ; le prince Sihanouk se voit décerner le titre de "Samdech (Monseigneur)[3]". Le *centre de Londres* souligne que le gouvernement de Saïgon crucifiée « insiste beaucoup sur la réconciliation nationale » et son secrétaire général exprime sa satisfaction au Gouvernement Révolutionnaire Provisoire (sur lequel mise Moscou, aux dépens de Hanoï) pour les principes dont il s'inspire[4]. En Afghanistan, « Amnesty salue le président Daoud », qui ne déplaît pas au KGB, dans une lettre adressée par son secrétaire général. Elle le « félicite » aussi d'introduire des garanties pour les droits de l'homme dans la constitution[5] ;

lutte pour libérer notre patrie], la coopération entière et le soutien de tous les Etats socialistes et mouvements révolutionnaires du monde », fut balayé en 1986 par un autre groupe rival anti-cinghalais, mais non-communiste quoiqu'utilisant une phraséologie marxisante, les Tigres Libérateurs de l'Eelam Tamoul

1. *Rapport annuel* 1980, p. 303
2. *Rapport annuel* 1975, p. 89
3. *Rapport annuel* 1975, p. 89
4. *Rapport annuel* 1976, p. 151
5. *Rapport annuel* 1976

deux ans plus tard, et parce que l'URSS tolère encore ses déviations, « Amnesty félicite [cette fois] Taraki pour ses déclarations publiques à propos du respect des droits de l'homme[1] » ; « [elle] félicite [monsieur Amin] de sa nomination [au poste de premier ministre][2] » alors qu'il doit sa promotion plus aux calculs des Soviétiques qu'à ses seuls mérites de bourreau. « [Elle] se réjouit [enfin] de l'intention de [Karmal, tout juste débarqué de Termoz] de libérer tous les prisonniers et d'étendre les libertés démocratiques[3]. »

Durant cette période d'établissement de liens fraternels, les géôles ne cessent de se vider : « les dizaines de milliers [*sic*] de prisonniers détenus par le régime vaincu ont retrouvé la liberté » à Saïgon en avril et mai 1975 – puis des centaines l'année suivante[4] ; il en va de même à Kaboul au début des ères Tarakiet Karmal qui organise une opération huis-ouvert non-stop en février, en avril, en août, en novembre, en décembre 1980 et en avril 1981. Rien ne saurait mitiger la satisfaction de commande relayée par Londres, surtout pas quelques assassinats pour l'exemple. « Personne n'a été exécuté au Cambodge après la prise de pouvoir communiste, à l'exception de sept super-traîtres[5] » ; au Viet Nam, les condamnations à mort s'expliquent puisqu'il fallait « enrayer la vague de criminalité qui déferlait [faute de] forces de police[6] », et elles ne concernent qu'un éventail limité de "voleurs", de "pillards", de "saboteurs", de "criminels de guerre" et "d'anciens agents des services spéciaux". En Afghanistan, Karmal définit les maquisards comme « des bandits, des mercenaires et des esclaves de cercles impérialistes qui commettent des crimes inexcusables ». Les "chercheurs" récitent en conséquence que « dix rebelles ont été exécutés le 4 décembre, pour divers crimes, notamment des vols et des meurtres » alors « qu'aucune exécution ou condamnation à mort n'avait été signalée [depuis le début de l'année][7] ». Dautres ont subi la même sanction pour « enlèvements » et pour « une série de crimes, dont la pose d'une

1. *Rapport annuel* 1978, p. 153
2. *Rapport annuel* 1979, p. 102
3. *Rapport annuel* 1980, p. 217
4. *Rapport annuel* 1976, p. 151
5. *Rapport annuel* 1976, p. 138
6. *Rapport annuel* 1976, p. 149
7. *Rapport annuel* 1983, p. 227

bombe dans un restaurant ». A part ces faits vérifiés et tenus à jour, tout le reste n'est que "propagande noire" issue des cercles de l'impérialisme occidental : les témoignages de massacre par les Khmers Rouges « reposent sur des affirmations sans solidité et des récits [autant dire des contes] de seconde main[1] ». « Les rumeurs selon lesquelles les officiers (sud-vietnamiens) avaient été emmenés pour être exécutés [comme à Katyn] » ne sont pas retenues car « quelqu'un a déclaré que ces bruits couraient depuis un accident de camion dans lequel plusieurs officiers, qu'on emmenait hors de la ville [les Khmers Rouges aussi emmenèrent hors de la ville les habitants de Phnomh Pehn], auraient trouvé la mort[2,3]. » ; « [des] informations en provenance d'Islamabad [donc sans doute de la CIA] » font état d'exécutions de dirigeants islamiques, mais Amnesty s'empresse de corriger la mauvaise impression qu'elles pourraient laisser en précisant « [qu'elle] n'a pu les vérifier par la suite[4]. »

Les témoignages des réfugiés de l'intérieur ou de l'extérieur sont ramenés eux aussi à des "bruits" que l'organisation humanitaire n'entend pas. Elle passe sous silence la déportation de la quasi-totalité de la population khmère dans des conditions défiant le sens commun sinon la logique communiste. Elle ne mentionne que dix boat people, et seulement pour les accuser d'assassinats[5]. Elle n'a pas un mot pour les quelques quatre millions d'exilés afghans que les Mig soviétiques bombardent au

1. *Rapport annuel* 1975, p. 89

2. *Rapport annuel* 1976, p. 150

3. Les Soviétiques non plus ne reconnaissaient pas jusqu'à l'été 1989 le massacre de Katyn au cours duquel 4 500 officiers polonais périrent d'une balle tirée dans la nuque avant d'être répartis dans des fosses communes (les Vietnamiens du nord et le Viet Cong agirent pareillement à Hué lors de l'offensive du Têt en 1968) et même les juges de Nuremberg en 1946 ne purent en imputer la responsabilité aux Allemands comme l'exigeait le Kremlin. Une enquête ultérieure démontra au contraire celle de l'Armée Rouge - selon *Le Grand Dictionnaire Encyclopédique Larousse*, 1982-1985, t.9, pp. 5962-5963. Aujourd'hui, si *The Great Soviet Encyclopedia* 1973-1983 observe un silence discret sur cet événement au cours duquel succomba le père de l'actuel secrétaire général du Parti Ouvrier Unifié polonais Wojcieh Jaruzelski, l'agence Aeroflot sur les Champs Elysées à Paris distribue des prospectus et des brochures montrant le monument aux morts... tués par les Nazis.

4. *Rapport annuel* 1980, p. 222

5. *Rapport annuel* 1980, p. 229

napalm jusque dans leurs camps pakistanais. Elle explique sa complicité en arguant que « [se] objectifs statutaires [ne] concernent [que] les seuls prisonniers[1] » : sans doute est-ce parce que les réfugiés sont la seule chose que les régimes marxistes savent produire.

Mais ce régime de faveur coûte cher et ses cours se fixent à Moscou : qu'une capitale dévie de la ligne orthodoxe et la disgrâce n'attend pas. A peine Pol Pot a-t-il débarqué à Pékin que « les convictions, plutôt que les preuves[2] » des réfugiés malveillants deviennent des "preuves alarmantes" et que la question des droits de l'homme « reste caractérisée par des violations flagrantes[3] ». Ses successeurs pro-vietnamiens ne se montrent pas assez malléables pour Gorbatchev : eux aussi « [violent] de façon flagrante et répétée les droits de l'homme[4] ». Taraki, à Kaboul, élimine les éléments prosoviétiques de la faction Parcham : Amnesty dénonce « les violations graves[5] » dont se rendent soudainement coupables les autorités – et quand Andropov songe à remplacer Karmal, « l'organisation [reçoit (très à propos, non ?)] des rapports concordants » sur la pratique de la torture dans les prisons afghanes[6], qui deviennent accablants du temps de Gorbatchev[7], lequel a trouvé mieux pour exécuter ses ordres sur place.

Après un *round* d'observation, le Kremlin intervient, directement ou indirectement. Amnesty prépare le terrain. En juin 1978, au moment où le Viet Nam rejoint le Comecon, elle rédige une déclaration sur le Cambodge à l'intention de la Commission des Droits de l'Homme à l'ONU : en décembre, « des soulèvements politiques armés ont abouti en janvier 1979 au renversement du gouvernement du Kampuchéa démocratique par les Forces Unies de Salut National du Kampuchéa[8] ». En mai 1979, Soysal dépose un procès-verbal devant les Nations Unies, critiquant le diumvirat Taraki-Amin ; en décembre, « le régime du président Hafizullah Amin [a] été renversé par un

1. *Rapport annuel* 1986, p. 14
2. *Rapport annuel* 1976, p. 136
3. *Rapport annuel* 1978, p. 173
4. *Rapport annuel* 1986, p. 254
5. *Rapport annuel* 1979, p.104
6. *Rapport annuel* 1983, p. 226
7. *Rapport annuel* 1985, p. 241 – *Rapport annuel* 1986, pp. 222-225
8. *Rapport annuel* 1979, p. 123

coup d'Etat militaire[1] » – et le *centre de Londres* de dépêcher une mission d'enquête juste après l'invasion de l'Afghanistan en janvier 1980, comme il en a envoyé une autre peu avant au Viet Nam. Mais Karmal ne parvient pas à s'imposer ni dans son palais présidentiel fortifié ni sur la scène internationale : Amnesty se montre alors « préoccupée[2] » et « [elle présente] au rapporteur [de la Commission des Droits de l'Homme à l'ONU], en octobre 1984, un résumé de ses préoccupations[3] », puis encore l'année suivante « [une liste de] tous les cas dont elle a eu connaissance [...] sur les exécutions arbitraires ou sommaires[4] », liste confirmée dans un rapport de 51 pages présenté à la presse londonienne le 19 novembre – et le Kremlin d'évincer sans douceur le président, dèsle 20, pour lui substituer son poulain, Najib.

Gorbatchev répugne à la violence ouverte telle que l'exerçait Brejnev et la vieille école contemporaine de Lénine et Staline ; pour lors ses politiques afghanes et vietnamienne se nuancent[5] : les rapports d'Amnesty se font en demi-teinte. Auparavant, les conflits pour Kaboul et Phnom Penh étaient présentés à la presse comme civils : « l'armée populaire du Kampuchea appuyée par les forces vietnamiennes[6] » tenait éloignés « des

1. *Rapport annuel* 1980, p. 216
2. *Rapport annuel* 1982, p. 213 – *Rapport annuel* 1983, p. 225
3. *Rapport annuel* 1985, p. 240
4. *Rapport annuel* 1986, p. 224
5. Ce qui ne l'empêche pas d'autoriser les Mig "afghans" à bombarder les réfugiés le long de la frontière pakistanaise les 1er, 14, 24 et 26 février et le 23 mars 1977 – tuant en tout environ 150 personnes (et ce alors que Kaboul et Islamabad négocient, à Genève, sous les auspices d'une ONU optimiste, les moyens de mettre un terme au conflit); ni de laisser opérer les agents de la Khad qui firent exploser dans des lieux publics au moins 48 bombes en 1986 - selon *The Far Eastern Economic Review*, 25 décembre 1986, tuant là encore par exemple trois personnes entre le 23 et le 26 janvier, 11 le 11 juillet et huit deux jours plus tard - selon *The Japan Times*, 28 janvier et juillet 1986. Ainsi, après deux années de pouvoir gorbatchévien, il y a eu 250 violations de frontière aérienne par les Mig "afghans" en 1985 et 750 en 1986 - selon *Asiaweek*, 12 avril 1987. Selon le Département d'Etat américain, le WAD (les services secrets afghans) a, à lui seul, commis 187 actes terroristes au Pakistan (soit une augmentation de 338 % par rapport à 1986), ce qui représentait environ la moitié des attentats politiques pratiqués par les Etats dans le monde entier - selon *The Asahi Evening News*, 23 août 1988 et *The Daily Yomiuri*, 24 août 1988.
6. *Rapport annuel* 1983, p. 297

groupes [armés][1] » ayant à leur tête l'ex-"Samdesh (Monseigneur)" devenu simple « Norodom Sihanouk[2] » ; de leur côté, « les troupes gouvernementales (afghanes) renforcées par les troupes soviétiques » menaient des opérations de police contre « différents groupes d'opposition ». Mais Gorbatchev veut inaugurer une politique de détente en Asie et dans le Pacifique ainsi que regagner l'influence perdue au Proche-Orient depuis le décès du président Gamal Abdel Nasser[3] : en gage de bonne volonté il accepte d'évoquer le retrait des troupes de Hanoï du Cambodge et d'Afghanistan, avec le ferme espoir de l'éviter. Amnesty découvre simultanément que « [le régime pro-vietnamien de Phnomh Penh] et les membres des forces militaires et de sécurité vietnamienne ont violé de façon flagrante et répétée les droits de l'homme des Kampuchéens soumis à leur autorité[4] » ; elle apprend aussi que les Soviétiques participent plus ou moins activement à des massacres en Afghanistan[5], à des interrogatoires pendant lesquels « [l'usage de] la torture a été signalé[6] » mais note que « ces rumeurs (sont) difficiles à vérifier[7] » : il est vrai qu'à cette époque et malgré force publicité, l'armée rouge n'a évacué, en octobre, que 6 000 hommes[8]. Les "chercheurs" seront plus catégoriques après la signature des accords de Genève, quand tout, et surtout l'honneur, semble perdu.

1. *Rapport annuel* 1983, p. 257
2. *Rapport annuel* 1983, p. 256
3. C'est à partir de l'été 1985 que le Kremlin renoua le dialogue avec Israël, rompu en 1967 quand Brejnev dénonça les relations diplomatiques bilatérales – et que le KGB relâcha des "dissidents" juifs, tandis que des visas de sortie étaient accordés en nombre croissant à la grande satisfaction des organisations juives mondiales, notamment américaines proches de ces banques d'affaires dont Gorbatchev attend des crédits pour relancer son économie. Selon *The Asahi Evening News*, 21 mars 1987 et *The Japan Times*, 27 mars 1987.
4. *Rapport annuel* 1986, p. 254
5. *Rapport annuel* 1984, p. 240
6. *Rapport annuel* 1985, p. 241
7. *Rapport annuel* 1986, p. 222
8. Du reste, ceux-ci appartenaient à des unités anti-aériennes complètement inutiles puisque la guerilla ne dispose d'aucun avion. D'autre part, selon le président Zia ul Haq, le départ des 6 régiments avait été précédé de l'entrée, sur le territoire afghan, de 15 000 recrues - selon *The Japan Times*, 10, 15, 17 octobre et 1er novembre 1986

Une certaine idée du processus judiciaire

Aux termes de ses statuts (art. 1, al. *a*, *b* et *c*), Amnesty International surveillerait de très près et sans tolérer d'exception le déroulement des actions en justice intentés par les gouvernements contre des particuliers ou des groupes d'individus, volant au secours des prisonniers politiques ou de droit commun maltraités et condamnés à mort : elle « n'a rien à offrir » en échange de son silence, s'émerveille-t-elle dans le *Rapport annuel 1986*, p.7. Et Manuel Lucberto, journaliste au *Monde*, soucieux de ne pas prendre de risque avec sa carrière, mais au contraire de réaliser un parcours sans faute – de surenchérir, pitoyable hérault, le 1er octobre 1987 : « Amnesty ne compare pas – une atrocité est une atrocité, qu'elle soit commise à l'Est ou à l'Ouest [comme si les relations internationales se limitaient à ces deux Blocs !]. Amnesty établit des faits, les recoupe, les vérifie et les additionne. » Toutefois, l'équidistance légendaire des "chercheurs" ne résiste pas à l'épreuve du rideau de bambou quand ils dressent leurs bilans en-deça ou au-delà de ses limites.

Ceux qu'on arrête

Ces polices des pays anti-soviétiques[1] recruteraient, si l'on en croyait les rapports annuels, leurs victimes chez d'inoffensifs opposants politiques, dans les rangs de certains milieux profes-

1. Bergeron (*Cinq continents...*, 1982, p.311) remarque à la lecture de l'autobiographie de Mac Bride que lorsque ce dernier (parmi les derniers) « énumère le sigle des polices (réputées pour être) particulièrement agressives, on trouve le KGB certes, mais aussi la SAVAK iranienne, la PIDE chilienne, la KCIA coréenne – mais ni le SB polonais, ni les polices secrètes yougoslave, roumaine et bulgare, qui n'hésitent jamais à intervenir en territoire étranger pour enlever un dissident ou à assassiner par diverses méthodes, ne sont cités dans ce sinistre palmarès. » Amnesty recourt à un procédé identique : la Khad afghane, par exemple, n'est pas mentionnée, croyons-nous, jusqu'en 1982 ; mais dès que le clan Andropov cherche un successeur à Karmal, elle apparaît une fois en 1983, six fois en 1984 (soit un total de 25 lignes), quatre fois en 1985 (soit 19 lignes) et cinq fois en 1986 (soit 36 lignes).

sionnels, ou par "machisme".

Le détournement d'un appareil des Pakistan Air Lines, organisé par Kaboul et les fils Bhutto en mars 1981 au nom de Al Zulfikar « a entraîné l'arrestation de milliers de membres des principaux partis d'opposition [regroupés sous le sigle du Mouvement pour la Restauration de la Démocratie par la veuve et le fille d'Ali Bhutto en février 1981] bien qu'à la connaissance d'Amnesty International aucune preuve d'un lien quelconque entre (les deux mouvements) n'a été produite[1] ». A Djakarta, « [le] ministre de l'Intérieur, le général[2] Amir Machmund, [dit que] le gouvernement aurait découvert que des prisonniers libérés projetaient de relancer le Parti communiste [...] sans en apporter publiquement la preuve[3] ». La sécurité sud-coréenne arrête « Kim Tae Yul [...] pour espionnage [alors qu'il était] sans doute un prisonnier d'opinion[4] » et incarcère « plus de 30 militants syndicaux [...], des membres d'un groupe d'étude biblique [et des] prisonniers d'opinion qui considéraient favorablement le marxisme et le communisme[5] ». Le gouvernement de Kuala Lumpur « [se débarrasse de son] opposition légale ainsi que des syndicalistes engagés dans des activités légitimes » aux termes de lois spéciales[6]. La République (non-populaire) de Chine détient des personnes qui n'ont fait « [qu'exercer] pacifiquement leur droit à la liberté d'expression[7] ». Les mollah qui posent les scellés sur les portes des permanences du Toudeh « [semblent agir de façon] totalement arbitraire[8] ».

Les "dictatures" se nourrissant de violence institutionnelle, elles en viennent à malmener toutes sortes de corporations. Au Pakistan, le général Zia arrête « 17 syndicalistes (des lignes aériennes)[9] », « des étudiants, des ouvriers, des syndicalistes (dans la région du Cachemire) ». Au Bangladesh, le général

1. *Rapport annuel* 1982, p. 262

2. On sait que ce grade, symbole d'un mélange de brutalité et d'inintelligence épaisse, revêt une connotation immanquablement péjorative dans l'inconscient occidental fatigué et pacifiste. Le général indonésien est donc à priori suspect.

3. *Rapport annuel* 1981, p. 265

4. *Rapport annuel* 1983, p. 244

5. *Rapport annuel* 1982, p. 229

6. *Rapport annuel* 1981, p. 227

7. *Rapport annuel* 1982, p. 287. Cf. aussi *Rapport annuel* 1981, p.305

8. *Rapport annuel* 1983, p. 374

9. *Rapport annuel* 1982, p. 263

Ershad remplit les prisons « de centaines de militants politiques, de syndicalistes et d'étudiants[1] ». Le roi absolu Birendra du Népal, devenu très critique à l'égard de la politique du Kremlin en Afghanistan, enferme « des ouvriers et des militants syndicaux [...qui ont] protesté contre leurs conditions de travail » ; (R A 1984, p.283) et « [les "chercheurs"] ouvrent une enquête sur le cas [d'] un journaliste et éditeur d'une revue », sans préciser son obédience républicaine et marxiste. En Malaisie, le sympathique « Teh Cheng Poh, un menuisier, a été condamné à mort » sous l'inculpation combien mineure dans un pays qui fut l'enjeu de durs combats jusqu'à l'indépendance de « fabrication et détention d'armes à feu (R A 1981, p.279) » ; en effet, Amnesty a raison, il était menuisier ; d'autres subiront un sort malheureux pour des pécadilles, comme « Ng Teo Huan, 36 ans, ancien commerçant » et « Lim Mai Kim, ouvrière de Malacca (R A 1984, p.279) » ou encore « Wong Yong Huat [qui travaillait sur une plantation d'hévéas, tout en suivant, le soir, des cours de chinois ; il fut aussitôt soupçonné d'activités pro-communistes et arrêté (R A 1985, p.280). » A Singapour, les autorités terrorisent « un directeur de troupe de théâtre (R A 1981, p.300) » et « Tan Chu Boon, éleveur de poissons tropicaux (R A 1984, p.297). » Aux Philippines, la soldatesque enlève « Jaime Nierra, vendeur sur les marchés », injustement soupçonné de participer aux actions de la Nouvelle Armée du Peuple (R M 1982, pp.22-23), alimentée par le KGB. Taïwan arrive en tête de l'arbitraire : la police persécute « un libraire » (ASA 18/12/1981), « une diplômée en sociologie » (R A 1981, p.307), « un pharmacien » auquel on reprochait faussement un activisme communiste (R A 19863, p.286), « Chang Hua Min, journaliste et historien (coupable de propager le marxisme-léninisme) » (R A 1983, p.286), « Wen Jui An et Fang E Chen, écrivains [...] condamnés [...] pour avoir, semble-t-il, discuté du communisme lors de réunions d'une société littéraire (R A 1983, p.287) ». Les Maldives taquinent, elles, le retraité dont « un ancien directeur de l'aviation civile » soupçonné d'avoir participé « à un prétendu complot (R A 1981, p.281) ». Le général Park neutralise le « grand poète Kim Chi Ha (R A 1978, p. 164) », et des ouvriers « [qui ont] revendiqué des droits syndicaux (R A 1978, p. 163) » n'échappent

1. *Rapport annuel* 1983, p. 228

pas non plus à la nasse tissée par l'alliance des militaires et des patrons de Corée du Sud.

Cette atmosphère détendue invite aux voluptés sommaires. A Séoul, les parachutistes du général Chun « déshabillent de force des étudiantes [avant d'en tuer] un certain nombre à coups de baïonnettes (R A 1981, p. 16) ». Les jeunes Philippines sont soumises à des « sévices sexuels » de routine (R A 1983, p.277). Au Sud Viet Nam, la police du général Thieu osait « [mettre] au secret à l'hôpital des prisons de Saïgon » une femme, avocate et pacifiste « des plus connues (R A 1974, p. 66) » : « lecture éprouvante », frémit Lucbert, avant d'ajouter comme s'il redemandait encore quelques pages de sang et de sexe : « l'oppression est présente, insidieuse et brutale, sur tous les continents ».

Bien sûr, des arrestations se produisent dans les pays communistes orthodoxes ; mais les autorités ne fabriquent pas de preuve, interpellent décemment et non sans motifs. Amnesty se montre pleine de compréhension. Hanoï arrête « des délinquants civils, des voleurs et des pillards » en mai 1975 (R A 1975, p. 109) ; mais quand des tensions surviennent avec Moscou, le ministère de l'Intérieur commet des bavures à l'encontre « [d']un célèbre romancier[1] ». La Khad traque les maquisards afghans qui ne sont pas des héros mais des « traîtres[2] », des voleurs et des meurtriers déposant des bombes dans les restaurants populaires de la Nomenklatura[3] et assassinent « [le] neveu d'un ministre[4] » ; à partir de 1982, les mœurs

1. *Rapport annuel* 1978, p. 200

2. *Rapport annuel* 1981, p. 226

3. *Rapport annuel* 1983, p. 227

4. Là encore, Amnesty est à l'unisson de la propagande. En mars 1983, l'agence Tass accuse la résistance de placer des bombes pour tuer des civils ; en avril, le premier ministre Ali Keshtmand indique, "statistiques" à l'appui, qu'elle a détruit presque la moitié des hôpitaux et des écoles ; en octobre 1985, Radio-Kaboul s'indigne d'actes de profanation déclenchés par "les bandits, les mercenaires et les esclaves (de l'impérialisme) qui ont encore une fois commis un crime inexcusable (en tirant deux missiles) sur la mosquée historique de Masjed e Jamai à Herat" ; en décembre 1986, cette station "révèle" l'arrestation de 12 membres du Hisb e Islami qui essayaient de passer en fraude en Grande-Bretagne, avec l'aide du Pakistan et de la CIA, du hashish pour une valeur marchande de 10 millions de dollars" - selon *The Japan Times,* 7 mars et 13 avril 1983, 29 octobre 1985, 29 décembre 1986.

se relâchent et « [Amnesty] a appris l'arrestation [...] de personnalités intellectuelles » – professeurs de droit, poète, artistes, cadres du ministère de la Culture[1].

Ceux qui jugent .

La justice du président Zia se caractérise par « [une] procédure sommaire » appliquée par « [des] tribunaux militaires sommaires (R A 1981, pp.286 et 288) » ; c'en est au point que si les statuts du *centre de Londres* lui commandent, selon le président de la filiale française Jean-François Lambert en mai 1980, de ne pas prendre parti sur les législations, les "chercheurs" expriment « l'inquiétude que lui inspirent des modifications constitutionnelles [dans un sens islamique], indiquant qu'à [leur] avis il s'agissait d'une nouvelle et grave dérogation du régime du droit » et « [prient Islamabad] d'abolir la pratique du jugement des prisonniers politiques par des tribunaux militaires appliquant des procédures sommaires (R A 1981, p.289) ». Puisqu'il méprise leurs avis, ils se vengent en lançant deux "communiqués à la presse à diffusion internationale", les 27 novembre 1984 pour s'opposer à « un procès injuste (R A 1985, Annexe 2, p.419) » et le 20 novembre 1985 pour demander la révision d'un procès (R A 1986, Annexe 2, p.402). Le Bangladesh lui non plus n'échappe pas à la critique : Amnesty y découvre « [une] procédure sommaire très en-deçà des normes internationales (R A 1981, p.235) » ; et elle rappelle au président Sattar, ancien juge de la Cour suprême, que « le droit exige non seulement que la justice soit rendue, mais également qu'elle le soit au vu et au su de tous » : elle rejette donc la compétence de ses pairs « qui ne satisfont pas aux normes reconnues en matière d'impartialité judiciaire [puisqu'ils] relèvent du pouvoir exécutif (R A 1981, p.235) ». Les simulacres de procès organisés à Taipeh apparaissent comme « sommaires [et] injustes (R A 1981, p.305) », « les accusations [portées par le procureur] n'ayant pas été prouvées (R A 1981, p.307) ». « [Les] inculpés [sud-coréens] ne bénéficient pas de conditions de jugement équitable [parce que les charges retenues contre eux en matière d'espionnage étaient] abusives (R A 1982, p.230) », que les actes d'accusation sont montés « de toutes

1. *Rapport annuel* 1983, p. 226

pièces (R A 1975, p. 104) » et que les condamnations s'appuient « sur la base d'aveux obtenus sous la torture (R A 1981, p.248) ». « Les tribunaux militaires [philippins] se sont vus mis en cause pour divers motifs [et] les procédures d'instruction et de jugements sont incroyablement dilatoires » : « nombre d'accusés [ont] été condamnés sur la base d'aveux obtenus sous la torture (R A 1981, p.248) », tandis « [qu'ils ne bénéficiaient] pas des conditions de jugement équitables (R A 1982, p.230) » ; une mission amnestienne qui assista à un procès – ce qui ne lui fut jamais permis au Viet Nam, en Afghanistan ou en Corée du Nord – dénonce un réquisitoire « fabriqué de toute pièce » et des charges retenues « abusives (R A 1982, p.230) ». L'organisation humanitaire tend une perche au premier ministre malais Mohamad Mahatir récemment élu : comme pour le Pakistan, elle lui conseille, toujours en dépit de ses statuts, de réviser les procédures d'appel, lui faisant miroiter qu'ainsi « un premier pas (aura été accompli) afin d'éviter les décisions arbitraires (R A 1981) ».

Vraiment, ces pays pourraient prendre exemple sur leurs voisins communistes. Depuis l'invasion du Cambodge, les procès « vagues, toujours sommaires et arbitraires (R A 1978, p. 174) » ont pris fin ; les juges mis en place par Hanoï et indépendants du pouvoir éxécutif « [se conforment] à la décision n°2 des Directives du Conseil Révolutionnaire du Peuple concernant les criminels en date du 15 avril 1979 (R A 1982, p.249) » ; des reproches surgissent plus tard, mais mesurés : la torture existe certes, mais « dix personnes [...] ont été condamnées (par un tribunal populaire [non sommaire et respectant les normes internationales] pour avoir activement aidé les forces armées khmères rouges (R A 1984, p.274) ». Les procès dans les stades vietnamiens satisfont Amnesty puisqu'ils sont publics (R A 1976, p. 150). Les clauses de la constitution nord-coréenne relatives aux droits de la défense ravissent l'organisation humanitaire qui en recopie de larges extraits dans les *Rapports annuels 1979* et *1981*, 15 lignes sur 45 de la pagination totale, sans les commenter ni mettre en doute leur valeur effective. Elle s'extasie à Kaboul et relate sur 19 lignes « les Principes Fondamentaux [édictés par] le Conseil Révolutionnaire » qui assurent « le droit des juges à [agir] indépendamment » ; le huis-clos, pas plus que « les tribunaux révolutionnaires (R A 1982, p.213) », ne la trouble pas, « puisqu'il est régi par la loi (R A 1981) » et que les sanctions « [se conforment] au droit » ; si des excès se produisent parfois, « ils enfreignent les principes de la République Démocratique de l'Afghanistan (R A 1981, p.227) », qu'Amnesty ne demande pas de modifier. Toutefois, durant la transition Andropov - Tchernenko - Gorbatchev, « trois hommes se seraient vus refuser [...] l'assistance d'un avocat » et « leurs actions [n'ayant] violé en rien la Constitution afghane, appelée principes fondamentaux [...], tous trois ont été adoptés [...] comme prisonniers d'opinion (R A 1984, p.238) » : et « un professeur de journalisme [...] rétracte, au cours de son procès, des aveux antérieurs, affirmant qu'ils lui avaient été extorqués sous la torture (R A 1985, pp.240-241). »

Ceux qu'on détient

Le *centre de Londres* ne trouve rien de très répréhensible en ce qui concerne les conditions de détention dans les pays soumis à l'URSS ; à l'inverse, il s'inspire de Dante pour dépeindre les prisons qui échappent au contrôle soviétique.

« Les policiers armés (osent faire) irruption dans une prison (pakistanaise) occupée par des mutins (en octobre 1980) : 39 prisonniers ont été tués au cours de l'affrontement qui a suivi (R A 1981, p.232) », lequel incombe aux forces de l'ordre ; rien de surprenant à cela car, par habitude, « elles se rendent responsables de sévices graves (R A 1981, p.233) ». A Séoul, les subordonnés du général Chun « torturent (R A 1981, pp.247-249) », « battent » et « privent de sommeil » les détenus (R A 1981, p.250). Les geôliers philippins recourent aussi à la torture pour se défouler au cours « (d') interrogatoires tactiques dont la pratique semble être de règle dans les unités de renseignement et de sécurité (R A 1983, p.279) » ; de fait, « les conditions des prisonniers transférés à Muntinlupa sont pires encore qu'à Bicutan [des lieux que connaissent bien les militants d'Amnesty, tous capables sans doute de les placer sur une carte] (R A 1981, p.295) », puisque « les conditions de captivité dans les prisons civiles [sont] souvent encore pires (R A 1982, p.277)[1] ».

Les prisonniers ne connaissent de sécurité, voire de bonheur tranquille, que dans les pays satellites du Kremlin. Quand Soysal débarque à Kaboul en janvier 1980, ses interlocuteurs lui promettent de bannir à jamais la torture, « même en cas de menace étrangère contre la sûreté du pays (R A 1980, p.218) » ; fidèles à leurs engagements, « (ils promulguent) en septembre 1982, une loi relative à l'application des peines dans les prisons (dont l') article 3 insiste sur l'interdiction de la torture dans les prisons afghanes (R A 1983, p.226): » mais, la disgrâce s'abattant sur Karmal devenu gênant, cette mesure

1. Il est indéniable que la torture se pratique parfois ou souvent dans des régimes anti-soviétiques, confrontés à un type de guerre particulier ; ainsi deux policiers sud-coréens ont-ils été reconnus coupables de la mort d'un "étudiant" au début de l'année 1987. Mais il convient de nuancer les accusations portées par les libéraux ou les marxistes, comme l'y invite Suzanne Labin dans son livre *Chili: le crime de résister*, paru aux Nouvelles Editions Latines à Paris dont nous ne pouvons que citer intégralement un extrait :

« Le 18 octobre 1975, une action de police était menée contre la parcelle Santa Eugenia, dans la banlieue de Malacca, où des renseignements faisaient penser que fonctionnait un centre clandestin du MIR. En effet, dès leur approche, les carabiniers furent accueillis par un feu nourri. Après une bataille d'une demi-heure qui laissa deux morts sur le terrain, les carabiniers purent investir le local et y trouvèrent, outre un dépôt d'armes et de tracts, plusieurs terroristes. Mais leur chef, Nelson Guttierez, avait réussi à s'enfuir bien que blessé à la jambe. Il fut retrouvé quelques jours plus tard dans le couvent des nonnes de Notre-Dame, au 1128 de la rue Orellana, se faisant soigner par une doctoresse qui déclara s'appeler Sheila Cassidy, de nationalité anglaise, venue, disait-elle, au Chili pour prendre le voile... Bien que la police dût aussi donner l'assaut à ce couvent, elle laissa la doctoresse tranquille, et emmena seulement le chef rebelle. Mais la doctoresse, au domicile privé de laquelle on trouva de la littérature MIR et un *revolver*, était inquiète et demanda refuge aux pères d'un autre ordre religieux irlandais, situé au 350 de la rue du Dr Larrain Gandarios. Elle ne savait pas que cet ordre était dans le collimateur de la police pour l'aide constante qu'il donnait aux terroristes. Assaut de la police contre ce troisième siège, pendant lequel la doctoresse tire au fusil, blessant grièvement un policier. La concierge fut tuée dans ce tir.

« L'instruction de l'inculpation faite à Mme Cassidy dure deux mois. Le 29 décembre 1975, elle est expulsée du pays avec un sauf-conduit. Et c'est alors que commence l'exploitation fracassante de l'affaire. A peine de retour en Grande-Bretagne, la doctoresse prétend qu'elle a été abominablement torturée, flagellée et soumise à plusieurs reprises à l'épreuve des électrodes dans le vagin, ce qui l'a laissée profondément meurtrie. Elle dit avoir dû se traîner pour

paraît "théorique" et « les détenus (sont) privés de sommeil, battus et soumis à la torture (R A 1984, p.239). »

Les autorités vietnamiennes font assaut de bonté envers leurs prisonniers, au pourtant lourd passé politique, la plupart ayant lutté dans les rangs des bérets verts, des *rangers*, des parachutistes, des *marines*, des policiers et des agents secrets formés par les Etats-Unis (R A 1977, p. 169) : mais le gouvernement, qui est très bon, « insiste beaucoup sur la réconciliation nationale (R A 1975, p. 108) ». Les conditions de survie dans "l'enfer vert" « (varient) suivant les conditions naturelles, la manière dont sont gouvernés (les camps) et la gravité [*sic*] des infractions [sic][1] » ; en général, même si les "chercheurs" adop-

monter à bord de l'avion qui l'emmena. L'opinion britannique, comme il est naturel, s'émeut. Le gouvernement chilien dément de la façon la plus catégorique. La doctoresse persiste dans ses allégations. La campagne s'enfle au point que le gouvernement de Sa Majesté rappelle en consultation son ambassadeur à Santiago. Fait dissonnant, mais que personne ne relève : la doctoresse refuse – par dignité, dit-elle – d'être examinée, aux frais du gouvernement chilien, par des médecins que Pinochet offre de faire tirer au hasard dans les Académies de trois pays neutres. Prétexte absurde : en quoi sa dignité serait-elle compromise parce qu'elle devrait faire constater avoir subi de tels sévices ? Impossibilité non plus de croire que la pudeur aurait inhibé, devant une visite médicale, une personne (qui plus est, une militante active) qui était médecin et qui avait entretenu le monde entier de son vagin. Imaginez le formidable coup qu'elle aurait asséné à Pinochet si elle avait pu produire des confirmations signées du nom de grands médecins insoupçonnables !

Quand je me rendis à Santiago, j'y trouvai la reproduction d'une sorte de petit code en prose composé par l'évêque auxiliaire de Santiago, Jorge Hourton, et publiée le 11 janvier 1976 dans *Communicad Cristiana*, supplément hebdomadaire de l'Eglise de Santiago, la revue officielle de l'archevêché. Elle était intitulée *Adieu à la doctoresse Sheila Cassidy*. J'y lis, entre autres effusions: "nous l'accompagnâmes à son avion, le 29, par une soirée radieuse de soleil. Elle tendit son bras et montra son rire joyeux pour répondre aux adieux affectueux de ses amis". Cette description est évidemment incompatible avec les récits qui montraient la malheureuse percluse et impotente à la suite de séances de torture. D'un seul coup, j'acquis la certitude que la doctoresse Sheila Cassidy avait menti. »

1. Si le blé ne pousse plus en Ukraine depuis 1917 ni la canne à sucre à Cuba depuis 1960, si la famine s'étend du Zimbabwé à l'Ethiopie, si le Viet Nam importe du riz et si ses prisonniers meurent dans des sites choisis exprès pour leur insalubrité – c'est toujours la faute des "conditions naturelles", ou, depuis quelque temps aussi, à cause d'une mauvaise gestion des responsables locaux ne respectant pas la ligne correcte du Parti.

tent un profil bas en refusant « (d') établir un bilan d'ensemble des conditions de détention des camps (R M 1980, p. 129) », ils présentent une situation qui « pour spartiate qu'elle soit n'en est pas moins acceptable (R M 1980, p. 15) ». Dans les trois sortes de camps répertoriées, où sont parqués ceux qui n'ont pas donné satisfaction à leurs maîtres « à la fin de leurs cours (en 1975) (R A 1976, p. 150) », « les détenus [...] se réunissent au moins une fois tous les trois mois pour discuter de leurs progrès respectifs ; ils présentent ensuite des recommandations au fonctionnaire responsable du groupe (R A 1980, p. 15) », lequel a la charge de mener à bien « une politique de rééducation [...] instaurée à des fins de réconciliation nationale (R A 1980, p. 14) ». Amnesty se justifie en se référant à un journaliste du *Washington Post* : « (ladite) rééducation consiste en travaux manuels pendant la journée avec séances d'autocritique le soir (R A 1977, p. 170) ». Si le *centre de Londres* a conscience de certains points noirs dans ce tableau idyllique (arrestations d'opposants politiques notamment quand Moscou fonde quelqu'espoir sur eux, carence sanitaire non à tous les niveaux comme chacun le sait mais seulement pour les détenus « dont l'état de santé nécessite un traitement spécialisé (R A 1980, p.7) », « milliers de personnes retenues [sic] dans les camps », il ne sous-estime pas « les difficultés économiques actuelles (R A 1980, p.25) » et se réjouit d'apprendre que « les autorités vietnamiennes procédaient à un réexamen de la législation pénale ».

Depuis 1945, Kim Il Sung a rebâti le jardin d'Eden, sans forcer son talent et simplement parce que ses œuvres surpassent celle de Dieu : on patauge dans la joie et les éclats de rire – « on ne connaît que deux camps de détention », assurent péremptoirement les "chercheurs" : pour gagner en crédibilité, ils les nomment même « les camps n°8 et 149 (R A 1981, p.245) », ce qui ne leur donne pas à penser qu'il pourrait y en avoir presque 150. Les pensionnairers du n°149 ont un sort enviable « (puisqu') ils peuvent y vivre avec leurs familles[1] » (R A

1. Au Laos aussi, les familles "rejoignent" les détenus dans les camps (*Rapport annuel* 1985, p.277). Imagine-t-on le tollé que susciterait le président Pieter Botha, en Afrique du Sud, s'il permettait la "réunion" du prisonnier-vedette Nelson Mandela et de sa femme Winnie qui, elle, pousse aux meurtres les plus barbares en expliquant qu'avec "nos boîtes d'allumettes et nos colliers [des pneus imbibés de kérosène et accrochés au cou des "sociaux-traîtres"], nous

1981, p.246). Or, il n'y a pas deux camps et les réglements qui y prévalent manquent d'attrait.

Au début des années 1980, on en dénombrait huit situés dans des "districts soumis à la dictature spéciale" établis vers 1953, administrés par le Bureau de la Sécurité Politique Nationale et surveillés par la Garde Populaire[1]. Il y en aurait aujourd'hui une douzaine regroupant environ 150 000 prisonniers, dont certains détenus pour avoir fumé en cachette dans les toilettes (ASA 1979). Le déporté y arriverait dépouillé de tous ses biens, à l'exception des vêtements qu'il portait lors de son arrestation, mais carte d'identité comprise ; légalement rayé de l'état-civil, il recevrait de mauvais ustensiles de cuisine, deux ou trois outils de jardinage et des graines de patate et de maïs ; il travaillerait 13 heures par jour, sans compter les séances de "rééducation" longues de deux heures au minimum. Certaines "fortes têtes" serviraient de cibles vivantes aux unités d'élite dont les instructeurs vérifieraient ainsi l'ardeur de la haine prolétarienne de leurs soldats[2] ; sa famille le rejoindrait, sans espoir de libération en vertu de l'irréversibilité des acquis du socialisme, non pour le réconforter mais conformément au principe primitif de la responsabilité collective.

L'organisation humanitaire refuse de s'attarder à ces détails et persiste dans ses déclarations optimistes. Alors qu'en Malaisie, par exemple, « les conditions de détention au camp de Taiping seraient très mauvaises (et qu') il régnerait une chaleur extrême dans des cellules mal aérées (R A 1985, p.280) », les

allons libérer le pays" - selon *Le Monde*, du 13 avril 1986. Ces "réunions de famille" qu'Amnesty considère comme des mesures d'adoucissement dans les pays pro-soviétiques à un degré ou à un autre, lui deviennent intolérables ailleurs : aux Philippines, elle intervient pour que l'épouse et la collaboratrice du président-fondateur du PCP, José Maria Sison reçoive un "traitement spécial" (*Rapport annuel* 1982, p.278) et soit relâchée (*Rapport annuel* 1983, p.278) malgré sa participation active aux actions du PCP.

1. La province de Hamgyong abritait trois camps (62 000 prisonniers répartis sur 740 km²), celle de Pyongyang (20 000 détenus répartis sur 210 km²) et celle de Chagando, un - selon *The New York Times,* 11 avril 1982, partiellement recoupé par les propos d'un porte-parole de l'Agence pour la Sécurité Nationale, interviewé en juin 1983 à Séoul. Selon *North Korea News*, citant des depêches de Tokyo, quatre autres camps ("le bureau n° 23" et "la ferme n° 5" dans la province de Hamgyong, "le bureau n° 17" et "le bureau minier de Kachun" dans la province de Hampyongan) auraient été établis.

2. Selon Shin Yong Man, espion en poste à Tokyo qui déserta en mars 1977

Coréens du Nord peuvent jouir du climat sain de la nature environnante : comme au Laos, où « on aurait encouragé les femmes de détenus à aller s'installer avec leur mari (en 1976-1977) dans des "camps ouverts" (R A 1983, p.261) » ; comme au Viet Nam, où « des citadins (ont été) transférés[1] à la campagne (R A 1979, p. 145) ». « Des personnes qu'on présumait opposées à l'influence de Kim Jong Il auraient été envoyées en exil intérieur (R A 1981, p.246) » ; d'autres sont « assignés à résidence dans des régions éloignées (R A 1982, p.234). »

Ceux qu'on libère

Ceux-là sont légion à Kaboul après chaque révolution, et Amnesty en veut pour preuve les articles paraissant dans le *Kabul Times* ; au Cambodge anti-chinois d'après 1978, du moins à l'époque Brejnev, les prisons, pratiquement désertées, sont devenues des musées rappelant les régimes carcéraux lonnolien puis polpotien ; au Viet Nam du Sud en 1975, le problème des rares détenus demeure marginal, les portes ayant été grandes ouvertes à partir du 30 avril, et « leurs cas doivent être considérés comme résolus (R A 1975, p. 108). »

Ce qui mobilise donc le *centre de Londres* tourne autour des conditions de libération et de la période qui s'ensuit. « Les procédures de mise en liberté (au Viet Nam), en s'écartant dans une certaine mesure du système de détention de type administratif [en l'occurence dans un sens plus doux] (dépendent) aussi du bon· comportement des détenus (R A 1981, p.316) » : Amnesty s'en attribue pour une bonne part le mérite car « (elle avait écrit auparavant) au gouvernement pour le féliciter de poursuivre l'examen des possibilités de libération de personnes réunies [sic] en vue d'une réforme collective et qui (auraient) fait des progrès réels [*sic*] (R A 1979 ?) ». En Indonésie, en revanche, « les prisonniers peuvent être libérés sur parole, en application d'un décret arbitraire, à la discrétion (le fameux "bon plaisir" des despotes capricieux) des autorités (R A 1981, p.245) » ; de même, en Malaisie, les sorties « dépendent du bon vouloir de la direction du camp (R A 1981, p.279) ». Et les "chercheurs" s'acharnent sur ce pays deux ans plus tard : « le

1. Les Sud-Vietnamiens ont été "emmenés" au Nord Viet Nam (*Rapport annuel* 1974, p.67)

vice-premier ministre [...] a annoncé [...] qu'il avait été décidé que toutes les personnes détenues sans jugement au titre (d'une loi sur la sécurité intérieure) pourraient être libérées à condition d'être "adoptées" par des personnes ou des associations étrangères et de quitter le pays. Cependant, elles seraient obligées de renoncer à leur nationalité malaisienne, et interdites de séjour en Malaisie (R A 1983, p.263) ». La mesure est comble pour l'organisation humanitaire ("pour une question de principe") qui recommande la libération inconditionnelle de peut-être 300 "suspects" communistes (R A 1983, p.261). Mais le *centre de Londres* foule les Grands Principes ailleurs : en 1982, Hanoï proposait à la Maison-Blanche de lui livrer ses dizaines (centaines ?) de milliers de prisonniers à condition que le gouvernement Reagan s'engageât à les "neutraliser" politiquement ; en mai 1984, le premier ministre réitérait publiquement cette offre se déclarant prêt à la mettre en vigueur "dès le lendemain", et le secrétaire d'Etat Shultz ayant estimé possible pour les Etats-Unis d'accueillir 10 000 personnes en 2 ans en plus des quotas légaux, des discussions débutèrent à Genève à ce sujet en octobre 1984 mais sans aboutir[1] : à notre connaissance, aucun des *Rapports annuels 1982*, *1983*, *1984* ni *1985* ne parle de ces marchandages ni ne réclame de mise en liberté inconditionnelle.

Quand Taraki prend le pouvoir et que le Kremlin s'incline, Amnesty se réjouit à l'écoute des communiqués de Radio Kaboul relatant des libérations massives ; lorsque les Soviétiques installent Karmal dans le fauteuil d'Amin, les "chercheurs" continuent de se réjouir « de l'annonce présidentielle de la libération de plusieurs milliers de prisonniers (R A 1980, p.217) » : en effet, les portes des prisons s'ouvrent en vertu d'amnisties générales en février, en avril, en en août, en novembre, en décembre 1980 et en avril 1981 (R A 1981, p.229). Au Viet Nam, « la presse a fait état de libérations de (800) officiers, [et] elles semblent avoir été continues pendant les mois suivants » croit possible d'affirmer le *centre de Londres* en dépit de l'absence de toute statistique (R A 1976, p. 151) et bien qu'il admettra plus tard que quelque 200 000 anciens fonctionnaires, pour la plupart, purgent le délit d'avoir servi leur Drapeau (R A 1977,

1. *The Far Eastern Economic Review*, 24 janvier, 18 mai et 8 juillet 1985 – CFERI-AP, *Les relations américano-vietnamiennes*, dossiers 1985-1987

p. 169 ; R A 1978, p. 198). Parfois, une certaine autant qu'imbécile "intime conviction" lui suffit – surtout si elle trouve appui sur des données concrètes : l'organisation humanitaire s'en remet à l'Agence de Presse Vietnamienne pour louer la libération, cette fois, de « plus de 1 000 officiers (R A 1977). »

Les pays anti-soviétiques se livrent à des mascarades cyniques : les autorités philippines annoncent une amnistie en novembre 1980 mais ne libèrent que des partisans "présumés" du PCP ou de groupes musulmans indépendantistes, d'ailleurs "déjà relâchés" ; simultanément « (les "chercheurs") sont d'avis qu'il n'y a pas eu plus de 129 prisonniers politiques (à avoir bénéficié de cette demi-mesure) » sur un (maigre) total de 3 672 personnes. Le président Marcos leur tend un nouveau piège en décrétant une seconde amnistie que le *centre de Londres* sait éviter : s'il le félicite, « il (lui) semble que moins de 200 personnes incarcérées pour atteinte à la sûreté de l'Etat aient été (réellement) libérées ». A Séoul, « la loi martiale a été levée le 25 janvier 1981 (et) de nombreux prisonniers politiques ont été relâchés ; néanmoins, les arrestations se sont poursuivies en vertu d'autres textes (R A 1982, p.228) », si bien « (qu') Amnesty a écrit au président pour se féliciter des libérations » d'une part tout en continuant d'autre part « à recevoir des informations sur l'emploi de la torture (R A 1982, p.232). »

L'organisation humanitaire tient à relativiser la notion de libération. A la fin de leurs "cours", les Vietnamiens se voient remettre un certificat de bonne conduite socialiste qui leur permet de chercher du travail (R A 1976, p. 151 ?), prélude à une réinsertion harmonieuse. Mais les militants marxistes-léninistes malais, dont l'extinction de la peine a rarement amolli les idées révolutionnaires, sont soumis à « (l') interdiction de se livrer à des activités politiques [comme en France, par exemple, pour ceux frappés pour toujours "d'indignité nationale" – pour ne pas parler d'autres pays européens tout à fait démocratiques] ou syndicales, de voyager sans autorisation [dans quel pays communiste un homme "libre" peut-il circuler sans soumettre son passeport à la police ?] et parfois de choisir leur lieu de résidence [combien des 800 000 Vietnamiens envoyés dans les Nouvelles Zones Economiques ont-il choisi leur lieu de résidence ? Combien des 250 000 Azerbaïdjanais que Gorbachev a décidé de déporter dans la glaciale Sibérie pour y relancer, paraît-il, l'économie[1] vont choisir leur lieu de résidence ?] (R A 1984, p.281). » En Indonésie, « certains ne peuvent accéder à aucun emploi de la fonction publique ni dans les industries de pointe (R A 1982, p.242)[1] » et, suprême infortune, « 43 086 prisonniers libérés n'avaient pas le droit de voter (R A 1983, p.252). »

Ceux qu'on exécute

Le processus judiciaire aboutit, parfois dans les pays prosoviétiques ou souvent dans les capitales anti-soviétiques, par l'application de la peine de mort, qu'Amnesty dénoncerait partout avec une vigueur identique. Quelques exemples permettent d'en douter.

Elle s'inquiète ainsi un peu des exécutions officielles auxquelles on procéderait « de temps à autre » en Afghanistan, avant de féliciter le président Taraki « de ses déclarations publiques à propos du respect des droits de l'homme (R A 1978, p. 153) ». A l'époque, pourtant, le tyran encore prisé de Brejnev élimina en quelques "fournées" 24 000 soldats amenés par camions et jetés dans ,des fosses. A l'époque, des soulèvements s'étant produits, on enlevait des gens de chaque province avant de les assassiner à la mitrailleuse : les officiers récalcitrants étaient enterrés vivants[2]. Elle regrette « [l'exécution de) dix rebelles le 4 décembre 1982[3] » mais attribue des circonstances atténuantes au gouvernement qui n'avait pas appliqué la peine capitale de toute l'année et que « les divers crimes, notamment [des) vols et [des) meurtres" commis par les résistants avaient rendu enragé après tant de clémence. Elle intervient aussi « [en demandant) aux forces en présence de mettre un terme de part et d'autre aux exécutions de prisonniers. Son

1. *The Japan Times*, 31 mars 1987

1. On notera que le *Washington Post* se déchaînera, en février 1987, contre la nomination de John O. Kœhler au poste de directeur des communications auprès de la Maison-Blanche... parce qu'il avait appartenu, pendant 6 mois à l'âge de 10 ans, à l'organisation de masse Hitlerjugend - selon *The Japan Times* du 23 février 1987 – le forçant à démissionner.

2. Selon des témoignages recueillis par Michael Barry, membre de la Fédération Internationale des Droits de l'Homme, publiés en anglais et en français, in *Le Figaro-Magazine*, mai 1980 et *Les Temps Modernes*, juillet-août 1980

3. *Rapport annuel* 1983, p. 227

appel a été lancé à la suite d'une part de l'exécution, en 1981, d'au moins 16 prisonniers politiques par les autorités afghanes, et d'autre part des menaces d'exécutions par le groupement rebelle Hezbi Islami de trois soldats soviétiques faits prisonniers" (R A 1983, pp.225-226) ; Amnesty se mobilise donc **après** les exécutions gouvernementales mais **avant** celles, tellement hypothétiques qu'elles n'eurent jamais lieu[1], incombant à des maquisards. On nous accusera de triturer les textes ? Qu'on se souvienne alors de ces « deux intellectuels nord-vietnamiens condamnés à des peine de prison [en 1960] » et qui intéressent l'organisation humanitaire « étant donné qu'ils devraient maintenant être libérés" (R A 1979, p. 108). Quand Pol Pot et les autres assassinent dans un concert de louanges médiatiques quelque deux millions de personnes, Amnesty reste sur ses positions et « personne n'a été exécuté [...] à l'exception de sept super-traîtres" (R A 1976, p. 138). Au Viet Nam, les juges rendent leurs arrêts « [pour) enrayer la vague de criminalité qui déferlait sur Saïgon après le changement de régime" (R A 1976, p. 149), frappant ainsi des délinquants mineurs « parce qu'il nous arrive de punir sévèrement" expliquait Mme Binh sans effaroucher les "chercheurs" ; la mission de 1979 consacre ainsi quatre lignes (sur 70 pages) à ce problème et en des termes très généraux: « la peine de mort est une violation du droit à la vie [sic] et constitue un châtiment cruel, inhumain et dégradant. Recommandation: que le gouvernement vietnamien envisage l'abolition complète de la peine de mort" (R A 1980, p.33) ; par ailleurs, si le *centre de Londres* se préoccupe de « la tendance des tribunaux à prononcer, semble-t-il [sic] des sentences de mort » (R A 1982, p.293), il rappelle l'exemple édifiant de Tran Van Hung : ce condamné avait toutes les chances de se sauver mais, « pendant que le président [bon et généreux] du Conseil d'Etat devait statuer sur une éventuelle [et probable] commutation de peine, il a tué un autre détenu au cours d'une tentative d'évasion" (R A 1983, p.293) -c'est donc lui qui s'est puni lui-même : comme le bonze dépravé, comme les *boat-people* assassinés.

Cette situation n'a rien à voir avec les Philippines où « de l'avis (d'Amnesty) plus de 800 personnes ont été condamnées

1. Les trois Soviétiques purgèrent deux ans en Suisse, à effectuer des travaux forestiers

à mort", même si elle doit admettre que « les exécutions ont été rares au cours de ces dernières années" (R A 1982, p.279), au point « (qu') une seule exécution a été enregistrée depuis 1972" (R A 1983, p. 278) : mais la mission de 1982 consacre un peu plus de deux pages (sur 46) à ce problème (RM 1982, pp.36-38) ; en Thaïlande, force est de reconnaître que, si « 175 personnes ont été condamnées à mort en 1981 [...], la majorité des condamnés ont vu leur peine commuée" (R A 1983, p.290) ; Singapour et le Sri Lanka l'énervent un peu : « depuis que la peine de mort a été rendue obligatoire, en 1975, pour le trafic de certaines drogues et à partir de certaines quantités (à Singapour), (Amnesty a déploré) 16 exécutions en application de cette disposition" (R A 1985, p.294) -ce qui n'est pas un chiffre considérable ; à Colombo, « bien que le code pénal prévoie encore [cet « encore" laisse supposer que l'abolition est inéluctable] la peine de mort, [...] aucune exécution n'a eu lieu depuis l'arrivée au pouvoir de l'actuel gouvernement (conservateur)" (R A 1985, p.300). Mais il reste le Japon.

Les "chercheurs" avaient averti le public et rassuré les militants : l'organisation humanitaire frapperait où et quand elle le déciderait. Ainsi avait-elle « constitué des dossiers en République Populaire de Chine et au Japon" (R A 1981, p. 223) à propos de la peine de mort dans ces deux pays. La menace sous-jacente n'avait pas été brandie en vain et, du 21 février au 3 mars 1983, deux enquêteurs remarqués pour leur sagacité (il s'agissait du « Dr L.M. Singhvi, doyen des avocats de la Cour Suprême Indienne et président du barreau indien » accompagné par un autre personnage anonyme mais « membre du Secrétariat International d'Amnesty International ») atterrissaient à Tokyo pour une mission d'investigation, avec la collaboration de la section nationale jamais à jour de ses cotisations malgré la complicité active de la presse libérale[1]. A leur retour à Londres,

1. Selon *The Japan Times* des 23 mars 1984, 28 mai et 2 juin 1986, 55 groupes opéraient au Japon, totalisant environ 3 000 adhérents et dirigés par une journaliste américaine, Edith Hanson. Amnesty s'intéressa là de près à la République d'Afrique du Sud et *The Japan Times* du 10 avril 1986 indiquait à ses lecteurs comment verser leur obole à un "prisonnier d'opinion" du Venda, le pasteur Tshenuweni Simon Farisani, venu à Tokyo dénoncer les entrepreneurs nippons commerçant avec Johannesbourg (cf aussi *The Japan Times*, 25 juin 1986). Les sections s'opposent aussi au passage d'une loi visant à restreindre les activités des espions sur le sol national – selon *The Japan Times*, 28 octobre

ils rédigeaient un opuscule intitulé, dans sa traduction française, "la peine de mort au Japon" et répertorié SF 83 CA 300 - ASA 22/02/83 ; embargo : 3 octobre 1983 ; non sans ambition, ils se proposaient aussi d'ouvrir un débat sur cette sanction. Mais un débat qu'ils mèneraient seuls.

Dès les premières lignes du rapport une citation exotique et à prétention philosophique d'accès facile aux esprits simples indique de quel côté penchera l'équidistance amnestienne : « la vie est une chose précieuse" remarquent les rédacteurs, pleins d'un recueillement de bon aloi qui force le respect, avant de poursuivre « (qu') une seule vie humaine est plus importante que la terre entière[1] ». Ils ne citent pas la loi du talion, sans doute parce que Mac Bride considère les Livres Saints comme de la littérature secondaire auxquels il préfère de son propre aveu, la Déclaration des Droits de l'Homme et *Le Capital*de Karl Marx. Les études du docteur Singhvi ne l'ont pas conduit à s'intéresser aux textes de l'Antiquité grecque : il ne peut donc pas remémorer au militant qu'Apollon, le dieu de la Vérité, conseilla à Oreste, fils d'Agamemnon assassiné par Clytemnestre et Egisthe, de « (tuer) ces deux-là qui ont tué (et de racheter) la mort par la mort ». Malgré ce silence de circonstance, Amnesty annonce que « les arguments pour et contre la peine de mort (vont être) analysés dans les pages suivantes" (ASA 22/03/83, p.21) ; on attend donc un large échange d'idées constructif. Mais les révolutionnaires sont passés maîtres dans l'utilisation de la dialectique pervertie et recourent à un stratagème usé jusqu'à la corde par les Encyclopédistes du XVIIIème siècle.

On sait, grâce aux travaux du père Augustin Barruel[2], comment procédaient Diderot et d'Alembert pour dénigrer l'Eglise catholique. Feignant de ne pas se connaître et de se rencontrer par hasard dans un lieu public fermé, de préférence une taverne ou un café, les deux compères engageaient une conversation préparée depuis longtemps à l'avance. D'Alembert se confinait dans le rôle peu glorieux de faire-valoir en présentant de façon

1986 : d'après le *White Paper on Police 1986* (Excerpt) publié par l'Agence de Police, (pp.114-115)," [ce genre d'activités] contre le Japon [...] est surtout mené par l'Union Soviétique, la Corée du Nord et d'autres pays du bloc soviétique ».

1. ASA ,22 février 1983, 3, p. 1

2. Augustin Barruel, *Histoire du Jacobisme*, Editions de la Diffusion de la Pensée française.

lamentable de pauvres "arguments" : le stipendié de Catherine II en avait aussitôt raison et les pourfendaient sans appel - les propos étaient échangés à haute voix afin de capter l'attention des consommateurs qui n'osaient pas prendre part à la discussion et s'en retournaient chez eux, troublés dans leurs demi-certitudes sans se douter qu'une bande hautement organisée venait de les manipuler. Leur coup fait, les "philosophes" s'en allaient récidiver ailleurs avec un égal succès.

Singhvi avait inauguré le débat à armes très inégales. L'anti-abolitionniste de service pense que « la peine de mort est nécessaire en tant qu'élément disuassif contre le crime" : l'abolitionniste monopolise 29 lignes pour le contre-carrer en expliquant en quoi « aucune preuve scientifique [donc infaillible] (ne démontre) que la peine de mort (est dissuasive)" - ce qui n'est pas l'avis, par exemple, d'un certain Clifford Olson, assassin de 11 gosses canadiens, qui dit à ses juges que si cette sanction n'avait pas été supprimée huit ans auparavant, il n'aurait pas tué par crainte, lui, de mourir ; il réclamait en outre d'être exécuté par injection, sinon il s'avouait "prêt à tout" pour s'évader[1]. Qu'à cela ne tienne, rétorque l'idiot utile, « la peine de mort est un juste châtiment pour des crimes odieux et doit être appliquée par respect des victimes et de leurs familles" : Amnesty balaie le propos incongru sur 15 lignes en citant en exemple le cas du frère d'une jeune fille tuée, devenu militant abolitionniste -et le *centre de Londres* ne s'attardera jamais sur le meurtre d'un petit Yasukuni, survenu le 13 février 1984 : son père, commentant la sentence de mort rendue par la cour d'Hiroshima, se rangea à l'avis des juges en remarquant que « Tsuda [... Akira, l'assassin, méritait] la peine édictée[2] ».

Avant de se rendre, le vilain contradicteur, dont on admire et le choix des "arguments" et leur formulation subtile, en appelle à

1. *The Japan Times* de la dernière dizaine de juillet 1984

2. *The Japan Times*, date non répertoriée. Un autre condamné à mort américain, Ted Bundy, auteur de plusieurs meurtres de femmes et d'une fillette accompagnés de sévices sexuels, ne se reconnaissait aucune circonstance atténuante ("j'ai été bien élevé dans une famille normale") malgré des influences extérieures (la pornographie ambiante) et avouait dans une cassette enregistrée quelques heures avant sa mort et rendue publique à sa demande après son exécution le 24 janvier 1989: "Je ne veux pas mourir [... mais] je mérite la peine la plus sévère [car] la société doit se protéger de moi et de personnes telles que moi" - selon *The Japan Times*, 26 janvier 1989.

la démocratie, trouvant normal le maintien de la sanction suprême « parce que l'opinion publique la soutient". Dès qu'il est question de majorité au XXème siècle, la chose devient délicate ; Amnesty développe sa contre-attaque en trois phases. Déjà, souligne-t-elle sur 32 lignes, « (ladite) opinion publique n'est pas homogène à ce sujet" - ce qui frise la lapalissade puisqu'il y a une minorité et une majorité ; ensuite, fait-elle observer en s'abritant derrière un sondage réalisé par des avocats nippons, si près de 40% des gens interrogés en souhaiteraient l'abolition (contre plus de 60%...), ce sont surtout les jeunes qui seraient favorables à cette mesure d'adoucissement : or, par un processus irréversible de l'histoire, les jeunes d'aujourd'hui seront la majorité de demain -alors, pourquoi les faire attendre ? Enfin Amnesty, en une note moralisatrice, estime que « les politiques gouvernementales devraient donner l'exemple à l'opinion publique [en violant la "volonté" de la majorité -en vérité, un procédé assez couramment adopté par les démocraties] en matière des droits de l'homme et de criminologie" (ASA 20/02/83, p.23) : en effet, « il est pratiquement certain [en dépit de la moindre "preuve scientifique"] que si le gouvernement décidait d'abolir la peine capitale en expliquant les raisons qui l'y incitent, le peuple japonais [ici ravalé au rang du troupeau de Panurge] accepterait cette décision".

En conclusion et sur 122 lignes, les "chercheurs" présentent six arguments non-soumis à discussion selon lesquels la peine capitale serait "inhumaine" (alors qu'on pourrait lui reprocher tout au plus d'être "humaine, trop humaine" - puisque seul l'Homme, parmi les espèces terrestres, semble mettre à mort ses congénères. Autant que sa sexualité, sa spiritualité, son rire peut-être, la peine capitale le différencie des bêtes), "avilissante" (alors que par sa vertu du rachat, au moins en Occident où Amnesty prolifère, elle magnifie le condamné et l'élève dans sa dignité déchue par ses errements)[1] et plus cruelle que le crime lui-même ; elle symboliserait l'obscurantisme moyenâgeux (car les siècles des cathédrales et des premières inquisitions furent, à l'évidence, des siècles de fanatisme où les abrutis régnaient)

1. Dans un livre assez ancien maintenant, paru aux Editions Ouvrières, un condamné à mort réclamait de recevoir son châtiment car la crainte qu'il en éprouvait l'avait rapproché de Dieu auquel il n'avait jamais beaucoup cru. Il craignait, se sachant faible de caractère, qu'une commuation de peine le ramenât à un état inférieur qu'il méprisait.

et s'avèrerait inutile « dans une (période) de politique pénale éclairée" (on sait ce qu'apportèrent au monde les *Lumières* de Voltaire aux Bolchéviques). Que le Japon se plie à leurs oukases et les "chercheurs" lui promettent la gloire de se conformer aux normes internationales puisque 25 pays dans le monde (sur plus de 150, dont la Chine, l'Inde, l'URSS, les Etats-Unis...) ont aboli cette sentence -soit une infime minorité de nations, auxquelles le futur n'appartient sans doute plus...

Le "dialogue" devra durer sur 400 lignes : 388 (97 %) s'opposant à la peine de mort et 12 (3 %) la "défendant" (on a vu comment). C'est cela « la garantie de l'impartialité d'Amnesty International[1,2]. »

Ceux qui disparaissent

Les connotations du terme "disparaître" et de ses dérivés sont l'objet de mutations profondes toujours en fonction du rideau de bambou et de l'appendice afghan de l'Union soviétique ; en deçà, il n'a rien d'alarmant, au-delà il "interpelle" et provoque de sinistres frissons.

Les familles des prisonniers à Kaboul ne savent rien du sort de leurs proches arrêtés mais Amnesty décide à leur place « qu'elles les croient toujours en vie[3] » ; dès lors, pourquoi s'inquiéter, et de quoi ? Dans leur Rapport de mission au Laos, au chapitre *Profil des prisonniers*[4], les "chercheurs" citent 12 personnes dont les patronymes sont suivis de la mention "disparus". Mais ils passent sous silence cinq autres cas : pourtant, tout ce que l'on sait du premier c'est que « selon les dernières nouvelles, (il) aurait été transféré (quelque part)" ; un second, « (d'après) des bruits qui couraient [...], serait détenu dans un camp mal localisé" ; il a été impossible d'obtenir les coordonnées d'un troisième depuis 1978 ; un quatrième croupit depuis 1975 « dans un camp" ; le cinquième, « Tenh Teso (qui) était, dit-on, un homme bon, dont beaucoup pensaient

1. ASA 20/02/83, p. 29

2. Singhvi a dû constater que si 17 délits étaient passibles de la peine de mort, celle-ci n'était requise effectivement que dans trois des cas - et que le bourreau a exercé trois fois ses talents de 1979 à 1981. Ce voyage aussi était-il vraiment nécessaire ?

3. *Rapport annuel* 1981, p. 230

4. R M 1980, pp. 15-16

qu'il avait des sympathies pour la gauche", a été arrêté sans chef d'accusation et personne n'en a plus jamais entendu parler depuis. Malgré cela, ces gens dont on est sans nouvelle ne sont pas, dans la lexicographie amnestienne, des "disparus". Il en va de même pour 36 autres Laotiens, expédiés en deux à trois lignes dans le chapitre *Autres cas de détentions publiques connus*[1] : pourtant, « on ignore où se trouvent actuellement (12 d'entre eux) », et « on ne sait pas de façon précise où se trouve actuellement [un treizième] » ; pour ne pas "chauffer" le militant sensible, un ton lapidaire et l'utilisation de verbes au conditionnel occulteront le destin de « Ly Tek Mhia Vu (qui) aurait peut-être été tué au cours d'une tentative d'évasion ». En résumé, Amnesty parle de 31 disparus objectifs sur 36 : sur ce, elle clôt son rapport, sans commentaire mais en sollicitant quelque menue monnaie pour aider à son financement. Elle juge inutile de mobiliser des comités ou de lancer des campagnes mondiales de cartes postales en faveur de plus de 400 pêcheurs Sud-Coréens détenus par Pyongyang[2] – ou de deux de leurs collègues japonais retenus en otages par Kim Il Sung qui entend ainsi protester contre le transfuge d'un soldat de l'armée populaire à Tokyo en novembre 1983 et de la fuite d'une famille entière en direction de Séoul en janvier-février 1987, via le Japon et Taïwan[3]. Il est vrai qu'elle avait fait preuve de discrétion quand Kim Il Sung avait ordonné à ses agents d'enlever à Hong Kong un metteur-en-scène, Shin Sang Ok, et une actrice renommée elle aussi, Choi Eun Hui, en 1978, qui ne purent s'évader qu'en mars 1986[4]. Elle refuse d'ouvrir un dossier sur les quelques 2 500 soldats américains disparus en Indochine, alors que le gouvernement socialiste de Hanoï n'a rendu qu'au compte-gouttes une centaine de corps à leurs familles, permettant de délivrer des cercueils puis se récusant au dernier moment, par sadisme ou par savant dosage politique[5]. En 10 ans,

1. RM 1980, pp. 27-30

2. *Ventage Point*, mars 1985

3. *The Japan Times*, 23, 25, 29 et 30 janvier, 1er, 6, 7, 8 et 10 février 1987 – *North Korea News*, 2 février 1986 – *Asiaweek*, 15 février 1987 – CFERI-AP : *Japon - Corée du Nord : chronologie 1987*

4. *The Japan Times*, 17 et 19 mars, 16 mai et 15 juin 1986 – *The Far Eastern Economic Review*, 10 avril et 29 mai 1986 – CFERI-AP : *Historique du dialogue nord-sud en Corée – 1986*, et *Corée du Nord : chronologie de la politique intérieure -1986*

elle n'a pas eu un mot pour les dizaines de milliers de boat-people disparus en mer.

Mais les "chercheurs" suggèrent qu'ailleurs disparition (encadrée de guillemets, histoire de mettre les points sur les *i* pour les militants les plus obtus -c'est à dire un nombre non négligeable) signifie exécution. Le Rapport de mission à Manille en 1982 s'intitule sans surprise : *Philippines – disparitions, torture et assassinats politiques*. Il décrit l'enlèvement d'un suspect qu'on n'aurait jamais revu « [par] deux hommes [...] ayant la coupe de cheveux militaire et portant tous deux des chemises de polo" (R M 1982, p. 17). Pour un peu, les sbires laissaient leurs cartes de visite. Amnesty explique ce manque de discrétion dans la mesure où Marcos a fini par avaliser ce genre de conduite. Jusqu'en 1982, il tolérait les exactions des « groupes paramilitaires irréguliers" (R A 1982, p.271) qui lui rendaient de fiers services ; à partir de cette date, il permet aux « Forces Armées et (aux) groupes paramilitaires [cette fois plus du tout irréguliers]" (R A 1983, p.273) de se substituer à eux. En conséquence, "les pratiques illégales" (qui avaient) pris une ampleur véritablement inquiétante, notamment en ce qui (concerne) [...] les disparitions et les meurtres" (R A 1982, p.271) deviennent « de plus en plus courantes. » (R A 1983, p. 274).

Le *centre de Londres* passe sous silence certaines disparitions. Celles, par exemple, d'un homme d'affaires philippin d'origine suisse, M. Winiger, et de son fils enlevés par le Front de Libération Nationale Moro, mouvement terroriste musulman dont les militants fréquentèrent longtemps les camps d'entraînement libyens[1]. Ou celle de la sœur Laogan, qui, délaissant le voile, passa dans la clandestinité en 1981 pour devenir responsable de la propagande d'une unité du Parti communiste, avant de se rendre à la raison et aux forces de l'ordre en 1982[2]. Les "chercheurs" acceptent sans problème la version selon laquelle les gardes des camps laotiens seraient amenés à

5. *The Daily Yomiuri*, du 20 mars 1985 – *The Japan Times*, 7, 8, 9, 11, 15, 18, 25, 28, 29, 30 et 31 juillet 1985 – *The Far Eastern Economic Review*, 24 janvier, 18 juillet et 19 septembre 1985 – CFERI-AP : *Les relations vietnamo-américaines 1975-1986*, qui précise que 510 soldats auraient disparu au Nord Viet Nam, 870 au Sud Viet Nam, 550 au Laos, 83 au Cambodge et le reste en mer.

1. *The Japan Times*, début décembre 1983

2. CFERI-AP : *Les curés de choc philippins*, août 1986

tuer, plus ou moins accidentellement et sans préméditation, des prisonniers "au cours d'une tentative d'évasion" : mais ils décident que, "(puisqu') aucun des trois évadés d'une prison philippine n'est entré en contact avec ses parents, il est à craindre qu'ils aient été tués pendant leur détention[1,2] ». Enfin, ils ne se soucient pas des "exécutions extra-judiciaires" perpétrées par la Nouvelle Armée du Peuple qui avait, par exemple et d'après des statistiques minimum, assassiné 24 personnes et en avait blessé 195 du 25 décembre 1983 au 2 février 1984.

Ceux dont on récuse les témoignages

Selon une procédure empirique, toute enquête repose sur

1. Comme souvent, le mot de la fin appartient à Suzanne Labin qui passa au crible la "question chilienne". « La Vicaria de la Solidaridad, rapporte-t-elle, dénonça les disparus : pour pouvoir les rechercher, Pinochet lui demanda d'établir un dossier sur chacun - nom, adresse, où et quand il avait disparu. La Vicaria n'a jamais pu constituer plus de 700 dossiers. » La journaliste rappelle aussi que la police... mexicaine appréhenda de ces "disparus" qui jouaient de l'arme de poing. Elle compara aussi ce chiffre de 700 à celui, annuel et français, de 7 000 - selon *La Presse Française*, 10 mai 1985. (Kéraly, dans *Cinq continents...*, 1982, pp.87-88, évoque l'arrestation de six "disparus" argentins, également au Mexique, qui séquestraient la fille d'un candidat conservateur aux élections présidentielles en 1981 dans l'espoir d'une rançon). *Présent* du 1er mars 1984 remarque qu'avant la chute du gouvernement militaire de Buenos-Aires, les médias estimaient qu'il avait ordonné l'exécution extra-judiciaire de 15 à 30 000 personnes. Mais après l'élection de Raul Alfonsin, les organisations des droits de l'homme ne purent présenter à l'ONU que 2 390 cas, dont plus de la moitié concernant des terroristes étrangers.

Pour en revenir aux Philippines, une disparition fit rire, jaune ou aux éclats, tout Manille qui se préparait à élire des députés en mai 1985. Une ancienne reine de beauté, Aurora Pijuan, devait inaugurer sa campagne lors d'un meeting le 22 avril : elle ne vint pas. Aussitôt, ses supporters s'inquiétèrent et téléphonèrent aux journalistes libéraux ou progressistes, alors submergés, pour prédire qu'on retrouverait le corps, jadis si enjôleur, affreusement mutilé et jeté à quelqu'égoût. Les marchands de T-shirts à l'effigie de l'ex-sénateur Aquino se frottaient les mains pour ce doublé providentiel. Las, après des heures d'intense émotion, on sut que "Au-Au", en route pour le meeting, avait fait une halte chez elle et n'avait pas résisté à l'envie d'une petite sieste, d'où son absence.

2. R M 1982, p. 19

des témoignages dûment recoupés afin d'essayer de connaître la vérité. Une autre école de pensée, commune aux "gauches" politiques libérales ou progressistes, se réclame d'une autre tradition illustrée par Rousseau qui écartait les faits de ses démonstrations et par Marx qui en dénonçait l'essence intrinsèquement réactionnaire. Mac Bride a choisi sa méthodologie et confie, dans ses mémoires, que « les milieux émigrés de l'Europe de l'Est constituait une source (de renseignements) douteuse : il s'agissait ou bien d'émigrés politiques très marqués, et donc partisans, ou bien d'agents des services secrets cherchant à s'infiltrer[1] » ; il ne retenait donc pas leurs témoignages, s'abstenant dans le doute.

A partir de ces directives, Amnesty International agit très sélectivement. Soysal borne ses enquêtes aux bâtiments officiels de Kaboul au-dehors de laquelle le professeur de droit (constitutionnel) turc ne s'aventure pas[2] ; il rencontre Karmal, trois ministres, le chef du service de contre-espionnage, un commandant de prison (R A 1980, pp.217-218) ainsi que "(d') anciens prisonniers [...] en dehors du personnel pénitentiaire". Ses collègues siégeant à Londres demandent au dit Karmal de bien vouloir leur confirmer le nombre de personnes arrêtées en avril 1980 par sa police et détenues dans ses prisons (R A 1981, p.225), et ils ne se décident pas à mener leur propre investigation quand les autorités refusent de leur transmettre les renseignements requis (R A 1981, p.226) ; avec soulagement, ils se satisfont des rapports (non partisans) que leur octroie le chef de la délégation afghane à l'ONU et de "(la) réponse circonstanciée [et non politiquement très marquée] à leurs télégrammes des 10 et 19 juin, reçue le 2 août 1980" (R A 1981, p.227). En Corée du Sud, l'organisation exigera la mise sur pied "(d') une commission indépendante [...] pour donner suite aux allégations de torture" formulée par l'opposition. Quand le ministère de l'Intérieur pakistanais compte 99 tués et environ 200 blessés lors d'une bagarre dans une prison, Amnesty se retranche derrière "une source d'opposition" pour affirmer que "le nombre des prisonniers tués serait beaucoup plus élevé (et que) l'opinion publique [sic] reflétait la conviction très répandue que la police était responsable de leur mort" (R A 1981, p.232).

1. Mac Bride, 1981, p. 172 -cité dans *Cinq continents...* 1982, p. 300
2. *Rapport annuel* 1980, p. 217

Les Khmers Rouges assassinent sans fausse honte. Des documents paraissent, en France, dans *Le Journal du Dimanche* du 20 avril, dans *France-Soir* du 27 avril, dans *L'Aurore* du 7 mai, dans *Le Figaro* des 8 et 9 mai 1975. Le grand quotidien indépendant *Le Monde* des 11 et 12 mai répond que ces accusations de représailles sont nées chez des responsables américains frustrés et qu'elles se fondent sur des témoignages « indirects, par nature incertains et dans les conditions actuelles, suspects » ; il récidive le 22 janvier 1976, en s'interrogeant gravement sur "(le) crédit (qu'il faut) accorder (aux réfugiés)" : aucun, répond le secrétaire général du Parti socialiste, François Mitterrand, qui ajoute que « les rares informations dont nous disposons contiennent une forte dose de fausses nouvelles, de photographies truquées, bref de prococations » - opinion partagée par le ministre des Affaires étrangères Jean Sauvagnargues. Bernard Hamel, ancien correspondant à Phnom Penh pendant huit ans pour l'agence Reuter interroge des dizaines de rescapés à la frontière avec la Thaïlande en juillet-août 1976et rend publiques leurs déclarations[1] . Amnesty s'aligne sur *Le Monde*, Moscou et leurs clientèles : « l'absence de tout observateur impartial (rend) impossible de vérifier les allégations d'exécutions massives et de représailles bien que [...] le département de la recherche ait remarqué qu'un certain nombre de ces allégations reposaient sur des affirmations sans solidité et des récits de seconde main[2] » – et le département de la recherche d'accepter les statistiques officielles de sept exécutions... En 1976, « il est encore difficile d'évaluer la situation des droits de l'homme faute d'enquête indépendante (et parce que) les témoignages reposent sur (des convictions plutôt que sur des preuves)[3] ».

Au Viet Nam, Amnesty retient "les premiers reportages des [il eût été plus honnête d'écrire "de certains"] journalistes et autres observateurs [comme si les journalistes "observaient"] se trouvant à Saïgon après la libération [sans commentaires] qui ont donné une image favorable de la situation" (R A 1975, p. 108) ; en 1977, elle se contente "(des) dires des journalistes autorisés à visiter les camps (et qui publient) les déclarations

1. *ITEM*, 1976, Paris
2. *Rapport annuel* 1975, p. 89
3. *Rapport annuel* 1976, p. 136

du directeur des services de rééducation [*sic*]" (R A 1977, p. 170). En revanche, elle ne fait pas confiance à l'opposition anti-communiste. En mars 1973, Jane Fonda, actrice pensante et un tantinet illuminée (pas seulement par les feux de la rampe), avertissait que les soldats américains qui disaient avoir été torturés dans les prisons nord-vietnamiennes ou dans les maquis viet cong étaient « des menteurs et des hypocrites que l'Histoire jugera [comme si "l'Histoire" avait jamais jugé définitivement quelque chose][1] ». Le Vénérable Thich Huyen Quang participe à ce complot ignominieux contre la gentille République socialiste puisqu'il ose adresser une lettre au premier ministre Pham Van Dong soi-même, le 17 mars 1977, recensant avec précision 85 violations de la "liberté du culte garantie-par-la-constitution" ; le 25 avril, l'Eglise Bouddhiste Unifiée attire l'attention du monde sur l'arrestation de six de ses responsables appréhendés[2]. Mais Amnesty sait comment manœuvrer avec "ces petits groupes de prêtres radicaux" : elle biaise pour les déconsidérer et donne la parole au gouvernement de Hanoï. Si « divers témoins » assurent qu'un bonze se serait suicidé pour protester contre la répression religieuse, leurs témoignages confinent à la fabrication et à l'usage de faux : en fait, suggère l'organisation humanitaire "indépendante de toute croyance", "(il avait) assassiné deux nonnes après les avoir rendues enceintes et conservé la même conduite immorale après la libération [*sic*] du Sud Viet Nam. Se sentant découvert, il avait décidé de mettre fin à ses jours et avait tué onze personnes avant de s'immoler par le feu" (R A 1977, p. 171). Par ailleurs, si les "chercheurs" s'appuyaient sur les statistiques "de divers comités" pour estimer à 100 000 le chiffre des détenus au Sud Viet Nam avant 1975, ils n'accordent aucune importance aux "rumeurs" selon lesquelles des officiers nationalistes auraient été assassinés (R A 1976, p. 150), et ne propose même pas à une de ses sections nationales ou régionales mobilisées en masse avant la chute de Saïgon de s'enquérir de leur sort.

Le *centre de Londres* rejette les accusations et les témoignages à charge produits lors des procès "fabriqués de toutes

1. *The Japan Times*, 2 avril 1973

2. Interview d'un Père des Missions Etrangères de Paris. Les MEP ont elles-mêmes publié, au début des années 80 croyons-nous, un dossier sur les persécutions anti-catholiques. Il est difficile de croire que les limiers d'Amnesty n'en aient jamais entendu parler

pièces" par le régime "militaire" des présidents Park et Chun à Séoul ; les martyrs dans les boxes sont les héraults héroïques de "mouvements en faveur d'une démocratisation plus poussée" (R A 1980, p.242) soumis "(d'après des informations qu'elle reçoit) à des séances de torture" (R A 1982, p.232). Les heurts planifiés de Kwanju en mai 1980 coûtent la vie à environ 200 personnes, "parachutistes" compris : Amnesty, s'appuyant sur divers "témoignages" d'opposition, dresse un bilan six fois plus lourd "d'étudiants" tués "avec une sauvagerie et une brutalité qui ont scandalisé la population et le reste des étudiants" (R A 1981, P247) -soit une version des événements qui emprunte à la propagande nord-coréenne. Mais au-delà du 38ème parallèle, Amnesty s'en remet au gouvernement pour décrire la situation des droits de l'homme : "les seules informations dont (elle) dispose sur la protection des droits de l'homme [sic] concernent les garanties par la Constitution de 1972" (R A 1979, p. 111), qu'elle recopie sur 13 lignes l'année suivante (R A 1980, p.236). Elle récuse les déclarations de quelque 110 transfuges passés à Séoul depuis la signature de l'armistice en 1953 dont ceux d'un ancien espion à Tokyo, Shin Yang Man qui abandonna son poste en mars 1977, d'un membre de la Sécurité Politique Kang Hyong Sun qui franchit la ligne de cessez-le-feu en juillet 1979 et de son collègue Kim Yong Jun qui l'imita en janvier 1982 : le motif avancé pour ne pas les entendre le fut précédemment par Mac Bride, à savoir leur manque de crédibilité. Ainsi "peu d'informations fiables sont parvenues (à Londres)"(R A 1982, p.234) ; "(il est impossible) de vérifier (les) allégations de deux personnes qui s'étaient récemment enfuies" (R A 1983, p.246) ; "(Amnesty) n'a pas été en mesure de confirmer (les) déclarations (d'un soldat nord-coréen qui s'était enfui en Corée du Sud)" (R A 1985, p. 261). Autre excuse pour se taire : "ni la presse internationale ni les médias nord-coréens n'ont publié d'informations sur les arrestations, les jugements ou les condamnations à mort" (R A 1983, p.245) ; "rien non plus n'a été publié à ce sujet dans la presse internationale" (R A 1985, p.261). Or, il faudrait s'entendre sur la notion de "presse internationale" : le *New York Times* du 11 avril 1982 évaluait à plus de de 100 000 le contingent de prisonniers politiques ; ce journal qui exerce sa tyrannie intellectuelle dans le monde depuis le début du siècle n'appartiendrait donc pas à la "presse internationale" ; pour notre part, nous avons publié dans divers quotidiens et périodiques quelques articles sur la Corée du Nord : nous n'avons pas la prétention d'entretenir aucune relation avec ladite presse internationale mais nous avons adressé copie de certains de ces textes à la Section Française d'Amnesty International, qui ne paraît pas les avoir même considérés ni fait suivre au siège londonien. Les textes manquent, les témoignages sont empreints de partialité, arguent les "chercheurs" : pourquoi ne vont-ils pas se documenter à la source - par exemple en lisant l'article 10 de la constitution de 1972 qui énonce que la dictature du prolétariat se fonde sur la violence et n'est régie par aucune loi ? Pourquoi ne s'intéressent-ils pas au "Dictionnaire de langue coréenne", publié à Pyongyang en 1973, qui définit tout naturellement l'oppression de la démocratie marxiste-léniniste comme "la phase historique pendant laquelle la classe ouvrière saisit le pouvoir, supprime les contre-révolutionnaires et élimine toutes les classes en convertissant la société dans son entier en une seule classe laborieuse ? Pourquoi ne citent-ils pas le contenu des livres édités par l'université Kim Il Sung et qui légitimisent la répression et la persécution des opposants politiques comme des mesures "justes et logiques" visant à anéantir les ennemis du peuple de gauche ? Pourquoi enfin ne dévoilent-ils pas à leurs militants que l'entière population a été divisée, à partir d'avril 1964, en 51 catégories selon l'enthousiasme qu'elles montraient à l'égard du régime -et que depuis avril 1966, un second tri (duquel dépend la promotion sociale éventuelle des individus) a déterminé que 28 % des Coréens du Nord soutenaient le système sinon le clan dirigeant, 45 % l'abandonneraient à la première occasion et que 27 % lui vouaient une haine farouche ? Ces silences compromettent beaucoup "l'impartialité d'Amnesty".

Ceux qui n'intéressent pas Amnesty... et ceux qui l'intéressent

D'après la charte de l'organisation humanitaire, ses statuts (qu'elle sait amender quand il le faut) n'autorisent pas ses sections à s'intéresser à certains droits-de-l'homme. Par exemple, « la situation souvent décrite des prisonniers de guerre [...] n'est pas du ressort d'Amnesty » (R A 1971, pp.40-43). C'est plus qu'une clause limitative de style (d'ailleurs non respectée quand les "chercheurs" se penchent sur le sort des soldats soviétiques capturés en Afghanistan) et de responsabilité : les "chercheurs" n'auront pas à renseigner les sections locales sur les conditions de détention des soldats, ici américains ou sud-vietnamiens, dans les camps de "l'enfer vert", et il en ira de même ailleurs pour les gouvernementaux anti-communistes ; en revanche, les guérillas actives, ou leurs réseaux logistiques, composées de "militants" politiques monopolisent les inquiétudes d'Amnesty qui les présentera comme des prisonniers de conscience. Mais le *centre de Londres* ne s'intéresse pas aux deux millions de réfugiés cambodgiens, aux cinq millions de réfugiés afghans[1], aux naufragés vietnamiens, aux familles philippines assassinées en bloc par la Nouvelle Armée du Peuple, aux 13 millions de Coréens du nord fichés comme suspects, aux villages afghans rasés pierre par pierre[2] : la cause est entendue, le prix Nobel de la Paix ne s'intéresse pas aux culs-terreux - il leur préfère l'ambiance feutrée des amitiés intellectuelles.

« En mai 1983, (Amnesty) a lancé un appel aux autorités iraniennes, leur demandant de renoncer à exécuter des membres du Parti Toudeh (communiste)[3] ». Elle adopte comme « prisonnier d'opinion [...] un dirigeant du Front national iranien, secrétaire général du parti Iran, Abolfazl Ghassemi » et "a également lancé un appel en faveur de la libération d'Esmaïl Movassaghiyan [...] soupçonné d'être membre ou sympathisant du Rahe Karegar (la voie du travailleur), parti de gauche" (R A 1984, p.395). Elle milite à l'ONU en février 1985, en faveur de « l'Organisation des fedayin du peuple, de l'organisation des Modjahedin du peuple, (du) Parti Toudeh (communiste), (du) Peykar, (de) Razmadegan et (de) l'Union des communistes[4] » –

1. *The Japan Times*, 10 avril 1986, citant la Fédération Internationale des Droits de l'Homme (selon laquelle 2,8 millions survivent au Pakistan et 1,5 en Iran)

2. *The Japan Times*, début mai 1984, citant les propos d'une jeune linguiste est-allemande, Kristin Beck, qui s'échappa de l'université de Kaboul où elle étudiait en mars 1983 et gagna, avec un groupe de résistants, le Pakistan à pied. Elle donna ensuite au moins une conférence de presse, dont Amnesty ne semble jamais avoir entendu parler.

3. *Rapport annuel* 1984, p. 393

4. *Rapport annuel* 1986, p. 362

tous engagés dans l'action violente. Mais elle ne s'est guère émue sur le sort des monarchistes fusillés et emprisonnés à l'envi.

L'exécution des résistants afghans anti-communistes préoccupe tellement peu les "chercheurs" qu'ils prennent leurs cas en considération après qu'ils ont été mis à mort (R A 1983, p.225). Mais ils regrettent le trépas "(d') Abdul Majid Khalakhami, chef de maquisards de gauche connu pour son opposition à la présence des troupes soviétiques" (R A 1981, p.227), mais qui se référait à Marx (dont Mac Bride admire les ouvrages) et à Lénine (dont il conserve la médaille). Ils quémandent quelque clémence pour "245 membres du groupe pro-chinois Shula i Jawed dont son chef Osmam Labi et des membres d'autres groupes de gauche" ainsi que pour les partisans "d'un autre groupe pro-chinois, la Sama" (R A 1982, p.212) que Karmal pourrait récupérer et sur lesquels il s'appuierait alors pour élargir la base d'un front populaire -et ce, à un moment où sa faction Parcham n'a même pas pu s'imposer à celle du Khalq. En 1983, l'organisation gémit sur "l'arrestation en mai de huit personnalités intellectuelles [...], d'un poète [...] et d'une quarantaine d'artistes et de cadres du ministère de la culture" (R A 1983, p.226).

Au Pakistan, le *centre de Londres* s'indigne de ce "(qu') au début janvier, une cinquantaine de membres présumés du (Parti Populaire du Pakistan) -pour la plupart des étudiants et des journalistes- auraient été arrêtés" (R A 1982, p.261), dont "Irshad Rao, éditeur de *Al Fatah*, journal pro-PPP" (R A 1982, p.262) ; la police leur reproche tout au plus "d'avoir transmis des "secrets" à une puissance étrangère" (R A 1982, p.262) : alors Amnesty décide d'adopter six personnes détenues pour avoir publié "une brochure (*L'Ami du Peuple*) soutenant le PPP interdit" (R A 1983, p.272) après être intervenue avec insistance auprès du gouvernement au profit de "Shar Ali Bacha et (de) Intiaz Alam, ex-dirigeants du parti de gauche (interdit) des Paysans et Ouvriers" (R A 1982, p.265). Elle adresse un mémorandum en septembre 1983 à Colombo pour protester, entre autres, contre "la décision du gouvernement d'arrêter [...] plusieurs dizaines de membres et de présumés sympathisants de trois partis d'opposition de gauche", mais lui écrit en décembre "(pour noter) avec satisfaction la libération (de) quatre membres du Parti communiste" (R A 1984, pp.301-302). Mais si, en Afghanistan, elle demande aux insurgés "de mettre un terme [...] aux exécutions (et aux meurtres) de prisonniers" (R A 1982, p.214 ; R A 1983, p.225), elle ne décourage pas les groupes tamouls armés de massacrer des villageois, de faire sauter des avions et des autobus, de tuer les Tamouls modérés.

Pendant que les "personnes réunies" dans les camps de l'Enfer Vert vietnamien se livrent, dans des conditions "spartiates mais acceptables" à des "travaux manuels", que les églises en général et celle de Rome en particulier souffrent pour leur foi, Amnesty se préoccupe de l'internement "(d'un) célèbre romancier qui prit part, avant 1954, à la lutte du Viet Minh contre les Français" (R A 1978, p.200) et qu'on apprécie au Kremlin pour son action politique plutôt que pour sa seule prose ; Ho Huu Tuong non plus ne la laisse pas indifférente "(puisqu'il) avait joué un rôle important dans la lutte contre la domination française, fut emprisonné pendant huit ans et condamné à mort par le régime Ngo Dinh Diem" (R A 1979, p. 146 ; R M 1980, p. 18). En revanche, les généreux "chercheurs" de l'organisation humanitaire ne parlent pas de cette 34ème session du Comecon, réunie à Prague en 1980, et qui aurait décidé de la déportation de Vietnamiens du Sud en Sibérie pour travailler à la construction puis à l'entretien du gazoduc soviéto-européen[1] : leurs effectifs ne sont pas évaluables, mais les médias soviétiques ont fini par admettre qu'ils dépassaient un nombre symbolique[2]. Cantonnés dans des zones trop froides l'hiver même pour les Russes d'origine (le thermomètre atteint jusqu'à -60°, au point de casser l'acier des machines), ils touchent 40 % de leur salaire tandis que Hanoï prélève le solde pour payer une fraction de ses dettes contractées envers l'URSS.

Le *centre de Londres* déploie une activité inlassable en Corée du Sud. Il entreprend le lancement "(d') une campagne spéciale d'envoi de cartes postales" en 1975 au profit de détenus "des membres des Eglises chrétiennes, des membres des partis d'opposition (y compris des députés), des étudiants, des professeurs d'université,des journalistes, des avocats et des syndicalistes [...] qui viennent de tous les horizons politiques"

1. *La Presse Française*, 12 février 1982 – *Aspects dè la France*, du même mois – *Présent*, 4 mars, 21 et 23 avril 1982 – *Beijing Review*, 12 janvier 1987

2. *North Korea News*, 11 mai 1987

(R A 1978) ; il dépêche une mission à Séoul en mars 1975, malgré "(les) intimidations officielles" qu'elle aura à subir (R A 1975, p. 104) ; il déclenche "une campagne internationale" en vue de la libération "(d'un) poète" en novembre 1976 (R A 1977, p. 135) ; "(il) s'occupe activement de plus de cent cas (dans le pays) deux ans plus tard" (R A 1978, p. 164 ?) ; il plaide pour des agitateurs, "étudiants" ou "poètes" (R A 1981, pp.250 et 253), en adopte 50 par la suite (R A 1982, p.228) ; il publie un "Rapport de Mission" en 1981 long de 64 pages ennuyeuses et somme la presse dans ses bureaux trois fois de septembre 1981 à janvier 1982 pour que la presse répercute la parole de l'oracle ; il intervient pour sauver "(Kim Tae Yul), condamné à mort pour espionnage mais qui [...] était sans doute un prisonnier d'opinion" (R A 1983, p.244) ; etc... Mais les "chercheurs" ne font rien quand ils savent pourtant que la Corée du Nord remplit ses camps de concentration avec plus de 100 000 prisonniers ou détient quelque 3 500 pêcheurs sud-coréens durant des périodes variables depuis 1953, se fait une spécialité de kidnapper des artistes sud-coréens un peu partout dans le monde[1], de déporter ses criminels avérés ou prétendus tels sur les chantiers soviétiques en Sibérie depuis la signature d'un accord en ce domaine signé en 1957[2], refuse de s'expliquer sur le sort de 389 américains "disparus" pendant le conflit armé de 1950-1953[3] ; ils s'attardent longuement sur Ali Lameda, "poète (vénézuélien)", un peu moins sur son camarade d'infortune Jacques Sédillot au cadavre décidément trop encombrant ; ils oublient vite ces "1 090 personnes qui (auraient été purgées) pour s'être opposées au fils du président Kim" (R A 1984, p.255) et limitent leurs préoccupations sans conséquence à "quatre personnalités politiques" sur cinq lignes (R A 1985, p.261) dès alors que ledit président Kim s'est rapproché de Moscou. Ils s'excusent de leur silence : c'est la faute du "climat de guerre froide", du manque d'informations paraissant dans la presse qualifiée "d'internationale" comme si le fait seul suffisait à lui donner un crédit intangible. Un cas pourtant, dans lequel était impliqué un opposant politique absolument non-violent et qui fit la "une" des journaux au Japon où Amnesty dispose orgueilleu-

1. *The Japan Times*, 13 août 1987
2. *North Korea News*, 1er juin 1987
3. *The Japan Times*, 28 juillet 1983 (?)

sement de 55 sections, dérangerait les militants les moins critiques. En octobre 1983, un soldat de la RDPC en poste dans la ville portuaire de Nampo, Min Hung Gu, se dissimulait à bord d'un navire de pêche japonais, le *Fujisan Maru* n°8 et réclama l'asile politique au gouvernement de Tokyo le 4 novembre, précisant qu'il songeait à s'installer à Séoul ; un mois plus tard, les garde-côtes nord-coréens arraisonnaient le *Fujisan Maru* et arrêtaient, sous inculpation d'espionnage, son capitaine et son second ; la Corée du Nord passait alors un marché très officiel avec le Japon : elle relâcherait les deux hommes si l'archipel se résignait à lui livrer Min, détenu à Yokohama[1]. Amnesty ne parlera de cette affaire pour la première fois qu'en 1987 dans ses rapports annuels (R A 1987, p. 170), sans qu'il lui vienne à l'idée que les deux pêcheurs (purgeant toujours leur peine en 1989) aient été victimes d'un procès monté "de toute pièce". Soit un délai de quatre années. Ce qui peut paraître excessif quand on sait, par exemple, que l'ancien président d'Amnesty au Japon, le juge à la retraite Nakadaira Kenkichi, fonda un groupe appelé « Sauvons les Seize (prisonniers) de Singapour » et rédigea une lettre de protestation qu'il remit à des représentants de ce pays dès la fin du mois de juin 1987 afin de venir en aide à des membres d'un réseau crypto-marxiste opérant sous le couvert de l'église catholique locale et qui avait été démantelé par la police à la fin du mois de ma[2] Soit un délai d'un mois, pour un fait impliquant un pays tiers nécessitant *a priori* des cherches plus difficiles qu'à domicile.

1. CFERI-AP : *Le dossier Min Hung Gu - ses répercussions sur les relations nippo-nord coréennes*, avril 1987
2. *The Japan Times*, 28 juin 1987

A quoi sert Amnesty international

Amnesty est devenue, au cours des années, un instrument important de la subversion marxiste-léniniste et son rôle pourrait se comparer à un travail de sapeur. Le KGB dont elle dépend sans doute au plus haut niveau lui a confié, d'après nos recoupements, la mission de préparer, puis d'entériner, les gains soviétiques que se propose de réaliser l'URSS : elle doit donc présenter psychologiquement à "l'opinion publique" les conquêtes des armées rouges ou les remaniements indispensables et majeurs au sein des équipes au pouvoir, soit comme des moindres maux, soit comme des remèdes à la question des droits-de-l'homme supposément ou réellement bafoués ; pour ce faire, elle transmet des "signaux" (Rapports de Missions, Rapports Annuels, communiqués internationaux ou régionaux, campagnes de cartes postales, dépositions devant les instances diplomatiques...) lesquels devraient d'ailleurs permettre aux observateurs d'anticiper l'évolution du Kremlin dans certains domaines. Quand il n'apparaît pas possible de déstabiliser à court terme un régime ennemi, l'organisation-humanitaire se contentera d'activer ou d'entretenir des problèmes plus ou moins artificiels susceptibles d'être un jour exploités ; dans ce cas, les agitateurs sauront toujours trouver en elle un avocat partial affichant sa fameuse équidistance -et militant, banalisant le communisme en le ravalant à une simple opinion.

Allumeuse Amnesty

Un responsable d'Amnesty a prétendu que son organisation n'avait pas pour objet de raviver les plaies mais de les dénoncer pour les soigner. Il s'agit là d'une vision réformiste non marxiste que les faits ne corroborent pas du tout.

A l'époque où Brejnev demeure dans une expectative plutôt bienveillante lors de la révolution déclenchée sans lui par un certain clergé islamique en Iran, le *centre de Londres* ne mentionne que « (des) exécutions après procès réguliers[1] » Mais

Khomeiny, après avoir éliminé les monarchistes et les conservateurs, se retourne contre les libéraux et certains progressistes gauchistes qui ne voient de salut pour leur cause et leur avenir qu'en s'alliant au Toudeh à partir de printemps 1981 : le 10 juin, le président Bani Sadr perd son titre de commandant-en-chef des forces armées. Le 26 juin, Amnesty réunit la presse dans ses locaux pour lancer dans ses colonnes et sur ses ondes "un appel (humanitaire et) mondial pour l'arrêt des exécutions (qui ont atteint le chiffre minimum) de 1 600 morts" (R A 1982, Annexe 2, p.419) ; elle suggère que les mollah ont failli dans leur mission démocratique et d'émancipateurs, ils se sont mus en tyrans que le "peuple" a donc le droit, sinon le devoir pour son avant-garde, de renverser : deux jours plus tard, le 28, une explosion provoquée par la gauche marxiste-léniniste ravage le siège du Parti Républicain Islamique ensevelissant 70 dignitaires dans les décombres. C'est, croit-on, l'hallali : les communistes assassinent le président Rajai et son premier ministre le 30 août, Amnesty publie un rapport très critique en octobre et convoque les journalistes trois fois ce même mois, puis en décembre, enfin en janvier 1982. Par la grâce d'Allah ou à celle de l'organisation insoupçonnée des pasdaran, les coups de boutoir soviéto amnestiens échouent : l'URSS ne poursuivra pas sa progression vers les mers du sud, et le décès de Brejnev n'est peut-être pas étranger à ce coup d'arrêt[1].

1. lettre SF 83 69 E du 7 septembre 1983 à la revue *Lectures Françaises*

1. Le 13 mars 1987, le président de l'Assemblée nationale Rafsanjani révèlera que les Etats-Unis lui avaient fourni des photos prises par des satellites-espions montrant une concentration de 36 divisions soviétiques à la frontière iranienne en 1986; le dispositif aurait indiqué que l'armée rouge envisageait de lancer une offensive dans une région entre la mer Caspienne et la rivière Aras (Araks, pour *The Great Soviet Encyclopedia*, 1973-1983, t.2, p.230) qui prend sa source en Turquie. Rafsanjani rejettera ces informations comme destinées à envenimer les relations entre Téhéran et Moscou - selon *The Japan Times* du 15 mars 1987

L'événement mérite pourtant de retenir l'attention. Il est certes possible que Washington ait extrapolé les intentions du Kremlin; mais Rafsanjani n'a pas mis en doute l'authenticité des clichés qu'on lui soumit. Il n'est nullement impossible que Gorbatchev (partisan d'une nouvelle politique proche-orientale plus active) ait finalement décidé de tester la possibilité d'une attaque dans une zone-cible qui, située au nord-ouest de l'Iran, eût soulage l'Irak permettant au troisième successeur de Brejnev de se poser en défenseur du monde islamo-arabe -sans pour autant aliéner la Maison-Blanche qui veut le maintien de

Les succès viennent avec l'Afghanistan : le coup d'Etat de Daoud de 1973, la révolution de Taraki en 1978 déconcertent la Place Rouge qui a du mal à s'adapter et doit faire contre mauvaise fortune bon coeur. Amnesty "félicite" Daoud "pour l'introduction dans la constitution de dispositions concernant les droits de l'homme" et pour les libérations de prisonniers politiques détenus, nombreux, par l'infâme Daoud (R A 1978, p. 153). Mais Taraki se montre peu malléable et même prêt à trahir ses protecteurs réticents. Pendant que Brejnev instruit Karmal au destin national qui l'attend, Soysal remet un procès-verbal à l'ONU le 31 mai rapportant des cas de "violations graves (des droits de l'homme)" (R A 1979, p. 104) perpétrées par la faction Khalk au pouvoir. Après un léger passage à vide, pendant lequel Amin tue Taraki qui s'était réconcilié avec Moscou à ses dépens, le Kremlin reprend la situation en main en investissant Kaboul le 27 décembre 1979. Dès le 28, "(Amnesty) se réjouit de l'intention (du nouveau président du conseil Révolutionnaire) de libérer les prisonniers politiques [...] et de la libération de plusieurs milliers de prisonniers politiques" (R A 1980, p.217) ; elle envoie une délégation, invitée le 5 janvier par le ministre des Affaires Etrangères "Shah Mohamed Dost", dans la capitale afghane : Soysal en revient on ne peut plus satisfait et "(Amnesty) remercie le président Karmal pour sa coopération" (R A 1980, p.218) ; l'année suivante, elle note "le droit des juges à statuer indépendamment [...] au cours de huis-clos régis par la loi" (R A 1981), les libérations ininterrompues de prisonniers incarcérés du temps de Taraki et d'Amin qui avaient eux-mêmes vidé les prisons de Daoud qui avait vidé celles du roi débile Kahir.

Brejnev entre en une agonie irréversible en 1982 et ses rivaux inaugurent une politique de debrejnevisation, non sans prudence. Amnesty, quant à elle, constate, dans l'expectative, que la situation générale « [a] fortement gêné la collecte d'informations sur les violations des droits de l'homme" (R A 1982, p. 207) ; elle s'en tient là. Andropov accède aux commandes de l'Etat et le compte-à-rebours pour Karmal ; dévoué

Saddam Hussein à Bagdad et la libre circulation dans le détroit d'Ormuz, et sans non plus déplaire à Israël. Il s'agit certes de spéculations mais elles correspondent à une époque où Amnesty « résume ses préoccupations en ce qui concerne l'Iran » en février 1985 à l'ONU, en novembre au Parlement européen et en décembre encore à l'ONU.

mais incompétent, commence. Le clan du KGB lorgne du côté de Najibullah, le fondateur de la Khad en 1979 sur le schéma soviétique– -et Amnesty reçoit "des rapports concordants (ainsi que des témoignages circonstanciés)" (R A 1983, p.226) qui révèlent un emploi courant de la torture (mais en l'imputant à Karmal, connu internationalement, et non audit Najibullah dont les salles-de-rédaction ignorent jusqu'au nom) malgré un article 3 d'une loi votée à l'unanimité en septembre 1982 qui en interdit l'usage : elle adresse en conséquence un communiqué à la presse en novembre consacré à "la torture pratiquée par la police de sécurité" (R A 1984, Annexe 2, p. 434). Le décès d'Andropov et la succession éphémère du moribond Tchernenko, dont le pouvoir, surtout nominal, permet d'assurer une transition sans trop de heurts au sein de l'appareil, apporte un sursis à Karmal. L'élection de Gorbatchev au poste de secrétaire général du parti en mars inaugure un chemin qu'on n'oserait dire de croix -Amnesty relance les escarmouches et, en octobre 1985, elle dénonce le protégé du défunt Brejnev à l'ONU (R A 1985, p.240) et indique qu'on torture allègrement dans les prisons qu'elle disait vidées. Karmal reçoit une convocation pour se rendre à Moscou, le 30 mars, lors d'une visite "courte et non-officielle" ; les Soviétiques le retiennent (les "personnes réunies" dans les camps vietnamiens aussi sont "retenues") plus longtemps que prévu, l'empêchent d'assister aux cérémonies commémoratives de la révolution de 1978 ; ils ne l'autorisent à regagner Kaboul que le 1er mai... soit trois jours après que ses pairs eurent accepté sa démission, "pour raisons de santé", du secrétariat général du Parti Démocratique du Peuple d'Afghanistan[1]. Najib[2], à qui l'armée a prêté allégeance le 5 mai, consolide son pouvoir en faisant tirer sur ses opposants du PDPA. Gorbachev lui prodigue son soutien "moral" : le Rapport annuel d'Amnesty paru en octobre 1986 est entièrement négatif à l'égard de Karmal ; le 19 novembre, l'organisation humanitaire distribue un rapport de 51 pages à la presse citant des témoignages concernant la torture. Le lendemain 20 novembre, le politburo afghan "accepte" la démission de Karmal de tous

1. *The Japan Times*, 28 et 29 avril, 1er et 3 mai 1986 – *The Far Eastern Economic Review*, 15 mai 1986

2. Il a, au moins un temps, abandonné le suffixe "ullah" (qui signifie Dieu) pour manifester sa croyance en l'athéisme – selon *The Japan Times* du 7 mai 1986, citant Radio Kaboul

ses postes[1]...

Le retrait américain d'Indochine, décidé autant par Nixon (sinon plus) que par le Congrès, porte un coup à la Civilisation mais ne soulage pas Brejnev qui craint que Pékin ne comble le vide laissé. Incapable d'agir à Phnom Penh[2], il observe le jeu de massacre sans prendre de position tranchée mais avec l'espoir de nouer avec les Khmers Rouges : Amnesty rédige un télégramme « [pour se réjouir] de l'esprit de large union nationale proclamée par le second congrès national du peuple cambodgien » (R A 1975, p.89). Pol Pot ne répond pas aux ouvertures qui lui sont faites, au moment où le Viet Nam réunifié se montre prêt à coopérer avec l'URSS : Amnesty conclut "(qu') il est encore difficile d'évaluer la situation des droits de l'homme" mais admet que des opposants pourraient avoir été "battus" (R A 1976, p. 136) et qu'on serait sans nouvelles d'autres[3] – mais les "chercheurs" refusent de les classer dans la rubrique "disparus". Pol Pot débarque à Pékin au grand déplaisir des Soviétiques[4] : aussitôt, Amnesty révèle que la situation naguère idyllique « reste caractérisée par des violations flagrantes des droits de l'homme », tandis que les rumeurs de tueries autrefois sans fondements et aujourd'hui devenues des « preuves alarmantes[5] » s'accumulent sur ses bureaux. Les Khmers rouges qui n'avaient "exécuté" que « sept super-traîtres [en 1975][6] »

1. *ibid.*, 20 et 22 novembre 1946

2. *Cf.*, à ce sujet, le témoignage d'un ancien chef des services secrets français, de Marenches, dans *Dans le secret des princes*, pp. 261-262

3. *Rapport annuel* 1977, p. 149

4. Pol Pot fut accueilli à se descente d'avion par le secrétaire général du parti chinois Hua Guo Feng, par le vice-secrétaire Deng Xiaoping et les principaux membres du politburo dont Li Hsien Nien. Le 29 septembre, lors d'un discours-fleuve de 6 heures, il annonçait que le Parti communiste khmer fêtait ce jour-là son 17ème anniversaire, reconnaissant ainsi pour la première fois l'essence marxiste du régime (la constitution de janvier précédent ne faisait pas référence à cette idéologie) et divulgant qu'il le dirigeait. Dans les jours qui suivirent, il loua l'œuvre de Mao Tsé toung (que Pékin commençait à critiquer), "grand prolétaire, combattant international de notre époque et grand camarade-en-arme du peuple khmer" et indiqua que les pourparlers avec ses successeurs s'étaient déroulés dans une "atmosphère de grande sincérité et de compréhension mutuelle entre camarades-en-armes" – selon *The Japan Times,* 29 et 30 septembre, et 4 octobre 1977. Pol Pot se déclara ainsi officieusement en état de belligérance avec les Soviétiques et les Vietnamiens

5. *Rapport annuel* 1978, p. 173

« assassinent sauvagement, généralement au moindre signe de désobéissance ».

Heureusement "un soulèvement populaire" (entre 150 et 200 000 *bo doï*) met un terme à cette boucherie qui enchantait *Le Monde*, comme un « coup d'Etat militaire » (plus de 100 000 soldats de l'URSS) avait délivré les Afghans du joug d'Amin. Amnesty chante cette avancée soviétique[1] dans une Indochine dont l'unification sert à encercler la Chine continentale et à menacer l'ANSEA (donc le commerce Europe - Proche Orient - Asie du Nord-Est) : "des élections locales se sont tenues en mars 1981" (R A 1981, p.272) "l'assemblée nationale élue le 1er mai 1981 a adopté le 24 juin la première constitution de la RPK [...] garantissant la liberté de conviction religieuse, de parole, de presse (etc)" (R A 1982, p. 250) et "(des) directives [...] du Conseil révolutionnaire du peuple (interdisent) tout acte de cruauté contre (les détenus)". Si des violations des droits de l'homme se produisent, la faute en incombe... aux autorités thaïlandaises (R A 1977, p. 147 -quand Pol Pot n'était pas en disgrâce ; R A 1980, p.253 ? -quand Hanoï occupe Phnom Penh avec l'accord de Brejnev).

Mais des "noyaux de résistance" poursuivent la lutte contre "l'armée populaire du Kampuchéa appuyée par les forces vietnamiennes[2] »... et amnestiennes. Le 27 janvier 1983, Sihanouk (ex "*Samdech*") franchit la frontière khméro-thaïe et scelle une alliance avec Khieu Samphan dans le village de Nang Pru devant des journalistes qui assistent ainsi à la nième résurrection du phœnix princier[3]. Pham Van Dong ne tolère pas ce dé-

6. *Rapport annuel* 1976, p. 138

1. La presse fit état d'une offensive limitée vietnamienne dans le sud du Cambodge début décembre; les escarmouches dégénérèrent à la fin du mois quand Heng Samrin accusa Pol Pot d'être "un réactionnaire et un instrument de la Chine pour déstabiliser l'Asie" et quand il se proclama "le représentant légitime du peuple". Hanoï escalada les heurts à partir du 25 décembre et Phnom Penh tomba le 7 janvier 1979 ; le premier ministre Pham Van Dong reconnut le nouveau pouvoir, qu'il avait d'ailleurs installé, sans attendre ; l'URSS (qui avait parlé de "triomphe du peuple cambodgien" deux heures après la chute de la capitale), la République Démocratique d'Allemagne, la Hongrie et la Bulgarie imitèrent bientôt cet exemple -selon *The Japan Times*, 9, 29 et 30 décembre 1978, 8, 9, 10 et 11 janvier 1979

2. *Rapport annuel* 1983, p. 297

veloppement politique : David Hawk, un journaliste qui séjourna au Cambodge à l'invitation du gouvernement en 1981 et 1982, expose à partir du 25 avril 1983[1], dans l'enceinte du Congrès américain et sous le patronnage d'Amnesty représentée

3. *ibid.*, 28 et 29 janvier 1983 (c'était le second séjour de Sihanouk au Cambodge en six mois, le premier avait eu lieu le 7 juillet 1982)

1. Un curieux personnage que ce David Hawk... ancien directeur exécutif d'Amnesty, il participera, par exemple, à une autre opération visant à priver les Khmers Rouges de leur siège à l'ONU (au profit du Viet Nam) en avril 1987 – soit à une époque où le prince Sihanouk aura trouvé un prétexte pour démissionner temporairement et tactiquement de son poste de président de la coalition anti-vietnamienne afin de négocier avec Hanoï – selon *The Far Eastern Economic Review*, 28 mai 1987.

Hawk, devenu directeur de la Commission de Documentation sur le Cambodge, reçut les acteurs principaux de film *The Killing Fields* (projeté au début de l'année 1985, au moment où l'ambassadeur vietnamien au Japon Dao Huy Ngoc promettait qu'un tiers du corps vietnamien au Cambodge aurait évacué ce pays en 1987 – selon *The Japan Times*, 19 janvier 1985. Et au moment où les troupes de Hanoï lançaient une offensive contre les camps des Khmers Rouges le long de la frontière thaïe le 25 janvier – *ibid.*, 26 janvier 1985. Soit la veille de l'arrivée dans les camps de réfugiés du secrétaire général de l'ONU (*ibid.*, 27 et 28 janvier 1985) et deux semaines avant que Sihanouk ne reçoive des lettres de créance, le 9 février, de quatre ambassadeurs – selon *The Far Eastern Economic Review*, 21 février 1985) le 7 avril 1987 à New York -selon *The Japan Times*, 11 avril 1987 : ces derniers, manipulés et auréolés de ce patronage important, présentèrent à la presse une pétition pressant "l'opinion publique" à condamner le Kampuchéa Démocratique anti-vietnamien et anti-soviétique – selon, *The Far Eastern Economic Review* du 23 avril 1987.

• *The killing Fields* paraît constituer un élément important de la guerre psychologique dont l'enjeu est l'influence vietnamienne au Cambodge. Le film sera projeté à Phnom Penh, au théâtre national, dès l'ouverture de la conférence de Paris sur le Cambodge, fin juillet 89. Assisteront à cet événement médiatique, outre la *nomenklatura* indigène, le réalisateur britannique Roland Joffe, Sydney Schanberg (ex-journaliste du *New-York Times* qui serait à l'origine du film) et Richard Walden (*leader* d'une organisation américaine qui approvisionna Phnom Penh en biens divers après l'embargo décidé par l'Administration Carter en 1979.

Avant la projection, Joffe, en visite à Bangkok, déclarait que l'inclusion des Khmers Rouges dans un gouvernement de coalition – le principal problème à l'ordre du jour de la conférence de Paris – équivaudrait à « rechercher la satisfaction sexuelle avec un cobra. » Cité par *Asiawekk*, 18 août 1989, qui ajoute : « c'est exactement ce que voulait entendre Phnom Penh ». {NdA, 8 septembre 1989}

officiellement à l'inauguration par son directeur-exécutif John G. Healey[1], une série de photos de charniers mis à jour et de monceaux de crânes humains, vestiges de cet "esprit de large union nationale" dont se félicitait le secrétaire général du *centre de Londres*, Ennals, "indépendant de toute idéologie". Les clichés, intitulés génériquement *Témoignage du Cambodge*, bouleversent les salles de rédaction, comme la sonnette de Pavlov faisait saliver son chien. Et dans les semaines qui suivent, alors que le ministre (étiqueté par les politologues comme un "libéral") des Affaires étrangères Nguyen Co Thach avait parlé paix en Inde en janvier lors d'une conférence des Non-Alignés, les divisions vietnamiennes déferlent sur les camps sihanoukistes et du FNLPK dont elles détruisent l'infrastructure[2] : les salles de rédaction, incontinent, se sentent soulagées.

Mais dans cette région encore, l'agonie puis la mort de Brejnev (dont le corps en voie de cadavérisation est l'otage du clan Andropov) modifient les relations soviéto-vietnamiennes qui buttent, à cause de l'intransigeance de Deng Xiaoping à Pékin, sur la question cambodgienne. Le protégé du Kremlin, Pen Sovan, qui a tenté un coup de force au profit d'un rapprochement avec l'URSS contre la faction majoritaire alignée sur Hanoï en novembre 1981 et a échoué, démissionne "(parce qu'il n'était) pas d'accord avec la politique étrangère du gouvernement" (R A 1982, p.250) ; il se réfugie auprès du KGB en décembre et attend, comme Karmal du temps de Taraki à Prague, l'heure de la revanche. Moscou croit qu'elle a sonné deux ans après et renvoie alors à Phnom Penh, sous bonne escorte, l'ex-secrétaire général du Parti Révolutionnaire du Peuple du Kampuchéa (11). Amnesty change progressivement de ton : comme en Afghanistan avant la chute de Karmal, elle apprend "(que) des personnes auraient été torturées afin de les forcer à avouer" (R A 1983, p.257) et que "des villageois [...] auraient été [...] maltraités et torturés par des soldats vietnamiens stationnés [sic] dans le pays" (R A 1984, p.274). Gorbatchev

1. *The Japan Times*, 27 avril 1983

2. Sihanouk, en réponse à cette offensive, repassera au Cambodge; prétendant que "les Vietnamiens ont échoué", il recevra les lettres de créance, dans le village frontalier de Phum Thuey, des ambassadeurs à Bangkok de Chine Continentale, de Malaisie, du Bangla Desh, de Mauritanie et de Corée du Nord -selon *The Japan Times*, 2 mai 1983

s'installe officiellement à la tête de l'état soviétique avec la ferme intention d'amener le Viet Nam à un compromis : "(Amnesty) estime [soudain] (à) plusieurs milliers de personnes (le nombre de détenus politiques)", "battues, (souffrant jusqu'à en mourir de malnutrition), (violées)" (R A 1985, pp. 274-276) ; "les arrestations politiques (sont) monnaie courante" et les prisonniers "torturés [...] dans des cellules totalement obscures" (R A 1986, p. 255) ; enfin, la guerre franchit une nouvelle étape car de "civile" (R A 1984, p.273) elle prend un caractère étranger : "l'Armée Populaire du Viet Nam (lutte contre) la résistance" (R A 1985, p.273). Le malaise est indéniable, mais le Viet Nam hors de portée des unités d'élite de l'armée soviétique : Amnesty n'intervient donc pas à l'ONU ni au Conseil de l'Europe, elle ne convoque pas la presse[1] , écrit peu aux autorités, ne mobilise pas de sections, ne lance pas de campagne mondiale de cartes postales. En bref, elle attend aussi son heure.

Mais elle intervient au Sri Lanka qui s'est trop rapproché à son gré de l'Occident, alors que l'URSS s'était habituée à compter au nombre de ses clients cette ancienne possession britannique idéalement située de l'avis des stratèges. En effet, si les conservateurs du Parti National Unifié, fondé en 1946, avaient gouverné le pays dès l'obtention de l'indépendance en février 1948, ils avaient perdu les élections législatives de 1956. Salomon Bandaranaike, qui avait scissionné du PNU en 1951 pour former le Parti de la Liberté des Bouddhistes Cingalais, devint le premier ministre d'une coalition hostile à la minorité tamoule (sur laquelle s'étaient appuyés les Anglais) mais alignée sur la politique internationale indienne de Nehru ; Colombo échangeait des ambassadeurs avec tous les pays socialistes de 1957 à 1958, en commençant par l'Union soviétique avec laquelle il signait un accord de coopération technique. Un bonze assassinait Bandaranaike en septembre 1959, et, à l'issue d'un interim chaotique (le PNU gagnant les élections de mars 1960 mais étant renversé par une motion de censure et perdant les élections suivantes), sa veuve Sirimavo accédait au poste de chef de gouvernement : elle nationalisait les compagnies pétrolières et, avec l'aide de l'URSS (qui joua un rôle de bons offices entre

1. La dernière fois qu'elle le fit remonte au 20 avril 1983 : il s'agissait d'annoncer la libération ou la tenue du procès de prisonniers vietnamiens (*Rapport annuel* 1984, Annexe 2, p.243)

elle, le Parti Communiste fondé en 1943 et d'autres groupes démocrates extrémistes, afin de former la même année un Front Uni de la Gauche) entreprenait des réformes dans tous les domaines sur le modèle soviéto-indien. S'étant coupée des milieux religieux qui lui reprochaient son flirt poussé avec les partis athées, elle subit une défaite au cours des législatives de 1969. Le nouveau gouvernement PNU (qui avait passé une alliance qui ne dura pas trois ans avec le Parti Fédéral tamoul, conservateur et fondé en 1951) ne put mener à bien sa politique de privatisation à cause d'explosions sociales qui ressemblaient à s'y méprendre à celles qui permirent à (Mme) Gandhi, en Inde, de représider aux destinées du pays, au détriment de l'aile droite du Congrès au milieu des années 1960, puis entre 1977 et 1979. En mai 1970, la gauche revenait aux affaires, enlevant 115 des 151 sièges de l'assemblée nationale. (Mme) Bandaranaike, à l'instar de (Mme) Gandhi (qui à l'époque luttait contre les marxistes-léninistes d'obédience maoïste), incluait dans son équipe des ministres pro-soviétiques ainsi que des éléments trotskystes du Parti de l'Egalité Socialiste fondé en 1935 ; "son programme de larges réformes démocratiques" la conduisait naturellement à abandonner sa "politique non-alignée (du début des années 1960)" afin de coopérer plus étroitement « avec les nations éprises de paix[1] ». Sans que personne ne put se douter de rien, des militants "étudiants" et "syndicalistes", profitant de leurs relations privilégiées avec certains dignitaires gauchistes et dirigés par un ancien étudiant de l'université Lumumba, Rohana Wijoweern[2], provoquaient des troubles d'une ampleur telle que le pays, paralysé en quelques jours, ne fut sauvé que par l'intervention de l'armée demeurée loyaliste. Alertée, (Mme) Bandaranaike, comme (Mme) Gandhi quatre ans plus tard, décrétait un état d'urgence qui confinait à la terreur (révolutionnaire) comparable à celle qu'elle avait dû éprouver. Moscou venait à son secours : en gage de reconnaissance, elle proclamait la république en mai 1972 après avoir rompu les derniers liens institutionnels avec Londres et « promulguait une politique (plus poussée) d'amitié envers les pays épris de paix[3] » – ce qui lui valait de présider la cinquième conférence des Non-

1. The Great Soviet Encyclopedia, 1973-1983, t.29, p.680
2. *The Far Eastern Economic Review*, 21 mai 1987
3. *The Great Soviet Encyclopedia*, 1973-1983, t. 29, p. 680

Alignés en août 1976 (un poste que récupérait Castro en 1979 et (Mme) Gandhi en 1983). Mais par tactique politicienne, les trotskystes rompaient avec elle et étaient exclus de la coalition gouvernementale en septembre 1975 ; leurs alliés stalinistes, se sentant marginalisés par la montée de l'aile "droite" du Parti de la Liberté, s'en retiraient aussi en février 1977.

Malgré un regain de pressions policières et des promesses démagogiques nombreuses (des contrats furent accordés à 200 000 instituteurs, professeurs et infirmières en quelques heures), le PNU écrasait ses adversaires lors dès législatives du 21 juillet 1977 : il obtenait 139 sièges sur 168, n'en laissant que huit au PL et aucun au Front de la Gauche Unie qui rassemblait le PC et le PES. Brejnev goûtait peu cette nouvelle donnée qui coïncidait avec un glissement de tout le sous-continent indien hors de la mouvance soviétique : le Bangla Desh avait répudié progressivement la tutelle indienne à partir de 1975-1976 ; les élections des 16-20 mars 1977 avaient permis à une coalition dominée par les conservateurs d'évincer la parti de (Mme) Gandhi, avec 349 députés sur 542 au total : le nouveau premier ministre Morarji Desai prévenait aussitôt le Kremlin que l'Inde poursuivrait désormais "une vraie politique étrangère neutraliste" et il se disait prêt à abroger le traité d'amitié de 1971 si Moscou protestait contre cette attitude ; au Pakistan, l'armée avait pris le pouvoir à l'aube du 5 juillet pour mettre un terme à quatre mois de violences au cours desquelles 11 000 personnes avaient tâté de la prison : certes, les relations entre le général Zia et l'administration Carter se détérioraient à cause de nombreux prétextes nés dans les cerveaux futiles des conseillers de la Maison-Blanche mais le Kremlin redoutait l'émergence d'un régime militaire non-laïque.

A Colombo, le gouvernement de Jayewardene saisissait, début août, *The Times of Ceylan*, quotidien qui appartenait au fils et à l'héritier politique de (Mme) Bandaranaike, Anura, qui avait perdu son siège de député comme sa mère (en Inde, le fils et l'héritier politique de (Mme) Gandhi, Sanjay, avait aussi perdu son siège tout comme elle). Les gauches ne se tinrent pas pour battues et provoquèrent des incidents qui se soldèrent par des dizaines de morts et des milliers de réfugiés ; l'ordre restauré, le premier ministre, ennemi déclaré de l'URSS depuis 1951, expulsait deux "syndicalistes" soviétiques. Les milieux d'affaires étrangers, reprenant confiance et contents du processus de privatisation engagé dans une certaine mesure, réinvestissaient. Dans l'euphorie liée au renouveau économique, le PNU triomphait aux municipales de 1978 tandis que le clan Bandaranaike et ses satellites ne s'imposaient dans aucun des 29 conseils urbains.

Mais Jayewardene, élu président de la république en 1978, haussait le ton à l'encontre du Kremlin. Il condamnait en des termes sévères "l'interférence (de l'Armée rouge) dans les affaires intérieures afghanes" et exigeait "leur retrait immédiat (de Kaboul)" ; de plus, il refusait de reconnaître le gouvernement pro-vietnamien de Phnom Penh. De nouvelles grèves, qui portaient un rude coup à l'économie, éclataient alors, à l'initiative du PL et du PES ; l'ordre une fois encore restauré et la participation aux troubles de (Mme) Bandaranaike ayant été établie, celle-ci était privée de ses droits civiques pour sept ans et exclue du parlement en octobre 1980 : (Mme) Gandhi (réélue lors d'une partielle en novembre 1978, elle avait, elle aussi, été exclue du parlement un mois plus tard), redevenue premier ministre en janvier 1980 (et qui avait approuvé en février suivant l'invasion de l'Afghanistan, de même qu'elle avait reconnu le régime cambodgien de Heng Samrin en juillet à l'issue d'une visite de Pham Van Dong en avril), lui adressait des messages de soutien. Ces démonstrations d'amitié ne suffisaient pas. Lors des élections législatives anticipées d'octobre 1982, le PNU renouvelait son succès de 1977 non sans une ambiguïté qui soulignait toutefois et enfin une certaine stabilité du corps électoral (s'il progressait de 3,2 à 3,45 millions de suffrages, le PL et ses alliés passaient de 1,9 à 2,55 millions de voix) ; un referendum prorogeait, le 22 décembre, la validité des mandats des députés jusqu'en août 1989 pour essayer de ramener l'ordre dans l'île.

Le Kremlin avait décidé de reconquérir les faveurs du Sri Lanka qui avait accordé des facilités portuaires à la marine américaine malgré l'opposition de New Delhi exprimée officiellement en février 1982 et alors que les Maldives avaient refusé à la flotte rouge d'utiliser la base de Gan évacuée par les Britanniques en 1976, et que Brejnev proposait de louer. La tactique consistait à ramener les gauches décapitées et quelque peu désorganisées au pouvoir, par exemple à la faveur d'élections qui se tiendraient dans une atmosphère de crise économique et sociale ;

les stratèges du KGB et/ou du GRU envisagèrent une solution à leur problème. Ils utiliseraient les groupuscules militants et maximalistes de la minorité tamoule pour déstabiliser le pays et le précipiter au bord de la faillite : tout comme (Mme) Gandhi, exclue du parlement, avait, par l'intermédiaire de son fils Sanjay et du futur président de la république Zail Singh, livré des armes (soviétiques) et des fonds à des Sikhs et à des Assamais indépendantistes afin de ruiner le grenier à riz du Penjab et de rendre inutilisables les si précieux champs pétrolifères de l'Assam à l'époque où la "droite" présidait aux destinées de l'Inde ; discrédité, Desai avait démissionné en juillet 1979 et (Mme) Gandhi était revenue aux affaires six mois après.

La communauté tamoule, du moins dans sa composante politique, a lentement évolué de la coopération conditionnelle à l'hostilité sans compromission. Le départ des Anglais en 1948 entraîna une immigration de nombreux cadres compétents, souvent convertis à l'anglicanisme ou au protestantisme, vers d'autres pays du Commonwealth où ils espéraient conserver leur statut social conféré par les autorités impériales et que leur ravissaient les Cingalais majoritaires et longtemps tenus à l'écart des responsables par Westminster. Le Congrès tamoul, fondé en 1919, s'associa déjà au PNU dès l'indépendance -à l'inverse du parti Fédéral ; en revanche, celui-ci paticipa éphémèrement à une coalition avec le même PNU à partir de 1965, mais pendant moins de trois ans. Quand (Mme) Bandaraniake institua la république – qu'elle souhaitait évidemment centralisée – le CT et le PF formèrent, pour résister à "l'hégémonie administrative" qui menaçait leurs intérêts, le Front Uni de Libération Tamoul, lequel enleva 18 sièges de députés aux élections de juillet 1977 qui virent la déroute des gauches, alors qu'il présentait 26 candidats.

Probablement à l'initiative du Parti de la Liberté, dont l'organe *The Times of Ceylan* avait été confisqué début août, des troubles réputés "communalistes" provoquaient, de fin août à septembre, des dizaines de morts. Désapprouvant ces violences et ces manipulations, un député FULT rejoignait les rangs du parti conservateur : les Tigres, organisés depuis 1972 aussi mais encore peu actifs, échouaient dans leur tentative de l'assassiner ; mais ils massacraient quatre enquêteurs chargés de faire la lumière sur cette affaire et revendiquaient d'autres meurtres. Le FULT ayant obtenu la majorité dans cinq conseils urbains en 1978, le parlement votait une loi sur la décentralisation en 1980 afin de réduire les tensions ethniques ; le FULT accueillait cette mesure favorablement, mais les Tigres et l'Organisation de Libération du Peuple Tamoul (qui s'était séparée du FULT en 1978, notamment pour adopter une ligne plus marxiste prônant des soulèvements insurrectionnels des "masses populaires") la rejetait et ponctuait leur refus de meurtres, notamment lors d'une période de "rôdage" d'août à octobre 1981.

Amnesty International commence alors son travail. Elle écrit au président de la république "les 30 avril et 11 juin 1981 (pour lui exprimer son inquiétude quant aux) arrestations arbitraires et tortures imputées à la police et à l'armée" (R A 1982, p.283) ; elle se préoccupe aussi de "la loi sur la prévention du terrorisme [...] qui étend le champ de l'application de la peine de mort", même si elle doit reconnaître que "depuis l'arrivée au pouvoir (du PNU) aucune exécution n'a eu lieu" (R A 1982, pp.283 et 286) ; "le 20 août, (elle) a télégraphié au président pour lui exprimer [...] son inquiétude à propos des allégations de torture et de mauvais traitements qui accompagnaient (systématiquement) les demandes d'habeas corpus" (R A 1982, p.284) ; "elle (télégraphie encore) au président le 28 août [...] pour demander au gouvernement (l') abrogation (de la peine capitale)" (R A 1982, p.285) ; elle expédie enfin une ultime lettre le 27 octobre (R A 1982, p.286). A l'étranger, "(le *centre de Londres*) a soumis des renseignements concernant [...] trois Tamouls "disparus" du Groupe de travail sur les disparitions forcées ou involontairement créées par la Commission des Droits de l'Homme des Nations Unies" (R A 1982, p. 285). Son action culmine en 1983. Tout au long de l'année 1982, la machination prend lentement forme : les "chercheurs" écrivent encore au président Jayewardene, "les 7, 20 et 24 décembre [soit deux fois avant et une fois après le referendum du 22 décembre...] [...] pour exprimer (leur) inquiétude devant la détention de membres des partis d'opposition, et en insistant pour [...] que les détenus soient relâchés immédiatement" (R A 1983, p.285). Le bubon amnestien arrive à maturité : le *centre de Londres* le crève.

"(Il avait envoyé) des délégués en mission [...] du 31 janvier au 9 février 1982" (R A 1984, p.282), dirigée par un juriste américain, Orvill Schell[1]. Mais ce n'est que le 6 juillet 1983, soit 17 mois plus tard, qu'il publie "un rapport [...] sous le titre *Report of an Amnesty International Mission to Sri Lanka, 31 Jenuary-9 February 1982* [2,3], long de 72 pages et accusant le gouvernement "(de priver) des détenus politiques de leurs droits fondamentaux" (R A 1984, Annexe 2, p.439). Les salles de rédaction s'émeuvent de cet air entendu qu'on retrouve souvent chez les imbéciles qui veulent passer pour informés. Les pouvoirs exécutif et législatif nient. Bien plus, le président ose blasphémer l'idole des bien-pensants : peut-être est-il le seul, avec le premier ministre Lee Kwan Yew de Singapour[4], à avoir osé aller aussi loin. Il dénonce la partialité d'Amnesty, ses méthodes "d'investigation" et le recrutement de ses désinformateurs : non sans raison ; le "noyau" de l'organisation à Sri Lanka est composé en effet d'un certain Desmond Fernando, juriste marié à Suriya Weckremasinghe qui n'est autre que la fille d'un docteur Sa Weckremasinghe... ancien dirigeant du parti trotskyste qu'il quitta pour fonder le Parti communiste, et qui mourut en 1981 à Moscou. Il y a aussi Kumar Rupasinghe, qui a épousé la fille de (Mme) Bandaranaike (dont il a divorcé depuis), connu pour ses "opinions" maximalistes puisqu'il complota contre elle au début des années 1970 ; un journaliste britannique, David Selbourne, de la *Saturday Review* publiée à Jaffna et dont le rédacteur-en-chef tamoul s'est réfugié en Inde d'où il continue son action, complète le trio (le personnage sera expulsé en août 1983)[5]. (Mme) Gandhi, offusquée de ce qu'on puisse emprison-

1. *The Japan Times*, 7 juillet 1983 – Orvill Hickok Jr Schell est né en 1908 et fut diplômé de Harvard -selon *The Who's who in America*, Chicago 1984, t.2, p. 2889

2. *Rapport annuel* 1984, p. 298

3. Un résumé de ce rapport est paru en français sous le titre : *Sri-Lanka - l'emprisonnement des opposants politiques, notamment de la minorité tamoule* (*Rapport annuel* 1984, p. 298 note de bas de page)

4. *The Japan Times*, date non répertoriée

5. Ces informations proviennent de deux sources : d'un ambassadeur de Colombo en Europe lors d'un interview en été 1985, d'une part. D'un militant tamoul interrogé en Extrême-Orient, "proche" des Tigres pour lesquels il traduit des ouvrages militaires mais préfère ne pas être identifié même par ses initiales (il a aussi insisté pour que ni les dates ni les lieux de nos rencontres ne soient mentionnés), d'autre part

ner des opposants (elle-même n'en détint que 34 630 en 22 mois d'état d'urgence), gronde : Jayewardene la remet à sa place en regrettant, le 20 juillet, qu'elle s'intéresse de trop près aux affaires domestiques de son pays. Mais l'ambiance se tend.

« Le 23 juillet, 13 soldats furent tués [...] ; ces meurtres furent attribués[1] à un groupe d'extrémistes tamouls" (R A 1984, p.300) : soit 17 jours après la parution du Rapport de Mission dont la gestation avait duré 17 mois... Des heurts se produisent en réaction à Colombo entre cingalais et tamouls. "L'opinion publique" s'indigne de la "passivité des forces de l'ordre à empêcher les massacres", et la Sous-Commission des Droits de l'Homme de l'ONU, réunie à Genève le 23 août, critique "l'indifférence" de la police et de l'armée cingalaises au cours des troubles – l'indignation étant possible parce que les salles de rédaction, à leur habitude, n'informent pas, par ignorance le plus souvent, l'opinion publique et que ladite Sous-Commission n'oserait jamais s'élever contre Amnesty dont elle est le fruit. C'est ainsi que peu se rappellent que la même police calomniée avait intercepté et neutralisé des groupes se réclamant du bouddhisme qui s'apprêtaient à piller et à incendier des magasins de commerçants tamouls dans la capitale en janvier ; que peu sauront que des Tigres, infiltrés à Colombo alors que les troubles avaient cessé et révêtus d'uniformes militaires, tireront sur les soldats et sur des civils pour relancer l'agitation. Mais les démocraties libérales et progressistes seront presqu'unanimes pour réprouver le décret, en date du 30 juillet, d'interdiction de 3 partis politiques de gauche « en raison de leur activité présumée aux violences[2,3] » : il s'agit du Front de Libération Populaire qui avait déclenché l'insurrection de 1971 et que chaperonnait un ancien étudiant de l'université Patrice Lumumba à Moscou, du Nouveau Parti de l'Egalité, trotskyste, de Wasudva Nanayrkkara[4] et du Parti communiste...

1. Amnesty suggère que ces accusations aussi ont été "fabriquées de toutes pièces" ; le militant sus-mentionné, qui était à ce moment-là dans un rayon de 200 mètres de l'embuscade, nous a assuré que les Tigres en étaient les responsables

2. *Rapport annuel* 1984, p. 302

3. CFERI-AP: *Sri-Lanka, chronologie 1980-1986 – The Japan Times*, 26, 30 et 31 juillet 1983

4. Lui aussi avait participé au soulèvement de 1971 aux côtés du FLP dont il s'était éloigné; emprisonné alors, il le fut à nouveau en 1975.

Le ministère de l'Information accusait « une grande puissance » d'avoir coordonné à un certain niveau des affrontements d'ailleurs plus politiques que raciaux, puisqu'il dédouanait le FULT[1], et qui se concluaient par quelques 400 morts et 100 000 sans abri. L'économie basculait : les touristes résiliaient leurs réservations en masse à la veille des fêtes religieuses annuelles, les capitalistes étrangers seulement préoccupés de bénéfices à court terme désinvestissaient massivement[2] ; le ministère des Finances envisageait la ruine de l'économie si les troubles persistaient. En effet, le déficit budgétaire pour 1987 s'élève à 1,04 milliard de dollars et le montant de la dette extérieure à 2,7 milliards de dollars ; dans le même temps, le budget de l'armée a dû passer de 0,7 % en 1983 à 17 % en 1987[3] et ce déséquilibre devrait provoquer le non-emploi de la population actuelle en 1990[4] ; le conflit, peut-être terminé en juillet 1987, aurait coûté en dommages 515 millions de dollars[5]. Ils persistent, et Moscou espère bien toucher les dividendes de la faillite[6].

Parce que le *centre de Londres* dispose, d'après ses propres statistiques, de dizaines de "chercheurs", il peut mener de front plusieurs actions humanitaires. A l'époque où une équipe contribue à désorganiser le Sri Lanka, une autre garde un oeil sur l'Indonésie, et plus particulièrement sur le Timor oriental.

On a vu comment cette ancienne province portugaise était passée sous le contrôle du Fretelin pro-soviétique (qui avait rompu unilatéralement avec Lisbonne) en novembre 1975 à la suite de la révolution "des Œillets" d'avril 1974 ; puis comment elle fut annexée à l'Indonésie en juillet 1976. L'URSS refuse d'entériner cette évolution ; Amnesty de même qui reçoit

Libéré sous caution, il "disparut" - pour réapparaître à Londres lors d'un défilé organisé par les Tamouls en juillet 1985 à Londres...

1. *The Japan Times*, 1er août 1983
2. *The Far Eastern Economic Review*, 21 février 1985
3. *Asiaweek*, 17 mai 1987
4. *Asiaweek*, 26 avril 1987
5. *The Japan Times*, 9 août 1987
6. Le mot de la fin appartient, cette fois, à la Cour de Justice de Berlin-Ouest qui a dénié aux Tamouls le droit de revendiquer l'asile politique en tant que "groupe persécuté": les juges ont estimé que leur minorité, contrairement à leurs affirmations, n'était pas la cible de menace particulière - selon *The Japan Times*, 1er novembre 1984

"d'inquiétantes informations" de cette région "occupée depuis décembre 1975 par les troupes indonésiennes" (R A 1982, p.246 ; R A 1983, p.254) : dans le seul *Rapport 1982*, les termes "troupes d'occupation" et "Timor occupé" reviennent aux pages 242 (une fois), 246 (unefois) et 247 (trois fois) -et les rédacteurs veillent à opérer un distinguo entre Indonésiens et Timorais comme ils le feraient pour deux nations distinctes : "les forces d'occupation indonésiennes ont arrêté cinq timorais" (R A 1982, p.247) et "les militaires indonésiens (sont accusés) d'avoir tué des habitants du Timor" (R A 1982, pp. 247-248), soulignent-ils. En 1979, le gouvernement australien libéral mou de Malcolm Fraser reconnaît la souveraineté indonésienne sur cette partie de l'île, tout comme il avait entériné l'invasion du Sud Viet nam en 1975 : au nom de la "raison" d'Etat.

Mais en mars 1983, les Travaillistes remportent les élections et Robert Hawke devient premier ministre à Canberra. Leur parti ayant milité, dans son programme, pour "l'autodétermination" de la région, Djakarta s'inquiète des plans que l'on prête au ministre des Affaires Etrangères proche de l'aile gauche de l'appareil (peut-être plus avec l'espoir de succéder, avec son soutien, Hawke plutôt que par idéologie), Bill Hayden, de reconsidérer la position australienne et de soulever la question de la légitimité du Fretilin lors de l'Assemblée Générale de l'ONU à l'automne.

Le président Suharto et le responsable de sa diplomatie, Mochtar Kusumaatmadja, prennent les devants. Ils convient une délégation parlementaire bi-partisane dirigée par le travailliste Bill Morrison à sillonner, accompagnée ou non d'une escorte légère, le Timor oriental où et quand ils le voudront et sans avertir au préalable les autorités administratives civiles ou militaires de leurs plans et de leurs déplacements ; ils acceptent même d'inclure parmi les cinq enquêteurs un certain Gordon Mac Intosh qui ne fait pas mystère de ses "sympathies" pour les indépendantistes. Grâce à ces assurances, et à la différence de Soysal qui n'a pas dépassé les limites de Kaboul, la mission sillonne des aires réputées à l'étranger sous le contrôle de la guérilla ; au cours de son séjour, en juillet, elle n'entend aucun coup de feu et quand elle rencontre, un jour et par hasard, un groupe arborant de vagues insignes Fretilin, elle les confond avec des auto-stoppeurs se rendant s'approvisionner au marché local (ce que tolère le gouverneur Mario Carrescalao, ancien adversaire de Djakarta maintenant rallié et en poste depuis 1983) ; elle peut écouter des civils, et pas un ne confirme les reportages de presse ou amnestiens des massacres qu'aurait perpétré l'armée. Revenus en Australie, quatre des parlementaires témoignent devant la presse (Mac Intosh a décidé de se dissocier d'eux, arguant non des constatations faites sur le terrain mais de ses croyances politiques). Morrison indique que l'administration, solidement implantée, n'est pas remise en cause par la population et qu'il n'a constaté aucun déploiement particulier des forces de l'ordre[1].

Entre temps, Amnesty contre-attaque. Le 20 juillet, elle porte à la connaissance des journalistes un opuscule de 82 pages qu'elle dit avoir été édité par et pour les militaires indonésiens. Louvrage "(autoriserait) l'emploi de la torture (au Timor oriental)" (R A 1984, Annexe 2, p.433) et indiquerait le mode d'emploi de sévices "à l'encontre de suspects afin d'obtenir leur coopération" (R A 1984, p.270). Les "chercheurs" expliquent que ce document leur a été communiqué par le Fretilin, qui avait réussi à s'en procurer un exemplaire lors d'une embuscade tendue par ses hommes en décembre 1982 ; connus et respectés pour leur "impartialité", il leur a fallu sept mois pour s'assurer de son authenticité, prétendent-ils. Ils sont convaincus de cette authenticité précisément la veille du jour où les parlementaires australiens allaient visiter la partie orientale de l'île...

Cette coïncidence parut énorme. Le général Yoga Sugama, en charge de l'Agence de Coordination des Renseignements, accusa Amnesty, le 23, de manipulation[2]. Le gouvernement de Canberra lui-même réagit "froidement" aux accusations du *centre de Londres*, les trouvant « exagérées[3] ». Le premier ministre Hawke discuta avec les parlementaires et décida de ne pas parler du "problème" timorais lors de la 38ème session de l'Assemblée Générale de l'ONU, qui ne l'inscrivit pas sur son agenda bien "(qu') Amnesty (exposât) tous ses sujets d'inquiétude [...] depuis l'invasion de 1975, le 2 septembre devant le Comité spécial de la décolonisation aux Nations Unies"

1. Agence Plus d'Information, novembre 1983, synthétisant un numéro d'août (ou septembre ?) de la *Far Eastern Economic Review – The Japan Times*, 25 et 31 juillet 1983

2. *The Japan Times*, 25 juillet 1983

3. *Indonesia* (périodique publié par l'ambassade indonésienne à Paris), 5 juillet 1985

(R A 1984, p.270) ; au contraire, "le témoignage de (John) Hamilton, correspondant du Herald and Weekly Times" à Timor en 1983 où il (séjourna) pendant plus d'une semaine, (fut) adopté comme document de référence par l'ONU (et fut) jugé très positif par l'ancien Premier Ministre [très progressiste] australien, Gough Whitlam[1] ».

Ultime coup dur pour Amnesty. En 1985, "(elle) s'est inquiétée de nouvelles informations faisant état de violations des droits de l'homme au Timor oriental, territoire occupé par l'Indonésie [ne manque-t-elle pas de glisser]" et "(précise) dans sa communication du 20 août au Comité spécial de la décolonisation (ONU) que les forces indonésiennes recouraient constamment à l'exécution arbitraire de civils non-armés" (R A 1985, p.271). Las ! le 22 janvier, le chargé d'affaires Ian Hutchens transmet une lettre au président de l'Assemblée Générale, le Zambien Paul Lusaka, pour l'avertir du retrait de l'Australie du Comité pour la décolonisation auquel elle a appartenu de 1961 à 1968 et de 1973 à 1985[2] ; le 21 août enfin, Hawke accordant une interview à la télévision indonésienne affirme pour la première fois que son gouvernement travailliste reconnaît le Timor oriental comme la 27ème province relevant de Djakarta[3] ; le coup de grâce vient en septembre quand Lisbonne, après un moment d'humeur (elle a rappelé en consultation son ambassadeur en Août et convoqué celui d'Indonésie au Ministère des Affaires Etrangères), accepte d'envoyer une délégation dans l'île[4] – ce qui passe pour une reddition de la diplomatien lusitanienne.

Le Fretilin tente d'attirer l'attention des médias sur son existence éventuelle : un de ses groupes tend une embuscade à une patrouille qui perd 16 tués et blessés ; mais lui-même en perd "au moins autant" dans l'engagement[5], avant de préférer se retirer. Piteusement, "(Amnesty) a noté, dans sa communication du 8 août au Comité spécial de la décolonisation (ONU) qu'elle avait reçu moins d'informations sur les violations des droits de l'homme au Timor oriental [cette fois non "occupé"] qu'au cours de l'année précédente" (R A 1986, p.251) : en

1. *Indonesia*, 5 juillet 1985
2. *The Mainichi Daily News*, 24 janvier 1985
3. *The Japan Times*, 21 et 23 août 1985
4. *The Far Eastern Economic Review*, 29 septembre 1985
5. *The Far Eastern Economic Review*, 12 décembre 1985

clair, l'URSS a abandonné l'idée de déstabiliser le pays à partir de cette région.

Pourtant, les salles de rédaction demeurent persuadées que les Timorais, pour beaucoup catholiques, survivent dans la terreur. Amnesty dit estimer à 200 000 (soit au tiers de la population) le nombre de tués depuis décembre 1975[1]. Certes les événements de 1974 - 1977/1979 se soldèrent par des morts nombreuses. Mais il convient d'en attribuer les responsabilités à qui de droit. Xavier de Amaral se confia à un journaliste[2] : "président" de la république proclamée en novembre 1975, il fut démocratiquement déchu de son mandat en novembre 1977 par son "premier ministre" (les vieillles pratiques protocolaires subsistaient encore dans la jungle et l'on n'était chiche en titres ni en grades) Nicolas Lobato ; le comité central du Fretilin lui reprochait en effet ses analyses humanitaires issues d'un complexe petit-bourgeois mal assumé : il demandait, et ses camarades y discernaient les prémisses d'une trahison inéluctable et impardonnable, que les maquisards renvoyassent les civils déportés avec eux, crevant de faim et de maladie et qui servaient de rempart aux révolutionnaires lors des rencontres avec l'armée. Or il fallait des victimes innocentes pour qu'Amnesty pût affirmer que "500 civils timorais ont été exécutés par les forces armées indonésiennes" (R A 1981, p.268) : de Amaral fut donc condamné à mort par ses frères de combat, et il n'eut la vie sauve que grâce à une attaque surprise des gouvernementaux sur son lieu de détention. Il y eut aussi des famines[3], causées par les combats tant que Djakarta n'eût pas brisé le Fretilin ; mais elles ne furent pas organisées comme les détracteurs de l'Indonésie l'affirment : la province du Timor revevait, en 1985, 100 000 roupies par habitant, soit le second budget local juste après celui alloué à la capitale[4]. Enfin, si des mosquées se construisent dans la région et si la communauté chinoise diminue, le nombre des chrétiens a progressé pour former de 30 à 80 % de la population selon les districts et le gouverneur de Timor professe lui-même la religion du Christ. Dans le même temps, l'afflux contingenté d'immigrants musulmans ayant dû quitter la

1. *The Far Eastern Economic Review*, 8 août 1985
2. *The Far Eastern Economic Review*, 3 novembre 1983
3. *Indonesia*, 9 juillet 1985
4. *The Far Eastern Economic Review*, 8 août 1985

capitale surpeuplée (Djakarta abrite quelque 60 % des 165 millions d'Indonésiens) n'obéit pas à un plan machiavélique d'ethnocide ou de génocide mais à des impératifs économiques : le Timor n'est pas seul affecté par ce processus migratoire d'une nation en formation, mais tout le territoire national[1].

Ultime exemple que l'on retiendra : le Népal. Le roi absolu Birendra nomme, en mai 1985, Randhir Subba aux Affaires Etrangères ; celui-ci, ancien ambassadeur à Pékin de 1963 à 1971 (c'est à dire de l'époque où la RPC rompt avec Moscou à celle où elle entre dans la première phase de rapprochement avec Washington) passe pour très anti-soviétique et intransigeant sur la question afghane. La presse communiste au Népal condamne cette nomination et prévient le roi "qu'il aura à payer un prix élevé pour s'être éloigné de la voie du non-alignement". Le mois suivant, un Front Révolutionnaire prônant l'abolition de la monarchie et l'instauration d'une République Démocratique perpètre des attentats à la bombe dans la capitale, tuant ainsi sept personnes ; parallèlement, Amnesty publie son Rapport Annuel (R A 1986, pp.263-264) dénonçant les mesures prises par les forces de l'ordre pour assurer la sécurité dans le pays sur 30 lignes, soit un doublement de la pagination de l'année antérieure quand le Népal ne s'est pas encore éloigné "de la voie du non-alignement"...

Un pompier nommé Amnesty

Le rôle imparti à Amnesty n'est pas que d'activer les foyers de troubles ; le *centre de Londres* n'a pas une vocation anarchique et on l'a vu protéger, en minimisant leurs forfaits, des gouvernements alliés de l'URSS : par exemple en Corée du Nord, au Cambodge, au Viet Nam et en Afghanistan. Le procédé varie peu : on cite les textes constitutionnels officiels ou bien les "chercheurs" se retranchent derrière la difficulté, voire l'impossibolité, d'enquêter. "(A cause de) la poursuite des hostilités, Amnesty International est dans l'impossibilité d'évaluer le nombre de prisonniers politiques en détention (en Afghanistan)" (R A 1982, p.212) ; le *centre de Londres* l'estime vaguement à "trois ou quatre mille", ce qui est peu pour un pays ravagé ; mais à l'opposé, il prétend avec beaucoup de cette préci-

1. *The Japan Times*, 15 mai 1986 et 26 mars 1987

sion qui réconfortera les rares militants capables de le lire que Karmal a fait relâcher en une seule fois "au moins 1 772 prisonniers" (R A 1982, p.213). Au Viet Nam, la commission d'enquête du *centre de Londres* n'hésite pas à s'auto-critiquer sans ménagement pour venir en aide aux geôliers de Hanoï : ses émissaires se disent, faute d'expérience professionnelle (mais alors sur quels critères les a-t-on désignés et pourquoi ? s'interrogera Candide), inaptes à établir "un bilan d'ensemble des conditions de détention dans les camps" (EFAI 1980, p.25) ; et ils passent à un autre sujet. Lorsque Brejnev lorgne avec une certaine bienveillance sur le Cambodge de Pol Pot en 1976, Amesty explique ses silences par le fait "qu'il est encore difficile d'évaluer la situation des droits de l'homme" (R A 1976). En Corée du Nord, le "climat de guerre froide" (R A 1975, p. 102) empêche les "chercheurs" de "découvrir aucune information, même favorable" (R A 1978, p. 133) bien qu'ils aient "passé au crible toutes [sic] les informations" dont ils disposaient (R A 1978, p. 133).

Le Sri Lanka présente un résumé de ces procédés. En 1971, le régime bolchevisant du premier ministre (Mme) Bandaranaike réprime un soulèvement de l'aile marxiste-léniniste de sa coalition ; des milliers[1] de personnes périssent et sont enfermées. Le *centre de Londres* se tait pourtant, puis n'hésite pas à annoncer, sans créer de remous chez les militants ni de surprise chez les journalistes ayant d'habitude la sensibilité à fleur-de-peau, que "considérant que le gouvernement (ami de l'URSS) avait traversé une crise grave, Amnesty International a décidé de ne pas agir pendant six mois" (R A 1971-1972) : la police politique a ainsi les mains libres. Mais que le pays adopte un régime conservateur, et le même *centre de Londres* qui, cette fois-ci, ne trouve pas que le gouvernement traverse une crise politico-ethnique grave depuis dix ans, ordonne sans appel aux autorités de Colombo de faire la lumière sur des cas de disparition et de torture concernant 216 individus[2], et ce, toute affaire cessante.

L'ingéniosité perverse des "chercheurs" trouve peut-être le mieux à s'employer aux Philippines.

A l'origine du marxisme-léninisme aux Philippines était le

1. *The Far Eastern Economic Review*, 21 mai (?) 1987
2. *The Far Eastern Economic Review*, 22 (?) juin 1987

Parti Communiste fondé en 1930 et connu sous ses initiales indigènes (PKP – Partido Komunistang Philipinas). il engagea quelques actions terroristes sans grand impact mais destinées à lui conférer un certain prestige facile contre la puissance tutélaire américaine, chargée de l'administration de l'archipel depuis le traité de Paris de 1898 conclu aux termes d'une guerre avec l'Espagne. L'invasion japonaise de janvier 1942 ne le rendit pas beaucoup plus actif. Recevant des armes en quantité non négligeable de la part du lobby libéralo/progressiste du président Roosevelt, l'aile militaire du PKP appelée Armée du Peuple Hukbalang et fondée en 1942, préféra renforcer ses structures de prise de pouvoir après le départ des Nippons et des Américains : il n'était pas question d'engager les hostilités et de se faire sans doute étriller. L'armée impériale de Tokyo ayant déposé les armes en août 1945, et le président Harry Truman ayant octroyé l'indépendance à Manille en 1946, les maquisards inauguraient une offensive contre le gouvernement. A la suite de quelques engagements, l'Armée de Libération Populaire, restructurée en 1950, opérait un repli stratégique ; en 1954, les survivants se regroupaient dans les coins les plus reculés et les plus oubliés, constituant autant de collectivités plus propres à intriguer les ethnologues qu'à inquiéter les militaires.

Ils auraient pu mourir heureux mais leur lente agonie fut troublée par la rivalité idéologico-stratégique sino-soviétique. En 1967, un groupe pro-maoïste fut expulsé du PKP. En décembre 1968, ce groupe forma le soi-disant "Parti communiste des Philippines—Pensée Mao Tsé Toung (PCP)" renforcé par une Nouvelle Armée du Peuple qui commença un combat armé contre le gouvernement"[1] ; "à Luzon, la NAP, établie à partir d'une scission de gauche au sein du PCP en 1969, se livra à des actes de terrorisme [...] mais elle ne recevait aucun soutien de la part des paysans"[2]. Les pères-fondateurs du PKP ne souhaitaient pas abdiquer leurs responsabilités historiques. Le parti, mal en point et débordé, devait définir une nouvelle tactique en prise directe avec les conditions objectives du moment. En 1956, le PKP avait décidé officiellement d'abandonner la lutte armée ; après l'élection de Ferdinand Marcos à la présidence en 1965, les cadres avaient expulsé les gauchistes du PCP en 1967, tan-

1. *The Great Soviet Encyclopedia*, t.12, p. 271
2. *The Great Soviet Encyclopedia*, t.27, p. 416

dis que le secrétaire général du PKP, arrêté avec l'ensemble du secrétariat politique en 1950, négociait sa libération. Il était obligé à de nombreuses concessions pour sauver un peu de l'appareil. En effet, "prenant avantage (des actes terroristes de la NAP), les autorités avaient lancé une offensive contre le PKP et les organisations progressistes de masses : la ligne aventureuse du PCP avait infligé un rude coup aux forces anti-impérialistes des Philippines"[1]. Il fallait composer : "le sixième congrès du PKP, tenu en février 1973, adopta un nouveau programme ayant pour but le développement pacifique de la révolution aux Philippines. En octobre 1974, le PKP parvenait à un accord avec le gouvernement à propos des activités légales du parti. Ayant émergé de la clandestinité, le PKP cessait son combat armé et étendait son soutien aux réformes progressives inaugurées par le président Marcos, réforme agraire comprise"[2], telle qu'il l'avait définie après avoir déclaré la loi martiale en septembre 1972. Cette évolution intérieure reflétait un changement dans la diplomatie du président Marcos. "Dans les années 1970, les Philippines commencèrent à réexaminer la conduite de leurs Affaires étrangères qui avaient été fortement alignée sur celle des Etats-Unis. En 1970, le président Marcos retirait les unités militaires de Manille installées au Sud Viet Nam et mettait un terme aux limitations portant sur les contacts économiques et culturels avec les pays socialistes[3]". "La visite du président Marcos en URSS (du 31 mai au 7 juin 1976) révélait l'accord ou le presqu'accord entre les Philippines et l'URSS sur de nombreuses questions diplomatiques. Pendant sa visite, des relations diplomatiques bilatérales étaient établies et un accord commercial, dont les bases remontaient à 1972, était signé" ; "en juillet 1976, les Philippines nouaient avec la République Socialiste du Viet Nam" ; en Chine Continentale, Chou En lai ayant promis de cesser son soutien moral (armes, munitions, etc...) au PCP contre la fin des relations entre Manille et Taipeh, "les Philippines, en 1977, entretenaient des relations diplomatiques avec presque tous les Etats socialistes"[4].

L'objectif prioritaire de Moscou n'est donc pas de déstabili-

1. *The Great Soviet Encyclopedia*, t.12, p. 271

2. *ibid.* ; cf aussi t.27, p. 416 sur l'amnistie des dirigeants du PKP et la légalisation du parti

3. *The Great Soviet Encyclopedia*, 1973-1983, t.27, p.416

4. *The Great Soviet Encyclopedia*, t.27, p.417

ser le régime Marcos, dont il s'accommoderait fort bien, pour le renverser : il s'agit plutôt, pour la Place Rouge, en suscitant une certaine opposition (et pour qu'elle soit crédible, armée), de contraindre Manille à prendre des mesures de maintien de l'ordre ; au demeurant normales, elles offusqueront sur commande les libéraux occidentaux en général et américains en particulier, devenus anges furieusement vertueux au coup de sonnette. Ainsi se dessinera un cycle : violence communiste - répression gouvernementale - ingérences morales américaines - frictions entre Manille et Washington - desserrement des liens philippino-américains - remise en cause des bases étrangères (et donc rapprochement avec l'URSS pour qu'elle cesse de collaborer avec l'insurrection marxiste).

Brejnev, après avoir condamné le PCP schismatique pour péchés de volontarisme (et d'indépendance), décida de le prendre en mains quand l'occasion s'en présenterait. L'élimination heureuse de José-Maria Sison, fondateur du parti, arrêté en novembre 1978, servait à point ses desseins : l'expérience indigène, presque autarcique, allait ainsi prendre fin. En effet, Rodolfo Salas succédait à Sison en 1979 et les Soviétiques ne perdaient pas de temps pour lui soumettre des offres alléchantes, tel qu'en témoigna un transfuge du KGB déposant devant le Sénat à Washington en 1982 et qui avait participé lui-même à des opérations clandestines ; un diplomate est-allemand appréhendé dans l'île de Davao permit d'établir que le PCP allait devenir tributaire à 80% de l'Europe de l'Est pour son budget[1], etc... L'URSS livrait aussi quantité d'armes comme l'illustrait l'arraisonnement d'un navire en provenance du Yemen (marxiste) du Sud.

Lorsque Marcos se rend aux Etats-Unis en septembre 1982, les marxistes fomentent une insurrection qui tourne court[2] ; des arrestations ont lieu. L'objectif des agitateurs est largement atteint : les politiciens pensants s'interrogent à coups de slogans sur le droit de compter au nombre de leurs alliés une "dictature" ; la Maison Blanche a-t-elle le droit d'utiliser les bases aérienne et navale de Clark et Subic ? C'est justement le genre de question que veut déclencher Moscou : Marcos, oui – s'il le

1. *Cf.*, à ce titre, l'interview d'Imelda Marcos - selon *Time Magazine*, 25 novembre 1985

2. *The Yearbook on International Communist Affairs*, 1985, p. 2832

faut – les bases, non. Amnesty vient à propos à la rescousse des intellectuels du Capitole. Son opuscule "Arrestations illégales tortures et assassinats par les forces gouvernementales" paraît juste à point... en septembre 1982 ; l'émoi d'un Kennedy est à son comble, même si ce politicien sans autre envergure que l'héritage qu'il dilapida de deux frères assassinés se vante assez de cultiver d'aimables relations avec les leaders du Kremlin.

Mais l'évolution politique aux Philippines se précipite en 1983. De 1969 à cette date, l'agitation dans les maquis et dans la rue, les universités et l'Eglise profite aux comunistes. Pourtant, les libéraux prennent l'avantage en août 1983 quand, le 21, un de leurs favoris à Boston et à Harvard, Begnino Aquino, est tué d'une balle dans la tête à l'aéroport de Manille[1] ; leurs médias se mobilisent. Par exemple, *The Japan Times* qui sert de source principale aux journalistes étrangers en poste à Tokyo, lesquels en reproduisent sans vergogne des traductions textuelles. L'assassinat de Aquino, politicien parmi d'autres dont les ambitions sont personnelles et non nationales, occupe environ 63,50 % de la surface des premières pages durant les trois premiers jours suivant sa mort ; en comparaison, lorsque le président Park Chung Hee fut abattu en 1979, l'information ne fut couverte que sur 54,50 % de la superficie totale des trois premières pages[2]. Prisonniers de leurs dogmes, s'adaptant difficilement aux situations imprévues, les progressistes perdent la direction des troubles.

En effet, au moment où les libéraux[3] s'indignent et mettent

1. *Présent*, 10 août, 3, 4, 10, 17 septembre 1982

2. Pour les responsabilités possibles dans ce meurtre et l'exploitation médiatique qui résulte en un véritable lynchage hystérique du président, Cf. *La Presse Française*, 9 septembre 1983 et 26 avril 1985, *Ecrits de Paris*, juillet-août 1984 et juillet-août 1986, *L'Impact-Suisse* de décembre 1984 et avril 1985, *L'Astrolabe*, de juin 1985, CFERI-AP : *Amnesty International et l'Asie*, 1987

On notera que, bien que (Mme) Corazon Aquino, présidente *de facto* des Philippines, si elle a réduit le pouvoir judiciaire à sa botte (elle a, par exemple, nommé tous les juges de la Cour suprême), n'a pas réussi pour autant à établir la culpabilité du président de droit Marcos ni de ses subalternes qu'elle accusait publiquement dès août 1983

3. Nous prenons pour base des micro-films. La superficie d'une page de taille ainsi réduite pour le cas Aquino est de 917,50 cm²; l'édition

en doute le rôle joué par Marcos pendant l'occupation japonaise, l'ambassadeur soviétique Sholmov le décore en août 1985 de la Médaille des Héros. Quand le Congrès décide un embargo de fait sur certaines importations philippines, l'URSS accroît ses échanges avec Manille. Lorsque Solarz exige de ces réformes qui ne lui semblent pas nécessaires en Corée du Nord et que la CIA obtient le feu vert au plus haut niveau pour dépêcher des agents en charge de coordonner les efforts de certains opposants, (Mme) Marcos, en déplacement à Moscou en octobre 1983, obtient définitivement la neutralité de la Place Rouge. Il n'y a pas que Boris Smirnov, accrédité depuis avril 1984 à la mission de Manille, pour s'activer parmi ses collègues diplomates. Amnesty joue son rôle : non d'aviver les plaies mais de "dédramatiser". Elle ne consacre que 27 lignes sur 229 en 1984 (R A 1984, pp.293-294) à l'affaire Aquino et ce chiffre tombe à 11 en 1985 ; aucune ne peut être d'ailleurs inscrite au passif du gouvernement et l'ensemble tient plutôt de l'éloge mesuré et caché : "à la suite de l'assassinat, le 21 août 1983, du dirigeant [sic] de l'opposition Benigno Aquino, Amnesty International avait communiqué aux autorités, au mois d'octobre, ce qu'elle considérait comme conditions indispensables pour mener une enquête. Une commission d'enquête officielle présidée par l'ancien juge d'appel, Corazon Agrava [et composée d'adversaires au régime de Marcos] a déposé, en octobre 1984, deux rapports [partiellement contradictoires] qui ont conduit à l'inculpation de 25 militaires et d'un civil". Dans une lettre datée du 20 novembre, Amnesty International se félicitait "que cette enquête, qui semblait satisfaire aux critères d'impartialité [ce qui était inexact] et d'efficacité ait été menée à bien et engageait le

du 22 août 1983 monopolise 615,60 cm^2 en première page (soit 67,10 % de la surface) et 227 cm^2 en quatrième page; celle du 23 août 810,65 cm^2 (soit 89,20 % de la surface); celle du 24 août 314,10 cm^2 en première page (soit 34,20 % de la surface) et 48,75 cm^2 en cinquième page. La superficie d'une page pour le cas Park est de 980,00 cm^2; l'édition du 28 septembre 1979 lui réserve 890,55 cm^2 en première page (soit 90,80 % de la surface), 384,20 cm^2 en seconde page, 87,50 cm^2 en quatrième page et 372,50 cm^2 en onzième page. Celle du 29 septembre 476,45 cm^2 en première page (soit 48,60 % de la surface) et 75,90 cm^2 en quatrième page. Celle du 30 septembre 236,05 cm^2 en première page (soit 24 % de la surface) et 158,30 cm^2 en quatrième page.

gouvernement à mener le même type d'enquête à propos d'affaires de moindre notoriété" (R A 1985, p.291).

Le *centre de Londres* a adopté une position de bienveillante neutralité vis-à-vis de Manille : il en va pour l'URSS qui n'a pas oublié que le président philippin avait déclaré en juillet 1983 à une délégation d'élus américains auto-promus justiciers qu'au cas où les Etats-Unis interviendraient de façon trop flagrante dans les affaires domestiques de l'archipel, il envisagerait d'abroger le traité portant sur le maintien des bases de Clark et Subic et accepterait un modus vivendi avec les Soviétiques[1]. Après les élections du 7 février (l'opposition, qui contestera leur validité, ne sera jamais en mesure, même après avoir pris insurrectionnellement le pouvoir, de prouver ses allégations de fraude), le nouvel ambassadeur Vadim Shabalin félicitera, seul représentant de toutes les puissances, le président pour son succès ; quelques jours plus tard, le porte-parole du ministère des Affaires Etrangères Vladimir Lomoiko annoncera, le 21 février, que le Kremlin resterait neutre au long des troubles engendrés par les libéraux ; et Tass, sous la signature de Askold Biryukov, accusera le président Reagan, le secrétaire d'Etat Shultz et le Sénat de remettre en cause la légimité du scrutin[2].

Le 26 février, Marcos, "pressé" par les Américains, s'exile. Il laisse l'URSS et Amnesty désemparés dans leur tactique.

La banalisation du marxisme

Amnesty International ne se contente pas d'avoir un rôle de détonateur, ni de placer des bombes à retardement commandées à distance par le Kremlin. Elle protège les réseaux soviétiques conscients ou potientiellement manipulables ainsi que les membres qui y émargent : en mettant systématiquement en doute les charges retenues contre eux décrites comme arbitraires, et en ramenant la démocratie marxiste-léniniste à une simple opinion sans conséquence.

Elle intervient à Séoul pour soutenir le Front National de Libération de la Corée du Sud (R A 1982, p.232) et le Parti Révolutionnaire du Peuple (R A 1983, p.243), adopte là trois personnes accusées d'espionnage au profit de la Corée du Nord (R A

1. *The Japan Times*, des 23 février et 2 mars 1986
2. *The Asahi Evening News*, 24 (?) et 25 février 1986

1982, p.231) ainsi qu'un certain "Lim Tae-yul, condamné à mort en 1975 pour espionnage mais qui [...] était sans doute un prisonnier d'opinion [si le *centre de Londres* n'en était pas persuadé, pourquoi l'adopter ?]" (R A 1983, p.245) et qu'un des meneurs du soulèvement "estudiantin" de Kwanju en mai 1980 (R A 1982, p.229) sans oublier "(les) membres d'un groupe d'études bibliques [...] accusés de considérer favorablement le communisme et d'organiser des activités antigouvernementales" (R A 1982, p.229). En août 1985, "(elle adresse) un appel au président Suharto pour qu'il mette fin aux exécutions et commue toutes les peines de mort visant les membres ou organisations du PKI (qui) avaient eu pour objectif la préparation d'un soulèvement armé contre le gouvernement" (R A 1986, p.252) et elle refuse d'admettre qu'il y eût en 1965 autre chose qu'une "soi-disant tentative de coup d'Etat" (R A 1982, p. 243) : ce qui vaut au régime de Djarkata de recevoir des lettres des "chercheurs" intervenant pour que "les condamnations à mort soient commuées" (R A 1982, p.244).

En Malaisie, l'organisation humanitaire adopte un ancien vice-ministre, suggérant qu'il a été victime d'une machination sordide au sein du parti au pouvoir et regrettant qu'il n'ait été relâché qu'après "une déclaration publique de sa part, reniant ses sentiments pro-communistes antérieurs" (R A 1982, p. 255) ; "(elle) est également intervenue pour la libération (d'un employé sur des plantations d'hévéas) (..) soupconné d'activités procommunistes et arrêté" (R A 1985, p. 280. Elle adopte encore un éditeur pakistanais membre du Parti Populaire Pakistanais (R A 1982, pp. 261-262) et "est intervenue en faveur de quatre étudiants (du Mouvement du Baloutchistan [très infiltré par les agents de Moscou et de Kaboul comme un bon nombre d'organisations baloutches hostiles aux réfugiés afghans et au pouvoir central d'Islamabad] arrêtés au cours de manifestations" (R A 1982, p.263). Elle "ouvre une enquête" parce que "parmi des centaines de prétendus membres ou sympathisants d'Al Zulfikar [dont Kabul abrite le quartier général] arrêtés [...], un certain nombre étaient détenus uniquement [sic] pour leurs vues contestataires" (R A 1982, p.264). Amnesty adopte encore "(un) dirigeant du Parti démocratique pakistanais, [...] porte-parole du Mouvement de la Restauration [sic] de la Démocratie [un système politique dont le pays a toujours été privé]" (R A

1982, p.264) et qui militait sagement pour l'ouverture d'un "dialogue constructif" avec l'Afghanistan marxiste-léniniste. "(Elle) a exprimé ses inquiétudes au sujet de la détention de Cristina Pargas [...] professeur, accusée de connivence avec la (Nouvelle Armée du Peuple) [qui reçoit un soutien moral discret en matériel de guerre de la part des Soviétiques] (et arrêtée)" (R A 1982, p.276) ; "(elle) a lancé un appel pour demander que (l'épouse du fondateur du Parti Communiste Philippin Sison) reçoive (les) soins médicaux (dont elle aurait manqué)" (R A 1982, p.278) et "a télégraphié au président Marcos pour lui demander instamment de commuer les peines de mort de Bernarbe Buscayno et de Victor Corpuz, accusés d'être d'anciens commandants de la NAP" (R A 1982, p.280), tous deux responsables des escadrons communistes de la mort ; "(elle) a continué à demander la remise en liberté sans condition (d'un) ancien secrétaire du Front Socialiste" et "a écrit (..) au ministre de la Santé (de Singapour) demandant des renseignements sur l'état de santé (d'un membre du FS) et l'application de soins médicaux appropriés" (R A 1982, p.282) ; il faudra attendre trois ans pour que l'on devine à travers les lignes que ce Front Socialiste est d'obédience marxiste-léniniste abandonné par son protecteur de Pékin en 1979 après que Deng Xiaoping eut visité les pays de l'ANSEA lors de l'invasion vietnamienne du Cambodge : Amnesty "a continué de réclamer la libération (d'un des anciens députés du Front) qu'elle considère comme un prisonnier d'opinion" et avance que "les liens (entre le FS et le Parti communiste de Malaisie) [...] n'avaient jamais été prouvés" (R A 1985, p.294). Elle s'inquiète lorsque l'administration du premier ministre japonais très conservateur Fukuda Takeo se prononce en faveur de l'application de la peine de mort pour les terroristes (R A 1977 ou 1978) se rendant couramment coupables de détournements d'avions, d'attaques sur les missions diplomatiques, de meurtres parmi les rangs des "social-traîtres", etc.

Parmi les principaux terroristes qu'elle secourt, Amnesty intervient souvent en faveur des "poètes", braves gens inoffensifs, sortes de vestales de la liberté. On a vu combien lui tenait à coeur l'énigmatique Ali Lameda emprisonné en Corée du Nord, après avoir été recruté à Alger par Pyongyang. En Corée du Sud, elle parraine "le grand poète Kim Chi Ha" (R A 1978, p. 164) qui préoccupe tant le gratin de la gauche pro-soviétique au Japon ; elle lance un "appel urgent" (R A 1982, p.232) au profit "du poète Koh Eun", incarcéré en mai 1980... Elle adopte "(le) grand romancier indonésien Pramoedya Ananta Toer" (R A 1982, pp.242-243). Or, on peut être poète et assssin tout à la fois. Mao Tsé toung se targuait, comme Néron au temps de l'holocauste physique des chrétiens, de taquiner les muses quand il rêvassait devant son peuple d'esclaves qu'il allait, encensé par les médias bien-pensants, écharper en proclamant que la Chine était une feuille blanche (soit l'équivalent de la table rase) sur laquelle on écrirait le plus beau des poèmes ; en France, Aragon publia des odes à Staline et au Guépéou qui enchantaient Billancourt et les beaux quartiers décadents ; le chilien Pablo Neruda lui fit une solide concurrence puisqu'il obtint un Prix Nobel, à son habitude décerné avec complaisance par des élus modérés. "L'opinion publique" mondiale, le premier ministre français démocrate socialiste de l'époque, Laurent Fabius, en tête, s'éleva avec beaucoup de cette dignité chère aux cabots contre l'exécution en Afrique du Sud de Benjamin Moloïse, lui aussi poète de profession. L'agence de presse Reuter-Kyoto, pas plus hypocrite que la moyenne planétaire, le qualifiait de "poète noir", forcée cependant d'ajouter qu'il avait été condamné pour sa participation préméditée et active dans le meurtre d'un autre Noir, mais policier celui-là[1] ; l'*Associated Press* ramenait, dans l'hystérie générale, ses talents à de plus justes proportions en expliquant qu'il était "parfois poète[2]" ; la *United Press* convenait qu'il était « un guerillero nationaliste noir et poète[3] » ; Jean-Marie Le Pen résumait donc la situation en le rangeant dans la catégorie des « terroristes[4] », déclaration-sonnette qui fit aboyer les bien-pensants.

L'Asie recèle un autre poète, aux Philippines plus précisément. Ses vers ont été reconnus de valeur par quelques snobs titillés de fréquenter en grande sécurité le fameux barde, puisque des intellectuels lui ont décerné un "oscar" lors de la session du Prix des Gens de Plume de l'Asie du Sud-Est à Bangkok en 1986[5]. Il s'agit de José Maria Sison, le fondateur du Parti

1. *The Japan Times*, 22 octobre 1985 (?)
2. *The Japan Times*, 19 octobre 1985 (?)
3. *The Japan Times*, 19 octobre 1985 (?)
4. *Le Matin*, 19 octobre 1985 (?)
5. *Asiaweek*, 26 octobre 1986 et 4 janvier 1987

Communiste Philippin. Confirmant à la presse "je ne le cache pas, je suis toujours marxiste", il répondit à la question "dans votre combat pour le changement, choisissez-vous la machine à écrire ou le fusil ?" que "les deux peuvent être pris simultanément ; c'est juste un problème d'emploi du temps". Remis en liberté, après l'exil (ou le kidnapping auquel procéda peut-être l'administration Reagan et certains secteurs de la CIA) du président Marcos grâce aux bons offices de (Mme) Cory Aquino[1], il est aujourd'hui interdit de séjour aux Philippines pour activités terroristes et, son passeport abrogé par Manille, circule sans beaucoup d'entraves en Europe[2]. L'homme obéit aux conseils de Marx et successeurs, d'ailleurs déjà peaufinés par les extrémistes démocrates de 1789.

Il n'y a pas lieu ici de porter un jugement sur la "philosophie" de progrès que promeuvent les dirigeants soviétiques et leurs agents[3] – mais de s'interroger pour savoir si les "chercheurs" d'Amnesty ne violent pas les statuts de l'organisation quand ils contraignent des groupes nationaux ou régionaux conditionnés au point d'être consentants à adopter certains "prisonniers

1. Après avoir assuré que les communistes ne bénéficieraient d'aucune mesure de clémence après qu'elle fut devenue le chef de fait de l'Etat (*The Japan Times*, 28 février 1986), (Mme) Aquino ordonnait leur mise en liberté ce qui lui valut une considération accrue des milieux libéraux philippins et américains (*The Japan Times*, 2 mars 1986). La décision entrait presqu'immédiatement en vigueur et dans l'enthousiasme général : une photo montrait "Madame la Présidente" au centre, flanquée à sa droite de Buscayno, le fondateur de la NAP et à sa gauche de Sison, le fondateur du PCP (*The Japan Times*, 6 mars 1986). Sison avait la "garantie morale" du secrétaire du gouvernement insurrectionnel, le très libéral Joker Arroyo – ami intime de la méchante veuve – tandis que Buscayno, qui avait jadis passé un pacte secret d'entr'aide avec l'ex-sénateur Aquino, était placé sous la sauvegarde de (Mme) aurore Aquino, belle-mère de Corazon.

2. *The Daily Yomiuri*, 18 septembre 1988 - qui indique Manille a donné des ordres pour invalider [le passeport de Sison] (Aarroyo n'a nullement été inquiété suite aux "frasques" de son "filleul")

3. Selon ceux-ci, le communisme, « moralité entièrement subordonnée à la lutte des classes menée par le prolétariat [se distinguant de la] moralité féodale chrétienne » constituerait « la forme la plus élevée de l'humanisme » – selon *The Great Soviet Encyclopedia*, 1973-1983, t.16, pp. 449-451, citant Lénine

d'opinion" très spéciaux. En effet, "(Amnesty) s'efforce d'obtenir la libération des personnes détenues [...] à condition qu'elles n'aient pas usé de violence ni préconisé son usage. Ces prisonniers sont dénommés prisonniers d'opinion".

Or le marxisme-léninisme n'est pas qu'une opinion : c'est une idéologie démocratique qui a tué, pour s'imposer et perdurer, 120 à 150 millions de personnes. Le Pen rappelait un jour que Nikita Kroutchev avait concédé, dans un discours prononcé lors du XXème congrès du Parti communiste d'Union soviétique, que ce totalitarisme-ci avait coûté 40 millions de morts à la Russie soviétisée[1]. Les propos du président du Front National ne furent guère rapportés par la grande presse ; pourquoi relever ces exagérations "apocalyptiques" du chef de l'extrême-droite renaissante ? Or Le Pen pêchait en fait par optimisme : en reprenant les sources communistes, un certain professeur Bestudev-Lada, publiant un article de deux pages dans le supplément hebdomadaire des "Izvestia", "Nodelya", estimait que les persécutions seules contre les koulak et assimilés firent, de 1929 à 1933, du huitième ou du sixième des 150 millions de paysans "des êtres à-moitié vivants et à-moitié morts" : soit 25 millions de personnes qui ne furent pas nombreuses à survivre ; d'autre part la répression des années 1935-1953 fut "à peine moins meurtrière" ; au total, le chercheur retenait le chiffre de 50 millions de morts pour la seule "ère stalinienne", sans compter la période purement léniniste toujours intouchable[2]. Mao Tsé Toung avait confié au roi Haïlé Sélassié venu lui rendre visite lors de l'établissement de relations diplomatiques entre Addis Abebba et Pékin que la révolution en Chine s'était soldée par la perte d'environ 50 millions de personnes, ajoutant finement que cela ne représentait qu'un faible pourcentage de la population - et il continua d'être encensé alors que les journalistes modérés s'indignent quand la police chilienne matraque quelques manifestants agressifs[3] L'URSS, la RPC et les disciples ne

1. Discours de Le Pen citant alors un extrait du rapport lu lors du XXème congrès du PCUS, et prononcé à St Etienne le 23 mars 1987

2. *Asahi Evening News*, 29 avril 1988

3. *Cinq continents...*, 1982, pp.17-18. Kéraly, se référant au quotidien socialiste parisien *Le Matin* du 3 mai 1979, compare les chiffres alignés par les bien-pensants : les heurts et malheurs de 10 manifestants chiliens étaient rapportés sur 117 cm^2, quand la

constituent pas autant de déviations par rapport au Dogme car les marxistes, comme tous les démocrates, ne remuent pas que des idées (en l'occurence de la boue), ils usent largement de fusils, et ceci par principe. Marx écrit le 22 février 1880 au hollandais Domela Nienwenhuys "qu'un gouvernement socialiste ne peut se mettre à la tête d'un pays s'il n'existe pas de conditions suffisantes pour qu'il puisse prendre aussitôt les mesures voulues et épouvanter la bourgeoisie" ; Friedrich Engels note que "la révolution est incontestablement la chose la plus autoritaire qui soit possible. La révolution est un acte par lequel une partie de la population impose sa volonté à coups de fusils, de baïonnettes, de canons c'est à dire des moyens extrêmement autoritaires. Le parti qui a vaincu est dans la nécessité de maintenir sa domination au moyen de la terreur". Lénine a synthétisé et mis en pratique tout cela : "il faut savoir [...] user de ruse, adopter des procédés illégaux [...] à seule fin [...] d'accomplir [...] la tâche communiste" ; il cite en exemple un de ses disciples écossais, un certain Gallacher, qui a rédigé quelques lignes : « l'auteur de cette lettre déborde de la haine prolétarienne la plus généreuse [... et] sympathique », un sentiment plutôt malsain qui serait, selon l'agitateur, « le commencement de la sagesse, la base de tout mouvement socialiste et communiste et de son succès[1] » ; lui qui favorisait le non moins malsain système des partis, mais "à condition que l'un, le Parti communiste, soit au pouvoir et les autres en prison", vouait un culte fébrile à la violence en laquelle il voyait, visionnaire illumuné, « la sage-femme de l'Histoire[2] ». Il fit naturellement adopter, le 15 février 1919, un décret autorisant la Tchéka à prendre en otage certains paysans affectés

rédaction consacrait 14 cm² à 500 000 cubains emprisonnés (on notera qu'en général les militants qui en ont fait l'expérience préfèrent la matraque à un séjour, même de quelques heures, dans un dépôt)

1. Cité par Léon de Poncins, *Histoire du Communisme à la Deuxième Guerre Mondiale* - Diffusion de la Pensée Française, Montreuil, 1973, pp. 80-83.

L'URSS admet maintenant que Lénine inaugura bien en Europe le système concentrationnaire : le magazine *Octobre* a publié un article posthume de Vasily Gossman mettant en cause directement le tyran pour son rôle théorique et pratique dans le processus de terreur soviétique - selon *The Daily Yomiuri*, 30 juin 1989

2. Okhrent-Marenches, 1986, p. 275

"autoritairement" au déblaiement des voies ferrées enneigées et à les fusiller si les autres ne travaillaient pas assez vite ; et lorsque Gorski, cerise dont Staline recracherait le noyau, se plaignait sélectivement qu'on exécutât trop souvent, (avec les armes que ses amis américains livraient au mouvement révolutionnaire depuis le tout début du siècle), Lénine conseillait à ce père de la littérature soviétique, le 15 septembre 1919, « de ne pas perdre son temps à pleurnicher sur le sort d'intellectuels pourris[1] »Û. Voilà exposés quelques traits dont se réclamait Mac Bride et la plupart des "prisonniers d'opinion" adoptés par divers comités d'Amnesty à la requête "autoritaire" des "chercheurs".

La cible chinoise

Depuis son différend politico-stratégique avec Pékin, l'URSS a su faire le vide autour de la Chine continentale en Extrême-Orient, seule zone mondiale que pourrait lui disputer la RPC. On a vu comment Amnesty participait à ce combat, plus particulièrement en Afghastinan quand il fallut éliminer la faction Khalq de Amin et écarter Karmal avant que Moscou prît ses distances vis-à-vis de Najib, au Cambodge dès après le voyage de Pol Pot sur la place Tienanmen et après le réajustement gorbachevien par rapport à Hanoï et à la Chine, en Corée du Nord avec l'affaire Kim Jong Il qui fit office de baromètre des relations nord-coréo-sino-soviétiques ; elle n'est pas en reste avec la Chine.

En avril 1969, le IXème Congrès du Parti communiste chinois proclame une trêve dans la Révolution Culturelle vieille alors de quatre années ; pour la première fois dans ses "analyses", l'appareil qui n'avait de cesse de vitupérer officiellement que contre les Etats-Unis, même si des voix nombreuses s'élevaient à tous les niveaux pour fustiger l'URSS "sociale-traître", condamne cette fois-ci à égalité le Kremlin et la Maison-Blanche. L'heure du rapprochement avec cette dernière a sonné au lendemain des heurts frontaliers entre l'Armée Populaire de Libération et l'Armée Soviétique de part et d'autre de l'Oussouri. Nixon comprend les signaux que lui envoie le Grand Timonier et

1. Alexandre Soljénytsine, *L'Archipel du Goulag*, t.1, pp. 29-30 - Seuil, Paris, 1974

qu'avaient guettés, car sollicités, les présidents Harry Truman, Dwight Eisenhower, Kennedy et Lyndon Johnson ; en geste d'apaisement, Nixon lance sa politique de "vietnamisation" du conflit indochinois lors de son discours de Guan en juillet : la présence américaine au Viet Nam n'ayant jamais eu d'autres buts, non de préserver Saïgon, Phnom Penh et Vientiane du totalitarisme communiste, que de jouer son retrait de la péninsule en échange d'une étroite collaboration avec Pékin ; à la même époque, Washington favorise en sous-main l'éviction de la République de Chine (Taïwan) à l'ONU. Suivant de peu la diplomatie du ping pong, Kissinger se rend en RPC pour y préparer la venue du président que conclura, dans un premier temps, la déclaration de Shanghaï de février 1972.

Pour l'URSS, ces développements sont inquiétants puisque le Vietnam, le Cambodge et le Laos menacent de devenir des satellites chinois (ce que calcule Washington, mais ce que déjouera le "national communisme" de Hanoï) et que "l'axe sino-américain la contraint à renforcer ses positions asiatiques en Asie méridionale, orientale et extrême-orientale, au moment où elle entendait jeter tout son poids en direction de l'Europe occidentale : coïncidence ? Amnesty annonce que "pour la première fois dans (son) histoire, des recherches [sic] ont été entreprises sur la République Populaire de Chine" (R A 1972-1973, section Asie) et elle indique que ce pays (ainsi que le Viet Nam du Sud et l'Indonésie réputés "fascistes", le Pakistan et le Bangla Desh traditionnellement "pro-chinois") nécessite de sa part un "travail dominant". Comme l'eau contourne le rocher pour l'isoler et le saper, "l'organisation humanitaire" structure ses réseaux en Asie. Alors qu'elle consacrait 407 lignes à l'Afrique en 1971-1972, pp.25-34), elle n'en consacre plus que 228 à la région dans le rapport suivant (R A 1972-1973, pp.34-39) ; mais elle crée "cinq postes d'enquêteurs" (R A 1972-1973, p.34) en Inde, au Pakistan, au Népal (tous limitrophes de la RPC légale) et au Bangladesh (satellite peu sûr de l'Inde).

A partir de 1969 toujours, la Chine continentale tente de se réorganiser. S'il avait appartenu au représentant de l'aile idéologique, Lin Pia O, de lire le rapport du IXème Congrès, c'est au "pragmatique" Chou En Laï qu'échoit cette responsabilité lors du Xème Congrès d'août 1973. La politique de Lin est enterrée alors que sa carcasse finit de pourrir probablement sur le chemin de sa fuite vers l'URSS. Avec Chou, réapparaît un vétéran de l'appareil (qu'il avait peut-être trahi et abandonné, puis secouru) : Deng Xiaoping, lequel eut à subir dans son amour-propre autant que dans sa chair (un de ses fils eut les jambes brisées lorsqu'une foule de Gardes Rouges le défenestra) les effets de la Révolution Culturelle. Chou décède en janvier 1976, et Deng redevient une cible majeure des journaux muraux d'inspiration "gauchiste" apposés sur les instructions de Chiang Chin, épouse de Mao : les obsessions sexuelles similaires du couple entraînent des réactions à prétentions philosophiques comparables. Mais de même que Deng a dû encore s'effacer dès après la mort de son protecteur, Chiang ni sa bande des quatre ne survivent politiquement au trépas de Mao en septembre 1976 : quatre semaines plus tard, Hua Kuo Feng, héritier spirituel de Mao, fait interner la veuve et son clan. Derrière cette manoeuvre qu'il a préconisée et soutenue, émerge à nouveau Deng. Sa prudence cèle son triomphe, et il poursuit son alliance tactique avec Hua. Une auto-critique nécessaire concédée en mars 1977 lui permet de retrouver tout son crédit, tandis que son associé du moment lit le rapport du XIème Congrès d'août 1977. Mais en 1980, il a écarté Hua sans ménagements.

Moscou n'apprécie pas cette évolution car le maoïsme au lieu d'être une force dynamique, neutralisait la Chine et la menait à la désintégration ; or, Teng engage le pays dans la voie de la stabilité et de la modernisation. Il faut déconsidérer ce personnage internationalement, avant qu'il n'ait conquis les Occidentaux, toujours prompts à louer, de la droite à la gauche parlementaires, les dirigeants de Pékin quels qu'ils soient du moment qu'ils se réfèrent aux grands principes du Progrès ; Amnesty veille sur les "consciences". Lorsque Teng tombe en disgrâce en 1976, le *centre de Londres* rédige 113 lignes sur les droits-de-l'homme en Chine ; quand il devient le second de Hua en 1977 (et nombreux sont ceux qui savent déjà que Hua devra s'effacer, faute de soutiens, d'expérience et de discours novateurs à tenir en aucun domaine), les "chercheurs" consacrent 213 lignes tout aussi négatives à la RPC ; après "l'invasion" limitée au nord du Viet Nam allié à l'URSS par des accords politiques, militaires et économiques, Amnesty écrit 314 lignes pour dénoncer la politique intérieure de Pékin. Le *Rapport annuel 1981* plafonne certes à 245 lignes, mais "l'organisation humanitaire" lance "une campagne pour la libération des prisonniers d'opinion" (SF/81/E/ASA 17) et publie un livre de 235 pages sur "l'emprisonnement politique en République Populaire de Chine". Mais Moscou s'aperçoit de la vanité de ses efforts : touristes et capitaux occidentaux et japonais affluent. Alors, au début de 1982, Brejnev déclare à Tachkent que l'objectif prioritaire de l'URSS en Extrême-Orient est de normaliser avec Pékin : la pagination descend à 195 lignes (R A 1982, pp.223-227).

Le Kremlin échoue là où Gorbatchev ne réussira que dans la première partie de 1989, en février déjà et en mai ensuite. Le 9 janvier 1984,le premier ministre Zhao Ziyang débarque à Washington pour renouer des liens mis à rude épreuve en 1983 et que symbolisera "l'incident Hu Nan", du nom de cette jeune joueuse de tennis qui, en voyage aux Etats-Unis, "passa" à Taïwan après avoir obtenu la protection personnelle de Reagan ; le 26 avril 1984, le président américain foule à son tour le sol chinois et signe un très significatif accord nucléaire avec ses hôtes ; de juin à juillet de la même année, le ministre de la Défense Zhang Ai Ping visite de nombreux Etats du Monde Libre, dont les Etats-Unis, pour accroître le potentiel de feu et de rapidité de l'APL ; il s'arrête aussi au Japon, qui avait reçu en novembre précédent le secrétaire général du PCC Hu Yaobang et dont le premier ministre Nakasone Yasuhiro (nationaliste traditionnel lié à la Trilatérale) avait participé à des entretiens bilatéraux à Pékin en mars : Zhang préconise alors à Tokyo qu'un récent accord entre les deux capitales portant sur l'échange de missions militaires débouche sur une alliance plus large et peut-être plus formelle[1]. Les vieux fantasmes d'un "axe" Washington-Tokyo-Pékin se reprennent à hanter la Place Rouge. Amnesty donc, en septembre 1984[2], produit un rapport accablant de 132 pages : en feignant de s'intéresser au sort de criminels "exécutés en groupes de 15 à 40 après avoir été promenés en public durant des manifestations de masse", elle compte donner une fois de plus des arguments à ces libéraux ayant des faiblesses pour les Soviétiques afin d'empêcher Pékin de « s'insérer »

1. *La nouvelle politique de défense chinoise et ses perspectives* - CFERI-AP, août 1984

2. *Asahi Evening News*, 27 septembre 1984

pleinement dans le « concert des nations », de l'isoler et d'affailir alors l'Occident et l'Asie anti-soviétique. Elle échouera, dumoins jusqu'aux troubles d'avril-juin 1989 qui surviendront en RPC

CONCLUSION
FAUT-IL DETRUIRE AMNESTY ?

Il convient, au terme de cette ébauche d'étude introductive sur Amnesty International, de s'interroger sur trois points fondamentaux. Le premier tient à la vocation officielle de l'organisation-humanitaire : si les "chercheurs", comme cela semble prouvé, manipulent les faits, voire l'absence de faits, en Asie, leurs collègues des autres départements géographiques agissent-ils de même dans le reste du monde ? Si le montage couvre bien à peu près l'ensemble de la planète (le *centre de Londres* se prétend opérationnel dans quelque 210 pays et territoires à des degrés divers), a-t-il en violation des intentions premières couchées sur la charte de 1961 et à l'insu des militants de base, voire de certains cadres ? S'il y a escroquerie morale, les critiques formulées ici ou là peuvent-elles influer sur le mouvement, par exemple au point de l'amener à se réformer ?

Une méthodologie uniforme

Le second *Rapport annuel* en langue française remonte à l'année 1972-1973. Il commence par une citation censée résumer les objectifs d'Amnesty et placée en exergue : Amnesty l'attribue à un Vietnamien déjà détenu dans une prison sudiste à Saïgon puis relâché en décembre 1972. Une unique photo illustre la partie introductive intitulée "Description du Mouvement" : prise à Asuncion, elle représente une manifestation contre le régime "de droite" du Paraguay. Plus loin, les "chercheurs", oublieux des précautions élémentaires de prudence (mais encouragés dans cette attitude par l'immunité de fait dont ils jouissent), indiquent que "tout au long de l'année passée, notre aide est allée systématiquement vers le Brésil, la Grèce, l'Indonésie, le Paraguay, le Portugal, la Rhodésie [où les guérillas et leurs agents ont reçu £ 17 000,00 du *centre de Londres*], l'Afrique du Sud et le Sri Lanka" : soit, sur huit pays, sept systématiquement classés à l'extrême-droite de "l'échiquier politique", le Sri Lanka s'essayant à un marxisme indigène non prosoviétique et menaçant même de tomber dans la sphère prochinoise. Amnesty, totalement muette sur la question en 1971-1972, consacre cette fois six lignes à l'Algérie toujours étroitement liée à l'URSS : afin d'y saluer des commutations de toutes les peines de mort en d'autres sanctions plus douces ; en revanche le Maroc du roi Hassan II, apparaissant parfois très instable, suscite les préoccupations des chercheurs sur 31 lignes critiques : le royaume en "pesait" déjà 16 un an auparavant. Alger : 6 positives, Rabat : 47 négatives. La même disparité sépare l'Espagne catholique et franquiste de son ancienne colonie, Cuba, émancipée par les Francs-Maçons américains au terme du traité de Paris de 1898 et devenue castriste à l'époque d'Eisenhower : Madrid s'attire 65 lignes de critiques en 1971-1972 et 58 en 1972-1973 ; mais la question des droits-

1. *Le Point*, 5 juin 1989, pp. 82-84

"Interview fuyante"... Dans sa deuxième question à Montalembert, Jean-François Revel s'inquiète de la notion amnestienne de détenus politiques au Cambodge (sur les 11 lignes de son interpellation); Montalembert "répond" sur 1,5 ligne (sur les 12 de son intervention). Le même Montalembert évoque alors le cas de Cuba (sur 1,5 ligne); Revel enchaîne aussitôt sur ce sujet (2,5 lignes sur 2,5 en deux remarques) et Montalembert, esquivant le sujet (1,5 ligne sur 18) exige d'en revenir au Cambodge (6,5 lignes sur 18) apparemment moins sensible. Revel, conciliant, aborde à nouveau le sujet (5,5 lignes sur 5,5): Montalembert ne cite alors pas une seule fois le problème cambodgien et se borne à des considérations vagues et très générales (11 lignes sur 11). Dans sa dixième intervention, Revel souhaite s'attarder sur la Corée du Sud (0,5 ligne sur 0,5); Montalembert ne la mentionne aucune fois en 16 lignes, mais passe au contraire immédiatement au Brésil (dont le nom revient trois fois en six lignes) et sur la Turquie (9,5 lignes). Puisque son invité semble préférer parler de l'Europe, le courtois Revel soulève la question espagnole dans une onzième (6,5 lignes sur 6,5) et une douzième intervention (1 ligne sur 1): Montalembert décroche au bout de 7 lignes toujours assez vagues et se replie sur « l'exemple des Moudjahidin du peuple [iranien] qui ont été expédiés au Gabon ». Dès lors, Revel, pourtant respectueux d'un adversaire qui n'en vaut pas la peine mais qu'il connaît peut-être, prend l'avantage : se faisant plus incisif sur Cuba, le Cambodge et l'Afghanistan (interventions 14, 15 et 16 longues respectivement de 2, 5, 5,5 et 5 lignes), il n'obtient que des bredouillements plutôt pitoyables (1, 1,5 et 0,5 ligne) parfois ponctués de propos scandalisés de bourgeoise offusquée

de-l'homme à Cuba n'intéresse que médiocrement l'organisation humanitaire qui ne lui consacre que 17 et 16 lignes respectivement, d'ailleurs pleines de ces nuances qui évitent les pièges dressés par les forcenés de l'anti-communisme : Amnesty est une organisation responsable et entend le démontrer ; Marc de Montalembert, "président de la Section française (de l'organisation) de septembre 1984 à mai 1989", s'en explique a posteriori dans une interview fuyante dans "le Point" en 1989[1] : la faible pagination s'explique par le sempiternel manque d'informations concernant "probablement, très certainement, des violations massives des droits de l'homme" ; comme quoi, tel Mac Bride, Montalembert récuse à Cuba, comme le *centre de Londres* en Afghanistan, au Cambodge et en Corée du Nord, les témoignages des réfugiés, famille du chef de l'Etat comprise.

La même logique de mensonge systématique se retrouve sans surprise dans les *Rapports de mission*, fruits supposés de soi-disant enquêtes sur le terrain. Selon un document incomplet émanant du *centre de Londres*, obtenu par l'intermédiaire d'une ancienne interprète britannique d'origine japonaise de Mac Bride, intitulé *News Reports from Amnesty International*, et sans doute daté de la fin 1986 ou du tout début de 1987, les "chercheurs" auraient publié à l'époque six opuscules : sur l'Afrique du Sud, le Nicaragua, la Bulgarie, le Mexique, le Zaïre et le "Timor oriental" - soit trois pays dits "pro-occidentaux" (Afrique du Sud, Zaïre, "Timor oriental"), un inexplicablement (?) réputé non-aligné (Mexique) et deux classés dans la mouvance soviétique (Bulgarie, Nicaragua) ; le score est donc de trois à deux en (dé)faveur du Monde-Libre contre les Pays-de-l'Est. La pagination la plus faible concerne l'Afrique du Sud (17 pages), suivie du Zaïre (24 pages) et du Nicaragua (36 pages) pour culminer avec le "Timor oriental" (92 pages) ; soit quelque 133 pages consacrées à trois pays anti-soviétiques contre 36 pour le Nicaragua largement tributaire de l'URSS[2]. Mais il serait erroné de s'attarder, ici encore, au volume de la pagination : une lecture "quantitative" ne saurait qu'induire en erreur ; car, contrairement à l'idée généralement reçue et acceptée, Amnesty n'est pas un mouvement

2. Le détail de la pagination totale nous est impossible à établir, le résumé des rapports sur la Bulgarie et le Mexique manquant

défendant "l'Homme" contre un Etat l'oppressant de par sa nature même[1] : les Etats ne sont non seulement pas fustigés de façon similaire mais certains bénéficient en outre d'une certaine protection. Certes, l'opuscule consacré au pays-de-l'apartheid est court de 17 pages ; elles sont toutefois denses et même "illustrées de graphiques", toujours hostiles : les "chercheurs" se réfèrent constamment "(aux) détentions sans jugement", à la "torture (et aux) mauvais traitements endurés par les prisonniers", "(aux) meurtres d'opposants politiques", "(aux) morts en détention" et "(à la) peine de mort" ; aucune ligne, "même favorable", donc ; et rien non plus sur les assassinats perpétrés par des groupes révolutionnaires afin d'intimider leurs adversaires et de purger leurs rangs. Le texte portant sur le Zaïre, intitulé "Rapport sur les meurtres et la torture commis par les Forces Armées [nationales] dans la région", ne laisse place à aucune nuance : les "chercheurs" condamnent "les arrestations, les exécutions et parfois les "disparitions" de centaines de personnes dans le sud" sur la base de témoignages non-récusés de "quatre anciens prisonniers [...] torturés par les troupes gouvernementales". Vient le cas du "Timor Oriental" (et non, par exemple, *Indonésie : rapport sur la région du Timor oriental* ; l'hypothétique lecteur du rapport sera confronté à la logorrée habituelle, photographies à l'appui : ce "Violation des Droits de l'Homme" égrène ("impression de vertige", geindrait Lucbert) une kyrielle "(d') exécutions extra-judiciaires, de "disparitions",

1. L'idée d'une Amnesty, sinon anarchisante du moins hostile aux gouvernements et à leurs polices, a été véhiculée dès la présidence Mac Bride et perpétuée régulièrement par des documents récents. Dans la préface du *Rapport annuel 1971-1972*, Mac Bride écrit que « la caractéristique la plus horrible de notre époque est certainement l'aggravation constante de la violence et de la brutalité dans le monde » ayant pour cause première « la responsabilité indirecte, et parfois même directe de gouvernements » ; d'autres ouvrages portant l'estampille du *centre de Londres* mettent au banc des accusés les institutions légales : *Les Disparus : rapport sur une nouvelle technique de répression* (minutes d'un colloque qui se tint dans le Wisconsin en juin 1980, publiées au Seuil en 1982), *Les Assassinats politiques : rapport sur la responsabilité des Etats* (publié au Seuil en 1983), *La Torture : instrument de pouvoir, fléau à combattre* (publié au Seuil en 1984)

de tortures, (etc...)". Heureusement, il reste le Nicaragua : dans "Bilan des Droits de l'Homme", l'organisation-humanitaire présente modestement "une histoire des droits de l'homme depuis [...] 1979" ; elle prétend énumérer de façon exhaustive, et sans concession bien sûr, "(les cas) d'emprisonnement de courte durée à l'encontre des prisonniers de conscience", censurer dans les mêmes conditions "les procédures inadéquates" entâchant certains procès politiques : donc, suggère-t-elle, les Sandinistes ne se rendent coupables, organiquement, d'aucune torture, d'aucune "disparition", d'aucune violation de la liberté de pensée, d'aucune condamnation à mort, d'aucun assassinat ni n'entretiennent le moindre camp de "rééducation" ; un régime exemplaire à bien des égards, comme tient à le souligner Montalembert apologétique mais peu suspect de complicité puisqu'il n'a jamais été "ni stalilien ni maoïste" quand il souligne que "d'ailleurs, le Nicaragua fait partie des pays, et cela est à son honneur, qui acceptent les missions d'Amnesty[1] » : au point que Managua n'hésite pas à punir les membres "(des) forces armées" déviant du chemin de la Loi, et si Botha, Mobutu et Suharto couvrent leurs tueurs, le président Daniel Ortega se fait un devoir de livrer à la justice impartiale du système les zélateurs dudit système. L'exigence de la liberté soutendant l'action d'Amnesty a pour corollaire "l'impartialité d'Amnesty", et comme il existe une opposition dans le pays, les "chercheurs" ne peuvent pas ne pas en parler dans une proportion quantitative que nous ignorons, mais en des termes peu nuancés : "(le rapport) détaille les tortures et les exécutions de captifs retenus par les forces anti-gouvernementales et la participation de gouvernements étrangers (à ces exactions)" ; les Contras deviennent ainsi porteurs de mort et non d'espérance ; la critique du gouvernement Reagan, bon homme et médiocre président (donc le meilleur de tous ses prédécesseurs) et accessoirement de ceux du Honduras, du Salvador, voire du Costa-Rica, est transparente et il n'est pas besoin d'une quelconque « éducation à la lecture[2] » pour comprendre le sens de l'accusation à peine elliptique qui se confond beaucoup avec le sens de l'Histoire : mais en agissant ainsi,

1. Le Point, du 5 juin 1989 (7ème intervention)
2. Cité par Montalembert - *Le Point*, 5 juin 1989 (8ème intervention)

Amnesty sort de son cadre de compétence puisque son rôle statutaire « n'est pas d'intervenir dans un conflit armé[1] ». Et Montalembert de conclure qu'au vu de l'action des "chercheurs" : « je ne suis pas du tout sûr que les sandinistes soient très satisfaits du résultat du rapport [s'il s'agit de celui résumé dans *New Reports from Amnesty International*] lorsque nous allons le publier[2] » !

Mais le ventre fécond du *centre de Londres* abrite un rapport bien plus sensationnel, appelé à faire date dans les annales. La presse bien-pensante s'émerveille déjà. « Dans ce qui promet d'être une des conséquences les plus étonnantes jusqu'à présent de la *glastnost*, les autorités de Moscou ont invité une équipe (d'Amnesty) pour lui parler des droits de l'homme en Union soviétique[3] » : humblement, la Place Rouge se dit prête à recevoir des leçons pour rectifier les erreurs du passé. Des critiques accueillirent la nouvelle : « on nous reproche d'avoir accepté une invitation récente à nous rendre en Union soviétique, mais il y a des années que nous demandions l'autorisation d'y aller ! Et, d'autre part, le cardinal-archevêque de Paris ou le président Giscard d'Estaing ont également accepté de semblables invitations. Les accuse-t-on pour autant de complicité avec les violations des droits de l'homme en URSS ? » s'insurge Montalembert à qui Revel apporte sa caution nouvelle de "démocrate musclé" : « là, je suis entièrement d'accord avec vous. C'est de la chasse aux sorcières pure et simple[4] » ; Montalembert, homme libre " [se sentant] bien à Amnesty[5], prend des libertés avec la vérité : s'il est après tout possible que l'organisation-humanitaire ait envisagé le voyage à Moscou "depuis sa création en 1960 [sic]" répercutent docilement certains journaux [6], la présomption de complicité ne saurait être rejetée pour autant sans examen pour la seule raison que Giscard d'Estaing, bien faible avec la Révolution, fleurit la tombe de Lénine ; et il n'est pas besoin de recourir à des procédés téné-

1. Cité par Montalembert - *Le Point*, 5 juin 1989 (11ème intervention)

2. *Le Point*, 5 juin 1989 (7ème intervention)

3. *The Daily Yomiuri*, 5 février 1989

4. *Le Point*, 5 juin 1989 : 17ème et 18ème interventions de Montalembert et de Revel

5. *Le Point*, 5 juin 1989 (18ème intervention)

6. *The Daily Yomiuri*, 5 février 1989

breux pour se méfier. En effet, selon un certain M... P... P..., ancien secrétaire d'un parlementaire anglais de gauche et ancien étudiant du professeur Richard Abraham, personnage très important dans les relations bilatérales soviéto-amnestiennes et qu'il qualifie de "stalinien total", c'est Abraham qui aurait joué un rôle moteur dans la préparation, et peut-être l'exploitation médiatique, de cette visite. On peut supposer que celle-ci devait atteindre trois objectifs : déjà redorer le blason passablement délabré d'Amnesty suspectée par "des gens qui ne sont pas réactionnaires [donc, dont l'avis autorisé compte] (de...) montrer une bizarre indulgence pour les régimes communistes et les dictatures dites progressistes [mais elles sont progressistes, à défaut d'être des dictatures au sens noble du terme] ou tiers-mondiste[1] » ; ensuite, reconnue vierge de toute souillure, l'organisation aurait compétence pour délivrer un certificat de bonne conduite à Gorbatchev ; enfin, captant la confiance des opposants au communisme qui se feraient connaître d'elle et utiliseraient ses canaux, les "chercheurs" faciliteraient le travail de surveillance, voire de répression ou d'intoxication, des organes de la sécurité de l'Etat soviétique.

Trois délégués débarquent donc à Moscou "à l'invitation de l'Institut d'Etat et de Droit" le 22 mars 1989[2]. Quelques jours plus tard, le 31, Marie Stauton, "directeur de la section britannique du groupe", et Mick Venables, "coordinateur pour les affaires soviétiques", reçoivent la presse[3].Ces personnages considérables, leurs titres respectifs l'indiquent assez, font connaître leurs (?) "conclusions" et rien ne saurait froisser là Gorbatchev. Ils déclarent « [qu'i]l n'y a pas eu (ces dernières années) d'améliorations majeures en ce qui concerne les conditions de vie des détenus [et que...] les traitements cruels et dégradants persistent toujours » : c'est ce qu'affirmait, au printemps 1987, la très officielle *Gazette Littéraire* imprimant « une lettre d'un ancien détenu qui avait amèrement critiqué le système pénitentiaire, lui reprochant de générer des criminels endurcis[4] » ; un débat avait suivi sur cette question quand l'agence Tass, ayant reçu l'autorisation (ou l'ordre – une question qui pourrait se poser notamment quant à la visite des missionnaires laïques à

1. Cité par Revel - *Le Point*, 5 juin 1989 (1ère intervention)
2. *The Asahi Evening News*, 23 mars 1989
3. *The Mainichi Daily News*, 2 avril 1989
4. *Korea Herald* (Séoul), 22 mai 1987

Moscou) de dépêcher Nikita Demidov dans un camp dans les environs de la capitale soviétique, publia son compte-rendu "détaillé" mais élogieux vis-à-vis du pouvoir central sinon des cadres parfois trop rudes : (Mme) Stauton et Venables aussi louent discrètement Gorbatchev quand ils notent que "300 prisonniers de conscience, avérés ou supposés, (auraient été relâchés) depuis 1987 au cours d'une mesure sans précédent depuis les années 50" et quand ils considèrent qu'il ne reste plus qu'une centaine de "dissidents" toujours internés, dont 25 dans des hôpitaux psychiatriques[1].

Un constat froid, sans passion : de quoi séduire ces gens perplexes qui ne sont pas des réactionnaires et qui, tel Revel, ne sont pas intellectuellement prêts à se coltiner avec Amnesty. Après Karmal et Pham Van Dong qui eux aussi vidaient les prisons encombrées par leurs prédécesseurs, Gorby, promoteur de la débrejnévisation, reçoit une mention honorable ; après les huit années noires du reaganisme, l'imbelligentzia "occidentale" trouvera de bon ton de frayer à nouveau avec l'URSS.

La diplomatie et l'économie soviétiques bénéficieront du verdict "impartial". La sécurité intérieure aussi. Si Gorbatchev semble sincèrement, par tactique ou par stratégie, attaché à certaines idées de réformes, il a trop la notion d'Etat pour accepter le risque de se faire déborder et il entend être - qui le lui reprocherait, d'ailleurs ? - le seul à décider du cours des événements. Le risque, pour lui, ne vient pas, du moins le pense-t-il sans doute du fait de son complexe grand-russien, des rivalités ethniques d'Asie que ni la Chine continentale, ni l'Iran (pour ne pas parler de la Turquie intégrée à l'OTAN) ne veulent ni ni peuvent "récupérer" ; le danger émane des Blancs des Etats baltes, de l'Ukraine, de la Biélorussie, de la Russie et là, la menace première est moins physique qu'intellectuelle. Or les intellectuels intéressent Amnesty qui les inclue prioritairement dans son domaine de compétence. Au moment où Brejnev parvenait au zénith de son pouvoir et où la répression battait son plein depuis l'éviction de Krouchev, "presque tous les membres (du groupe d'Amnesty de Moscou) (étaient) emprisonnés" (R A 1971-1972) ; certains y verront encore une coïncidence, d'autres se souviendront que Montalembert a fièrement résumé l'action d'Amnesty : "nous sommes efficaces dans un domaine très

1. *Korea Herald*, 22 mai 1987

précis[1] ». L'alerte passée pour les autorités, une surveillance suffit pour ficher et neutraliser en douceur le plus souvent les nouveaux dissidents : le *centre de Londres*, qui se vante d'avoir imprimé son plus volumineux dossier spécial sur l'URSS, revendique en même temps de "(publier) régulièrement depuis des années à ses frais (des samizdat soviétiques)", et ce bien que l'opération soit "lourdement déficitaire" ("Note Interne SF 83 E 94"), nul doute que si les auteurs de ces textes, dont Amnesty ne semble pas faire grand-chose pour leur promotion alors que nombre de maisons d'édition se montrent désireuses de les commercialiser à grande échelle[2], demeurent dans l'obscurité, la police sait, elle, où les trouver avant de les envoyer, si nécessaire, à l'ombre. Ces martyrs crédules, certainement pleins d'illusions sur Amnesty, n'ont, pour la plupart, rien à attendre de l'organisation "humanitaire et indépendante" ; « [certaines sections] seront dans l'impossibilité d'écrire à des prisonniers de conscience en URSS pour des raisons de politique intérieure » a prévenu Ennals, plus sirupeux que jamais, avant d'ajouter avec désinvolture : « mais elles pourront écrire à d'autres usant de ce large cadre politique auquel se réfère notre concept de neutralité politique[3] » ; les militants mis au chômage technique, pourront ainsi concentrer leurs efforts au Viet Nam du Sud, en Afrique du Sud, en Corée du Sud, etc.

Des militants absolument pas au-dessus de tout soupçon

Il est une règle, semble-t-il impérative, d'éprouver ou de feindre des sentiments de considération envers les militants d'Amnesty : ainsi, manipulés (selon les analyses des détracteurs de l'organisation) ou non (selon les déclarations officielles de leurs cadres), le fondement de leur action reposerait toujours ou sur une charité dévoyée ou sur une philanthropie à toute épreuve. Les dirigeants du centre-de-Londres, et c'est de

1. Montalembert - *Le Point*, 5 juin 1989 (5ème intervention). Il s'était targué juste avant d'appartenir à cette élite "performante" (visant) d'abord l'utilité (4ème intervention)

2. Entretien avec S... Y... responsable de la société Chuoko-ron de Tokyo en 1985

3. *Rapport annuel* 1971-1972

bonne politique, répètent à l'envi que ces militants sont des « humanistes[1] » appartenant à « une série de gens extrêmement généreux[2] ». Ainsi comblés dans leurs certitudes, ils auraient tort de douter du contraire, puisque les adversaires du mouvement surenchérissent sur de tels compliments (?) pour des raisons obscures : Kéraly entend rendre hommage à « la générosité active des militants d'Amnesty[3] » et pousse (la démagogie ?) jusqu'à les inviter à se joindre à lui en s'écriant : « les militants avec nous[4] » ; Bergeron paraît concéder que « parmi les adhérents d'Amnesty, [...] il y a des dizaines de milliers de braves gens[5] » ; Savinien de Savigny, rendant compte de sa lecture de "Cinq continents...", conclut que les auteurs, "précis (et) nuancés", ne s'en prennent pas « aux membres généreux [...] de l'organisation[6] ». Pour notre part, nous ne disons pas que nous doutons un instant de cette soi-disante générosité : nous n'y croyons simplement pas. Nous prétendons en revanche qu'un orgueil poussé très loin (la vanité de vouloir participer à la marche du monde, si possible sans trop de risques) doublé d'un certain degré de haine motivent les militants.

Généreux, ces gens « en général issus de ce qu'on appelle le christianisme de gauche, qui (ont) un a priori plutôt favorable au *Petit livre rouge*, etc.[7] » et qui lancent la section française d'Amnesty à l'époque où Mao explique sans état d'âme que sa révolution a coûté 50 millions de morts (soit l'équivalent de la population française) ? Généreux et ingénus, ces militants qui se désintéressent du Viet Nam du Sud en 1975 et du Cambodge jusqu'en 1978? Généreux, ces atomes de la Conscience Universelle quand ils restent muets alors que quelque 150 000 Coréens du Nord périssent dans les camps de concentration ?

Alors, les militants, certains cadres compris, sont-ils trompés ? Lambert, avant de franchir le Rubicon intellectuel, fulminait contre un certain Kéraly nous (accusant) tout bonnement

1. (Mme ?) Marie-José Portais, « membre du comité exécutif international (d'Amnesty) » - *Confidentiel*, 1979, pp. 22-23, citant une déclaration faite au *Nouvel Observateur*

2. Montalembert - *Le Point*, 5 juin 1989 (18ème intervention)

3. *Cinq continents...*, 1982, p. 28

4. *Présent*, 3 décembre 1982

5. *Rivarol*, 7 janvier 1983

6. *Lectures Françaises*, mars 1983, p. 40

7. Montalembert - *Le Point*, 5 juin 1989 (18ème intervention)

d'être manipulés par le KGB[1] » ; mais, démissionnant de ses fonctions, il reconnaissait qu'il s'était trompé, qu'on l'avait trompé et, surtout, qu'il avait trompé[2]. Le ci-devant Kéraly, pourchassé comme une sorcière, essaie, contre toute évidence, de trouver des circonstances atténuantes aux adhérents : « les militants d'Amnesty International restent [...] la proie d'un mensonge à peu près constant[3] », et tient à souligner : « un mot encore sur l'esprit des accusations que nous portons contre Amnesty. Il faut bien distinguer appareil et militants[4] » ; Savigny, pour sa part, comprend que ces derniers sont « souvent dupés des buts réels de l'organisation[5] ».

En fait, la culpabilité desdits militants paraît dépourvue d'équivoque. C'est un mouvement d'hommes ("et de femmes" précise Montalembert conditionné jusqu'à la plus dégoulinante démagogie)[6], d'intellectuels nombreux donc, passablement désoeuvrés face à l'Essentiel et, à ce titre, engagés volontaires pour servir de piétaille consentante dans des opérations tactiques ; et puisque le mouvement subit peu de transfuges, de défections ou de rébellions, il semble que ces hommes (et ces femmes) approuvent une stratégie dont ils ne connaissent pas plus les enjeux qu'un troupion sur le champ de bataille, et que peaufine, replié à Londres, un état-major « (d') experts (agissant) en conjugaison[7] », lui-même recevant des ordres dont il ne connaît pas forcément les tenants et les aboutissants mais qu'il exécute scrupuleusement parce que la désinformation est son métier et qu'il aime cela. Amnesty symbolise donc le prototype de l'organisation subversive au service de la Révolution : les responsables utilisent à peu près constamment et sans trop de bavures un scénario identique afin d'influencer les passions de "l'opinion publique" autant que les raisons d'Etat les moins folles ; dans la confusion des communiqués de presse, des brochures, des rapports de missions et des rapports annuels, un même fil conducteur se

1. Cité par Kéraly - *Cinq continents...*, 1982, p. 26
2. Conversation téléphonique de l'auteur avec M. Lambert - Tokyo/Paris, fin 1988
3. *Cinq continents...*, 1982, p. 12
4. *Cinq continents...*, 1982, p. 30
5. *Lectures Françaises*, mars 1983, p. 40
6. *Le Point*, 5 juin 1989 (18ème intervention)
7. Savigny - *Lectures Françaises*, mars 1983, p. 40

dégage ainsi que la trame reliant les faits, leurs causes et leurs conséquences. Et si, comme le remarquait en son temps Marie Joseph de la Fayette qui ne passa jamais pour une intelligence formidable, "une main secrète dirige tout", cela ne signifie pas qu'il faille dissocier les différents échelons de l'organisation : quelque fut la puissance réelle (ou les puissances) dissimulée(s) derrière les patriotes de l'Assemblée Nationale, aucun "Bleu" passant au fil de son sabre libre les Vendéens n'en était pas moins coupable ; l'adhérent de n'importe quelle section amnestienne, pareillement, se doit de répondre des crimes et des petites saletés imprimés à Londres, et ceci par solidarité. Bergeron espère à tort quand il assigne à *Cinq continents...* « non de porter préjudice à Amnesty en tant que structure humanitaire, mais à l'obliger, progressivement ou non, à changer ceux de ses permanents qui [...] dévoient son action[1] ». Il n'y a jamais eu récupération ou détournement, mais au commencement était l'intrinsèquement Pervers à deux têtes, libérale et progressiste, corrupteur et totalitaire. Le *centre de Londres*, qui remplit parfaitement depuis 1961, sa mission, ne se déjugera pas : il est « pragmatique[2] », non dans ses buts mais dans les moyens de les atteindre ; Montalembert tente encore de flouer son monde quand il déclare, visionnaire et modeste : « je sens qu'on peut faire évoluer le mouvement [...] On peut le modifier, et c'est pour cela que j'y reste[3]. »

Face à tant de mensonges, quand bien même Amnesty International, opium des intellectuels démocrates, regrouperait-elle, par hasard ou par précaution, seulement dix justes dans ses entrailles que pourtant, telle Carthage, il faudrait la détruire.

FIN

Tokyo, le 14 juillet 1989

« J'avais promis, moins une histoire qu'un vraie démonstration. Il me semble que j'ai tenu parole »

Abbé Augustin Barruel

1. *Rivarol*, 7 janvier 1983
2. Montalembert - *Le Point*, 5 juin 1989 (18ème intervention)
3. *Le Point*, 5 juin 1989 (18ème intervention)

TABLE DES MATIERES

INDEX

De malheureuses contraintes techniques font de l'index de la présente édition un outil incomplet et imprécis. Le lecteur, dont il compliquera la tâche plutôt que de la simplifier, voudra bien en excuser l'éditeur.
Les renvois imprimés en caractères gras indiquent des pages où la référence figure de façon multiple.

ACHEVÉ D'IMPRIMER
PAR EDITEC
AUX DÉPENS
DES ÉDITIONS DU TRIDENT
SEPTEMBRE 1989